Otto's oorlog

Grote Lijsters
1996 Nr. 5

Grote Lijsters, literaire reeks voor scholieren, is een uitgave van Wolters-Noordhoff, Groningen en Wolters Plantyn, Deurne (België); per jaar verschijnen zes (Nederland) dan wel vijf titels (België).

Titeloverzicht reeks 1996 – ISBN 90 01 54920 9

Grote Lijsters 1996/1 – De verborgen bron
(ISBN 90 01 54922 5)
Grote Lijsters 1996/2 – De vierde man
(ISBN 90 01 54921 7)
Grote Lijsters 1996/3 – Quissama
(ISBN 90 01 54924 1)
Grote Lijsters 1996/4 – Zoeken naar Eileen W.
(ISBN 90 01 54925 X)
Grote Lijsters 1996/5 – Otto's oorlog
(ISBN 90 01 54923 3)
Grote Lijsters 1996/6 – Kwade trouw
(ISBN 90 01 54926 8)

Titeloverzicht reeks 1996 België – ISBN 90 309 0002 4

Grote Lijsters 1996/1 – De verborgen bron
(ISBN 90 309 0003 2)
Grote Lijsters 1996/2 – De vierde man
(ISBN 90 309 0004 0)
Grote Lijsters 1996/3 – Quissama
(ISBN 90 309 0005 9)
Grote Lijsters 1996/4 – Zoeken naar Eileen W.
(ISBN 90 309 0006 7)
Grote Lijsters 1996/5 – Lijmen/Het been
(ISBN 90 309 0007 5)

Koos van Zomeren

Otto's oorlog

1996
WOLTERS-NOORDHOFF GRONINGEN
WOLTERS PLANTYN DEURNE

Uitgegeven met een licentie van Uitgeverij De Arbeiderspers

Nawoord: Tonny van Winssen
ISBN 90 01 54923 3

Inhoud

Gerechtigheid en barmhartigheid
zijn mensendromen,
ze gaan de vogels niet aan,
noch de vissen,
noch de eeuwige God.

John Robinson Jeffers

1 *Rotterdam*

I

Rotterdam 14 mei 1940, dat was ook niet misselijk.

De eerste bom, de bom die Otto Stein tot een obsessie zou worden, zette de tijd stil. Het jankende projectiel kwam midden op straat terecht en rukte het plaveisel open. De klok bij de tramhalte bleef staan op 13.28 uur.

Daarna waren de inslagen niet meer te tellen. Onder de stad golfde de slappe veenbodem als zeewater. De mensen probeerden weg te kruipen in de naden en kieren van hun schuilplaatsen, terwijl de adem bestierf op hun lippen – dit laatste overkwam letterlijk de slager die zijn toevlucht zocht in een vriescel en de deur achter zich liet dichtvallen.

Doodsangst gierde door duizenden woningen. Heeft het massaal aangeheven wanhoopsgebed de hemel niet bereikt, dan toch in ieder geval de geur van dunne stront.

De klok bij de tramhalte stond ruim tien minuten stil toen het geraas van de Heinkels wegebde zonder opnieuw aan te zwellen. De explosie van de laatste bom liet een suizende stilte achter. Toen vlogen de deuren open en weldra waren de straten boordevol vluchtelingen. Scherven, rokende puinhopen, gekerm van gewonden. Loeiende branden.

Otto's vader had Otto aan de ene hand en Frits aan de andere; hij nam zulke grote stappen dat de jongens struikelden over hun voeten. Zijn moeder hield de kleine Tom op haar arm en prevelde: 'Waar moeten we heen, waar moeten we in godsnaam heen?' Greetje, zijn enige zuster, zeulde met twee boodschappentassen. Ze had ze volgepropt met waardeloos Delfts blauw en andere prullen, terwijl ze de levensmiddelen in de keukenkast onaangeroerd had gelaten – om deze domheid zou later smakelijk gelachen worden.

Ondertussen ging Wouter, die tenslotte al zeventien was, doodleuk op avontuur uit. Gretig profiteerde hij van de kansen die de absurde situatie bood. Zo kwam hij aanhollen met een enorme slagroomtaart, gesnaaid uit de vernielde etalage van een banketbakkerij.

'Gooi weg en blijf hier,' zei Otto's vader.

Wouter bekeek de taart, stelde vast dat hij bezaaid was met glas-splinters en liet hem in de goot vallen, waarin hij meteen vertrapt werd. In een oogwenk was Wouter weer verdwenen. Otto's vader draaide zich vloekend om. Hij kneep de handen van zijn twee zoons bijna ka-pot. Met moeite hielden ze zich staande in de radeloze menigte, die zoog en duwde en bulderde als een orkaan. 'Daar,' wees Otto toen de men-senstroom even voor zijn ogen uiteenweek.

Wouter stond over een vrouw gebogen die met haar handen in haar schoot op de grond zat. Ze leunde tegen een tramhalte. Ze droeg een leren jas en had een bril op. Het leek alsof ze vermoeid was geraakt en er nu even haar gemak van nam. Wouter raakte haar gezicht aan, heel voorzichtig beroerde hij haar bleke huid met zijn vingertoppen. Later, wanneer hij het hoogste woord voerde tijdens verjaardagen en andere familiebijeenkomsten, zou hij uitleggen: 'Ja, wat wil je, ik had nog nooit een dooie gezien, daar moest ik het mijne van hebben.'

'Wouter,' riep Otto's vader, terwijl hij zijn hand losliet om te zwaai-en. 'Wouter!'

Otto hoorde aan zijn stem dat zijn vader nog steeds bang was. Dit was voor hem de meest schokkende ervaring van het bombardement: de trillende angst van zijn vader –

Herinneringen en herinneringen aan herinneringen. Ze lagen overal in de stad op de loer. Al was je nog zo op je hoede, vroeg of laat verslapte je waakzaamheid en dan grepen ze je genadeloos bij je strot. Met het verstrijken der jaren verloren ze niets van hun kracht, integendeel, ze werden voortdurend venijniger. Ze zouden je nooit vergeven dat je het had overleefd. Soms kon je ze je weken aan een stuk van het lijf houden, maar op een gegeven moment sloeg je een hoek om, of je zag de zon op een bepaalde manier weerspiegeld in de Nieuwe Maas, of je ving iets op in de stem van mensen die langs je huis liepen en dan zat je er opeens weer middenin: situaties waaraan niets meer te verhelpen viel, maar die toch je energie bleven opslorpen. Pure destructie. Kanker.

Wat die eerste bom betreft – Otto bracht hem in familiekring dik-wijls ter sprake als de koffiekopjes waren opgeruimd en tegelijk met de borrelglaasjes de oorlog op tafel kwam. Zijn bijdrage aan de feest-vreugde werd echter matig gewaardeerd. Niemand wilde zijn gedachte delen dat de eerste bom ertoe voorbestemd was geweest om hun huis te treffen. 'Het scheelde maar één seconde,' redeneerde hij, 'de piloot had maar iets harder hoeven vliegen, de bommenrichter had nog maar heel even hoeven wachten… dan hadden we hier niet gezeten vanavond.' Waarop Wouter, de held van de slagroomtaart en het dooie wijf, over hem heen walste: 'Lulkoek! En al die andere bommen dan?' Dan keek Otto zijn oudste broer teleurgesteld aan. Hij nipte met een blos op zijn wangen van zijn vieux en vroeg zich af hoe zijn vreemde fascinatie voor die bom te verklaren was.

Een enkele keer overwoog Stein of hij er niet beter aan had gedaan de stad de rug toe te keren. Zijn winkelketen, vier verkooppunten voor huishoudelijke artikelen plus een zaak in exquise lingerie, had hij in elke willekeurige andere plaats kunnen stichten. Maar het antwoord lag voor de hand: alleen in Rotterdam had hij jarenlang op de terugkeer van zijn vader kunnen wachten.

Hij bleef de stad trouw en kneep er af en toe tussenuit om stoom af te blazen. Gedurende een zekere periode was hij kind aan huis bij de hoeren van Parijs. Vervolgens maakte hij er een gewoonte van om braspartijen aan te richten in Rome. Hij verkende Kopenhagen, Innsbruck en Brussel. Overal hoefde hij zijn portefeuille maar te trekken of hij werd omringd door vrienden en vrouwen. Onherroepelijk brak echter de ochtend aan waarop hij ontdekte dat hij moederziel alleen was, dat zijn leven zonder nut of doel voorbijging en dat er niets anders op zat dan terug te keren naar zijn geboortestad en zijn beroep weer op te nemen: geld verdienen.

In de lente van zijn achtenveertigste levensjaar bezocht Stein het lieflijke Mallorca. Daar leerde hij Wessel Matser kennen, een ontmoeting die zijn leven zou veranderen.

Het was op het noordoosten van het eiland, in Cala Ratjada, een oude, door de toeristenindustrie overwoekerde vissersplaats. In het haventje lieten luxueuze jachten nauwelijks plaats over voor de verveloze vissersschuiten. Op de kade vormden tanige mannetjes, die hun netten zaten te boeten, een bezienswaardigheid. Een hoge zee beukte tegen de muur die de haven beschermde.

Stein stond er bij en voelde zich neerslachtig. Hij spitste zijn oren toen hij achter zich Nederlands hoorde praten. 'Doe jij die boodschappen nou even,' zei een jongeman. Voorzichtig over zijn schouder kijkend zag Stein een vrouw weglopen in de richting van het dorp. Haar rok zwierde wijd om haar gebruinde benen. Ondertussen bepaalde de man zijn aandacht tot de meeuwen die over de lichtjes deinende boten scheerden. In één vloeiende beweging schoof hij zijn bril omhoog en bracht hij zijn kijker voor zijn ogen. Het was voor het eerst dat Stein dit gebaar zag en het maakte meteen een onvergetelijke indruk op hem. Hij schuifelde achterwaarts. 'Iets bijzonders te zien makker?'

'Jazeker,' luidde het antwoord. De vogelaar nam niet de moeite zijn kijker te laten zakken.

'Doodgewone meeuwen,' taxeerde Stein.

'Audouins meeuwen.'

'O.'

'Geen doodgewone meeuwen dus.'

'En waar zie je dat aan?'

'Ze hebben steenrode snavels met een zwart sigarebandje eromheen.'

Stein tuurde naar de vogels die geen doodgewone meeuwen waren. 'Laat mij eens kijken dan,' verzocht hij ten slotte.

Geërgerd gaf de vogelaar hem de verrekijker aan. 'Een geheimzinnige vogel,' zei hij. 'Er is nog altijd weinig bekend over zijn nestelplaatsen en zijn winterverblijven. En dat vliegt hier zomaar rond.'

Stein bediende zich ondertussen van de verrekijker. Zwarte kringen benamen hem het zicht, hij kon geen meeuw ontdekken. 'Verrek,' gaf hij toe, 'je hebt gelijk, die snavels zijn rood. Dus dat is iets bijzonders? Ik weet eigenlijk niets van vogels af.'

'Dat komt in de beste families voor.'

'Ik heb van nabij alleen een kraai gekend. Die was van mijn vader, hij had hem leren praten.'

'Uw vader de kraai of de kraai uw vader?'

'Eh?' vroeg Stein.

Laat maar zitten, gaf de jongeman te kennen.

Stein vervolgde: '*Hitler is dood*, zei dat beest en dan begon hij te schateren van het lachen. Nogmaals, ik heb er totaal geen verstand van, maar als je het mij vraagt was hij smoorverliefd op mijn vader. Hij zat vaak heel voorzichtig aan mijn vaders wenkbrauwen te peuteren. Soms kwam hij aanvliegen met wat vreten in zijn snavel en dan was hij tijden bezig om dat bij mijn vader in de mond te duwen. Die hield zijn lippen natuurlijk stijf op elkaar. Als de kraai er genoeg van had, propte hij het in mijn vaders oor.'

Dit verhaal ontsloot de weg naar een nadere kennismaking. De verrichtingen van de tamme kraai werden uit en te na besproken. Weldra zaten ze samen op een terrasje, waar Carla, Wessels vrouw, zich bij hen voegde. Het jonge echtpaar was verrukt over het natuurschoon van het eiland. Stein vergat dat natuurschoon hem voornamelijk angst inboezemde.

Nu Wessel zijn reserves had laten varen trok hij alle registers open om Stein te imponeren. Hij gaf hoog op over zijn free-lance bureautje voor ecologisch onderzoek, mat het belang van zijn onderzoekingen breed uit en wist zelfs binnen een kwartier zijn dichtbundels ter sprake te brengen. Hij presenteerde zich, hoewel hij toen nauwelijks vijfentwintig was en koud afgestudeerd, kortom als een bekwaam bioloog en een begaafd dichter. Voor vérstrekkende uitspraken schrok hij niet terug. Zo zou Stein lang deze uitlating heugen: 'Wat ik begrijp verwerk ik als wetenschapper, wat ik niet begrijp verwerk ik als dichter – niets gaat verloren!'

En al dat geweld werd uitgeoefend op Otto Stein, aan de buitenkant een gehaaid zakenman, maar in zijn hart nog steeds een hunkerend kind, dat o zo makkelijk onder invloed kwam van mannen die een doortastende en idealistische indruk op hem maakten.

In de loop van de daaropvolgende zomer belde hij Simon Jorna, de zoon van zijn zuster.

'Met Otto Stein,' zei hij. 'Hoe staat het leven?'

'Best,' antwoordde Simon verwonderd. Daarna zei hij met enig enthousiasme: 'Maar hoe gaat het met u?'

Zo hadden ze nog uren door kunnen gaan als Stein niet snel ter zake was gekomen. Hij kondigde aan dat hij eind augustus naar Turkije zou vertrekken. 'Om de vogeltrek te bestuderen. Dat wil zeggen, ik heb daar natuurlijk geen barst verstand van, maar ik heb een tijdje terug een bioloog leren kennen en die zegt dat het hoog tijd is om in Turkije de vogeltrek te gaan bekijken. Een of andere route die pas ontdekt is. Langs de Zwarte Zee of zo. Ergens aan de Russische grens. Godvergeten eind weg eigenlijk, maar ja, ik heb nou eenmaal a gezegd en dan moet je ook b zeggen. Ik stuur die bioloog er dus heen en ik wou zelf ook maar meegaan.'

Voor zover hij er zich zo gauw een voorstelling van kon vormen leek het Simon een prachtige reis, maar wat had híj ermee te maken?

Nou, kijk eens hier – zijn oom haalde diep adem en begon het haarfijn uit te leggen. Simon moest mee om foto's te maken. Het was een unieke expeditie en het zou een koud kunstje zijn een fotoreportage ervan te verkopen aan 'een van die bladen waarvoor je werkt'.

'Dat haal ik er nooit uit,' wierp Simon tegen.

'Hoezo niet?'

'Zo'n reis kost al gauw vijfduizend piek en dat vang je niet makkelijk voor een stelletje foto's.'

'De reis betaal ik,' verduidelijkte Stein. Dat bleek een krachtig argument in het voordeel van zijn plannen. Verder was het eigenlijk alleen nog maar een kwestie van afspreken wanneer ze elkaar op Schiphol zouden treffen.

Simon vertelde het zijn moeder. Onmiddellijk begon ze herinneringen op te halen aan andere dolzinnige ondernemingen waarin haar eigenaardige broer zich had laten meeslepen.

Had hij niet ooit als een hondje achter een soort evangelist aangelopen, die hem aanprees in de genade van de Hemelse Vader en ondertussen op zijn kosten een compleet kerkgebouw inrichtte?

En was hij niet ooit in de ban geraakt van een politieke charlatan, die op zijn portemonnee niet minder grote dingen verrichtte – tot zij hem eindelijk aan zijn verstand had gebracht dat de man een geheide fascist was?

Greetje slaakte een zucht en zei: 'Lieve God, onze Otto heeft weer iemand opgeduikeld die hem van zijn geld af helpt.' Maar ze gaf Simon natuurlijk groot gelijk dat hij besloten had om mee te profiteren. 'Dan blijft er tenminste nog íets in de familie.'

Achteraf had Simon reden te over om zich af te vragen waaraan hij de uitnodiging van zijn oom feitelijk te danken had gehad. Hij zou het daarover met zichzelf nooit eens worden. Dat Stein via de fotoreportages publiek zocht voor zijn goede werken leek hem een magere verklaring. Waarschijnlijk was het zo dat Stein zich onzeker voelde bij de gedachte aan de exotische streken die ze zouden bezoeken en iemand in de buurt wilde hebben waaraan hij opdrachten kon geven. Misschien verwachtte hij ook dat de zaak soepeler zou draaien met z'n drieën dan wanneer hij alleen met Wessel op stap ging – was dat het geval dan had hij een dramatische calculatiefout gemaakt en dat had Simon hem van tevoren wel kunnen vertellen. Deze had zijn portie van situaties met z'n drieën namelijk ruimschoots gehad en wist dat ze de grootste ellende opleveren die je kunt bedenken. Drie, dat is altijd twee plus één, en die ene komt er dan maar zo'n beetje bij te hangen.

Hoe dan ook – ze gingen gedrieën op expeditie. Eerst naar een uithoek van Turkije om de vogeltrek te zien, daarna naar de delta van de Senegalrivier om overwinterende lepelaars op te sporen en vervolgens naar de Extremadura in Spanje om uit te zoeken aan welke bedreigingen de kraanvogels waren blootgesteld.

In Spanje viel Wessel van een berg.

Desondanks ondernamen Stein en Simon samen nog een tocht. Ze vertrokken naar Mauritanië, waar deels op Steins kosten een viermansexpeditie verbleef om de paradijselijkheden van de Banc d'Arguin te bestuderen.

2

Kort voor zijn vertrek ontving Stein een brief van Sibe Bouma. Hij was op luchtpostpapier geschreven, maar kennelijk aan een reiziger meegegeven, want de postzegels waren Frans en in Parijs gestempeld. De aanhef luidde: *Beste Otto/Geachte heer Stein.* Hij begreep de aarzeling van de schrijver en glimlachte.

'Ons oponthoud in Nouadhibou heeft aanzienlijk langer geduurd dan we verwacht hadden. Het was een chaos. Elf dagen gevuld met wachten, oever- en zinloze beraadslagingen, het maken, herroepen en vernieuwen van afspraken en andere onbegrijpelijke voorvallen, die ik niet kan beschrijven omdat ze nu eenmaal onbegrijpelijk waren. Als je eens wist hoeveel zweet en geduld alleen het organiseren van benzine, olie en butagas al heeft gekost! Nou ja, ik troost me met de gedachte dat de Banc d'Arguin niet ongerept zou zijn als het gebied makkelijker te bereiken was.

De directeur van het nationale park, waarmee we een half jaar hadden gecorrespondeerd, hebben we leren kennen als een gewichtig man. Hij draagt een militair uniform, wil overal in gekend worden en weet voor elke oplossing een probleem. Hij houdt bij voorkeur kantoor in de hoofdstad Nouakchott. Vier dagen na onze aankomst duurde het verblijf in Nouadhibou hem al weer lang genoeg en verdween hij, zonder opgaaf van redenen maar met medeneming van de kas, zodat we allerlei dingen zelf moesten betalen waarvan was afgesproken dat ze voor rekening van het nationale park zouden komen. Volgens Andrieux, de Franse bioloog die aan het park verbonden is, heeft deze directeur trouwens nog nooit een voet op de Banc d'Arguin gezet. Maar het oordeel van de Fransen over Arabieren en negers zijn we langzamerhand als vooroordeel gaan beschouwen.

Bij onze voorbereidingen hadden we afgesproken dat we vanuit Nouadhibou over zee zouden doorreizen met de Vedette, een schenking van het Wereldnatuurfonds aan het volk van Mauritanië. Een en ander was tot tweemaal toe schriftelijk bevestigd. Blijkt die schuit al vijftien maanden kapot te zijn en voor oud roest in de haven te liggen. We waren dus gedwongen een vrachtwagen te huren en door de woestijn te trekken. Je krijgt er wel dorst van, maar wat een belevenis! Zo'n tocht kan ik je warm aanbevelen.

Al met al hebben we uiteindelijk onze bestemming bereikt en daar ging het toch maar om. Sprakeloos van bewondering hebben we onze eerste verkenningen uitgevoerd. Dit is de wereld zoals hij God voor ogen moet hebben gestaan voordat zijn schepping begon te mislukken.

Stel je voor: de Waddenzee, maar dan overgoten met tropisch zonlicht. Overal het oogstrelende groen van zeegras. Het heldere water wemelt van de vissen, op slikken en banken krioelt het van de vogels. Van horizon tot horizon geen mens te bekennen. Of, om het eens met andere woorden te zeggen: voor het eerst in de geschiedenis wordt hier Fries gesproken en brood met pindakaas gegeten!

De gedachte dat we hier ooit weer moeten vertrekken doet nu al pijn.

Afijn, je zult het dus binnenkort allemaal met eigen ogen aanschouwen. We verwachten jullie op 1 of 2 februari. Volgens ons werkschema zullen we dan enkele dagen in ons basiskamp verblijven, het biologisch station in Iouik, zodat we jullie kunnen begroeten.

Bij aankomst in Nouadhibou worden jullie opgewacht door Sidi, de adjunct-directeur van het park, en/of Andrieux. Ze zullen je naam wel laten omroepen. Mocht de directeur lui-même in de stad zijn, dan moet je alles met hem regelen en staat je een hoop extra werk te wachten. Raak je in het kantoor van het nationale park verzeild, kijk dan eens aandachtig om je heen: meubilair ontbreekt vrijwel geheel en je krijgt niet de indruk dat er ooit gewerkt wordt. Of maak ik mij nu tot spreekbuis van Franse vooringenomenheid?

Er zijn twee mogelijkheden om door te reizen naar Iouik: per landrover (duur maar onvergetelijk, zie boven) of per vliegtuig (snel, maar met beperkte mogelijkheden om bagage mee te nemen). Breng je eigen voedsel mee en zo mogelijk ook water.

Tactvol wil ik erop wijzen dat wij behoefte hebben aan:
— spelden met koppen
— een koperen borsteltje voor het reinigen van bougies
— 1 liter spiritus (smokkelen! spiritus behoort namelijk tot de door Allah verboden dranken; als je niet wilt/durft hoeft het niet, maar wij zouden er erg blij mee zijn)
— 10 pakjes met brandstofblokjes (meta of esbit)
— een aanvulling op onze kruiden, bijv. thijm, kerry, basilicum
— een tube of blikje vaseline + 4 vetstiften voor de lippen.
Niet strikt noodzakelijk, maar welkom:
— mijn extra statiefkop, mét het kleine verloopnippeltje dat er onderin gedraaid moet worden (via Berber, bij mij thuis)
— een platte zaklantaarn, 4,5 v.
Eventueel:
— zwarte vulpenpatronen merk V & D
Nou, ik kap ermee. De tafel vliegt net in de fik door oververhitting van de benzinevergasser. Het blijft behelpen, ook in het paradijs. Je bent welkom!'

Stein herlas de regel *Dit is de wereld zoals hij God voor ogen moet hebben gestaan voordat zijn schepping begon te mislukken.* Het trof hem dat iemand zo'n mooie zin voor hem bedacht had. En wie weet had het gebied werkelijk iets van de beschreven kwaliteiten. Dan gaf dat toch een nieuw perspectief aan de onderneming. Hij geloofde natuurlijk niet in het paradijs, maar was er soms wel mateloos nieuwsgierig naar.

3

Hun vaste trefpunt was de koffiebar in de vertrekhal en daar stevende Stein dan ook recht op af. Een rustig plekje buiten het gedrang van de ochtendspits. Het opgewonden gekwebbel van de reizigers en de met *dingdong* doorspekte mededelingen over vertrekkende en binnenkomende vluchten vloeiden hier ineen tot een vredig geroezemoes – alsof je je in het binnenste van een spinnend beest bevond.

Stein gaf zijn neef een por in zijn middenrif, greep zijn hand beet en zei: 'Zo zien we elkaar dus toch weer terug… het kost me anders altijd wel een verdomde hoop centen om je te spreken te krijgen…'

Simon glimlachte.

O Jezus, dacht Stein, wat flap ik er nou weer uit? Die bink is me een jaar lang uit de weg gegaan, nou zou ik hem toch niet meteen het gevoel moeten geven dat hij in een hinderlaag is gelopen. Ondertussen ging hij zonder haperen verder: 'Die baard staat je goed zeg! Wat drink je daar? Thee? Bestel voor mij maar een kop koffie. Is Anneke er niet?'

Nu legde Simon zijn hand op de schouder van een zwaarlijvige vrouw die zelfs in Steins ogen al van gevorderde leeftijd was. Haar vlotte kleding kon dat niet verbergen. De slaperige ogen in haar pafferige rode vollemaansgezicht wekten onmiddellijk zijn antipathie op en toen ze aan hem werd voorgesteld als Joke Tak besloot hij haar *mevrouw Tak* te noemen.

'Ben je niet meer met Anneke?' vroeg hij geschrokken.

Simon schudde zijn hoofd.

'Hij is nu met mij,' zei mevrouw Tak, terwijl ze haar armen om Simons middel sloeg en zich tegen zijn borst drukte. De verwarring van de mannen scheen haar plezier te doen en haar hebzuchtige vrijmoedigheid nog aan te wakkeren. Simon kon geen drie woorden zeggen of ze dwong hem een zoen af. In zijn plotselinge haast om in te checken brandde Stein zijn mond aan de koffie.

'Otto,' zei ze toen ze hun spullen pakten en in de richting van de balies begonnen te sjouwen, 'of mag ik óóm Otto zeggen?'

Stein haalde zijn schouders op.

'Zul je een beetje zuinig zijn op mijn vriendje?'

'Als het aan mij ligt krijg je hem ongebruikt terug,' beloofde hij knorrig.

'Je laat hem geen gevaarlijke dingen doen?'

'Ik laat nooit iemand gevaarlijke dingen doen.'

'Maar de vorige keer is er toch iemand…'

'Dat lag niet aan mij,' zei Stein scherp. 'Bovendien: waar we nu heen gaan zijn geen bergen.'

'Gelukkig maar.' Ze vloog Simon opnieuw om zijn nek en noemde hem haar bergbeklimmertje. Er blonken tranen in haar ogen, constateerde Stein met tegenzin. Toen hun gezichten zich weer van elkaar losmaakten bleven hun lippen verbonden door een fonkelende speekseldraad, die zich ongelooflijk taai uitrekte, maar ten slotte toch afknapte.

Stein en zijn neef sloten zich aan bij een van de lange rijen wachtenden voor een instapkaart. Langdurig schuifelen scheen de beste voorbereiding te zijn op een vliegreis. Bij het inchecken ontstonden de gebruikelijke moeilijkheden over de fototassen die Simon als handbagage bij zich wilde houden; onbewogen keek Stein toe hoe hij het er deze keer afbracht. Daarna kreeg hun vertrek met het passeren van de douane iets onherroepelijks. Simon draaide zich om. Hij ging op zijn tenen staan en zwaaide naar mevrouw Tak, die eenzaam aan de andere kant van de hal stond.

'Hoe heb je dat nou kunnen doen,' vroeg Stein verwijtend. Hij bewaarde tedere herinneringen aan de afscheidszoen van Anneke, die bij vorige gelegenheden haast tot een traditie was geworden – haar zwierige haar, haar zachte lippen, haar heerlijke parfum.

'Op welke pier moeten we zijn?' vroeg Simon.

'Je had er zo'n prachtige meid aan.'

'Gaan we nog langs de tax-free shop?'

'Was ze soms niet goed voor je?'

'Lig niet te zeiken man.'

In de tax-free shop kocht Simon een slof sigaretten terwijl Stein zich van Balmorals voorzag.

Bij de start van het vliegtuig zag Stein vanuit zijn ooghoeken dat Simon zich nog altijd angstig aan de armleuningen vastgreep als de motoren begonnen te loeien. Toen ze eenmaal in de lucht waren probeerde hij hem te betrappen op oogcontact met de stewardessen, maar daar was geen sprake van – Simon zat glazig voor zich uit te staren. Vergeefs trachtte Stein zich voor te stellen hoe zijn neef het zou aanleggen om een vrouw te versieren. Hij kauwde op het door de KLM verstrekte broodje en ging naar buiten zitten kijken. De machine doorkruiste een onmetelijke blauwe ruimte. Beneden strekte zich een compacte wolkenlaag uit. Net alsof er sneeuw lag. Stel je voor, dacht Stein, dat je daar een man overeind ziet krabbelen die gaat staan schreeuwen en dansen, zou je dan de gezagvoerder durven waarschuwen?

'Wessel nog gezien?' vroeg hij na verloop van tijd.

'Wat?' Simon schrok op uit sombere gedachten.

'Of je Wessel nog hebt gezien.'

'Ik heb hem een keer opgezocht ja.'

'Ik niet.' Stein aarzelde. 'Hij heeft er toch niks aan.'

'Hij heeft er niks aan,' bevestigde Simon.

Daarna zwegen ze een tijdje, zich er beiden van bewust dat het onderwerp nog lang niet was afgehandeld. Toen haakte Simon zijn vingers in elkaar en liet ze kraken. 'Hij zit in een rolstoel, zijn hoofd hangt achterover en zijn mond staat wagenwijd open, het kwijl druipt over zijn kin. Van tijd tot tijd stoot hij een soort geloei uit waarvan je je lam schrikt. Ze zetten hem 's morgens voor het raam, maar hij reageert nergens op.'

'Ook niet op vogels?'

'Nergens op.'

'Godverdomme,' zei Stein. 'Verschrikkelijk. En hij had zulke grote plannen met zichzelf, hij zag het leven helemaal zitten. Ja, aan verbeelding ontbrak het hem niet.'

'Ik mocht hem ontzettend graag.'

'Hij was wel een beetje arrogant.'

'Daar hou ik wel van.'

'Ik bedoel er niks negatiefs mee,' verzekerde Stein snel. 'Heb je Carla ook gezien?'

'Ken je die?'

'Ze was erbij toen ik hem op Mallorca leerde kennen.'

'Ik ben haar een keer een paar foto's wezen brengen. Ik had haar gebeld en ze zei dat ze ze graag wilde hebben.'

'Hoe eh…' Stein sloeg zijn ogen neer. 'Hoe was ze?'

'In gezelschap van een gozer, een zogenaamde vriend van Wessel, nou ja, dat is natuurlijk onvermijdelijk.'

'Wijven zijn taai,' merkte Stein op. 'Wijven geven de moed niet op. Daar kun jij over meepraten nietwaar?'

'Waarom denk je dat ik daarover kan meepraten?' vroeg Simon geprikkeld.

Stein besloot deze kwestie te laten rusten en zei: 'Nog een geluk dat ze geen kinderen hadden.'

'Ja,' zei Simon.

Daarop wendde Stein zijn hoofd af om te gaan zitten uitkijken naar een mannetje dat op de wolken stond te zwaaien en om hulp te roepen. Dat mannetje, verwachtte hij half en half, zou hij zelf zijn. Weldra zette het vliegtuig de afdaling in en schoot er een ongrijpbare mist langs het raam.

In Parijs, in een van de griezelige satellieten op Charles de Gaulle, werd Simon opgevangen door personeel van de luchthaven. Er was een fout gemaakt met zijn ticket. Op Schiphol hadden ze er niet het velletje Amsterdam-Parijs, maar Parijs-Nouadhibou uitgescheurd. Het had heel wat voeten in de aarde voordat deze vergissing was hersteld. Stein betuigde zijn medeleven met de opmerking dat Simon klaarblijkelijk nog altijd dezelfde pechvogel was en deze beaamde dat volmondig: 'Als deze dingen gebeuren, gebeuren ze altijd met mij – ik zweer het je. Gelukkig krijg ik af en toe een telefoontje van een miljonair die me meeneemt naar Afrika, anders zou het leven ondraaglijk zijn.'

De resterende wachttijd brachten ze door in een troosteloos zelf-bedieningsrestaurant, waar ontheemden uit de voormalige koloniën de tafeltjes liepen op te poetsen. Stein nam mineraalwater, Simon ondanks het vroege uur een glas cognac. Met een simpel 'benieuwd wat die Friezen op het ogenblik uitvreten' bracht Stein het gesprek op de expeditie. Hij vertelde wat over de doelstellingen, prees de jeugdigheid en het enthousiasme van de deelnemers en onthulde dat hij vijftienduizend gulden had bijgedragen als aanvulling op de subsidie van het Wereld-natuurfonds. Vervolgens kwamen ze te spreken over de economische crisis en de vraag hoelang een middelgrote zakenman zich nog zulke uitgaven zou kunnen veroorloven. Zolang hij geen gezin stichtte liep het wel los, verzekerde Stein. En dat zou er dit leven wel niet meer van komen. Jammer, hij had best iemand om zich heen willen hebben die vroeg wat je op je brood wou. Volgens Simon was dat niet het enige waar het in een huwelijk om draaide. 'Op mijn leeftijd?' vroeg Stein. Hij legde een paar losse francs op tafel en stond op.

Het toestel van Air Afrique stroomde vol met vakantiegangers met bestemming Conakry of Abidjan. Hun kredietwaardigheid lag op hun gezichten te lezen. Ze hielden hun zonnebrillen en zonnebrandolie alvast bij de hand. Stein bekeek ze met onverholen weerzin. Dit was niet het soort mensen waarmee hij geïdentificeerd wilde worden. Met welke soort wel trouwens?

Bij een tussenlanding in Marseille diende zich het zuiden al aan, beleefd maar onmiskenbaar. De zon scheen, het gras tussen de startbanen was groen en er trippelden kieviten rond. Daarna ging het door een wolkenloze hemel verder over een hoek van de Middellandse Zee. Daar dreven de Balearen. 'Is dat Menorca niet,' zei Stein, 'daar ging je toch altijd op vakantie met Anneke?' Boven Mallorca sloeg Simon terug: 'Wat ik nou nooit gesnapt heb, wat had jij nou eigenlijk op Mallorca te zoeken?' Over de zuidpunt van Spanje met de besneeuwde toppen van de Sierra Nevada en over Marokko met de besneeuwde toppen van de Atlas. Je zal goddomme een trekvogel wezen en dat hele eind zelf moeten vliegen, dacht Stein.

Achter het Atlasgebergte begon plotseling de Sahara. Het eerste geel drong wigvormig in het groen binnen, bos veranderde in geïsoleerd staande bomen, struikgewas in geïsoleerd staande struiken en opeens was er alleen nog maar woestijn, zand. Stein verwonderde zich over de abrupte overgang. Vermoeid probeerde hij zijn benen te strekken. Hij had zin om te praten, maar Simon sliep – natuurlijk sliep Simon. Hij zat in de stoel naast het gangpad, zijn hoofd op een schouder gezakt, zijn mond een eindje open. Zijn borst rees regelmatig op en neer onder een snurkende ademhaling. Misschien, dacht Stein, heb ik me altijd in hem vergist en is slapen zijn werkelijke passie. Hij herinnerde zich Simon slapend tussen de rotsen aan de oevers van de Zwarte Zee, in een Renault 18 tijdens een stofstorm op de weg Saint Louis-Richard Toll en in de lounge van een tot hotel verbouwd klooster in Mérida. Vertederd stelde hij vast dat de ruige baard zijn neef echt goed stond. Het overvloedige blauwzwarte kroeshaar gaf zijn gezicht iets aandoenlijks. Als je hem zo onder een brug aan de Seine zag liggen, zou je heimelijk een briefje van twintig in zijn zak stoppen en op je tenen wegsluipen.

Plotseling brak Stein het zweet uit. Zijn oog was op Simons hand gevallen. Deze rustte op de fototas, die op de stoel tussen hen in stond, en scheen te beduiden: hier had Wessel moeten zitten, jouw schuld dat hij er niet meer bij is!

Manmoedig probeerde Stein zijn emoties weg te slikken. Hij keek naar buiten en het onmetelijke blauw vloog hem aan. Het wrede blauw waarin de Heinkels zich hadden aangediend, het blauw waarin Wessel als een vogel zijn armen had gespreid. Zijn schuld? Nee toch?

Hij merkte dat er een stewardess bleef stilstaan. Bezorgd nam ze hem op. Hij trok zijn wenkbrauwen op en stak zijn vingers tussen zijn boord.

4

'Het is hier overdag zelden kouder dan vijfentwintig graden,' zei Simon nadat ze geland waren.

Stein knikte. Hij was vastbesloten zijn kennismaking met Nouadhibou oppervlakkig te houden, al was het alleen al omdat hij zijn tong brak over de naam.

Gelegen op de kop van een schiereiland werd de stad aan drie zijden ingesloten door water. De woestijn completeerde de omsingeling aan de noordkant. Met circa twintigduizend inwoners was dit de op een na grootste nederzetting van het land, van betekenis vooral door haar haven waar vis en ijzererts werden verscheept. Van de straten was er één geasfalteerd.

Op het vliegveld was niemand aanwezig om hen te verwelkomen. Ze namen een taxi, een blauwgeverfde Renault 4 waarvan de carrosserie met touw bij elkaar gehouden werd, naar de stad en troffen daar het kantoor van het nationale park gesloten. Na raadpleging van de brief van Sibe Bouma liet Stein de chauffeur navraag doen naar Sidi en Andrieux. Uitvoerig beraad met omstanders en voorbijgangers leidde tot de slotsom dat beiden de stad uit waren. Nu eens vloekte Stein en maande Simon tot kalmte, dan weer vloekte Simon en was het Stein die opmerkte dat ze wel voor heter vuren hadden gestaan. Uiteindelijk gebaarde de chauffeur dat hem een goed idee aan de hand was gedaan en dat ze weer moesten instappen. Schapen, koeien, kinderen en voetgangers ontwijkend bracht hij hen naar een woning aan de rand van de sloppenwijken. Stein bekeek het huis, een betonblok met een veranda en diepliggende geblindeerde ramen, met argwaan, maar de chauffeur begon onverwijld hun bagage uit te laden. Vervolgens bracht hij voor al zijn moeite een bedrag in ouguiya's in rekening met een tegenwaarde van een knaak.

Er kwam een jonge Fransman naar buiten. Hij had ingevallen wangen, kleurloze ogen en een korte rode baard. Uit de pijpen van zijn korte broek staken magere benen met sproeten en blonde haartjes. Hij frunnikte aan het zijden sjaaltje dat om zijn nek was geknoopt, maakte zich bekend als Ernest Faucon en begon een gesprek met Simon. Stein doopte hem in gedachten *de zoon van Roodbaard*.

'Wie is die bink,' vroeg hij toen ze aanstalten maakten om naar binnen te gaan.

'Hij werkt voor het nationale park,' antwoordde Simon. 'Noemt zich ornitholoog en assistent van Andrieux.'

'Wist hij niet dat wij verwacht werden?'

'Daar kan ik geen hoogte van krijgen.'

Binnen was het heerlijk koel. Ernest beduidde hun waar ze hun koffers en tassen konden opstapelen, liet hen plaatsnemen op een van de twee banken zonder leuningen waarmee het vertrek gemeubileerd was en zette theewater op. Nog voor de thee goed en wel getrokken was maakte hij hen deelgenoot van zijn frustraties. Hij had dienst geweigerd en zich laten uitzenden in het kader van de ontwikkelingshulp. Hoewel hij reeds tien weken geleden was aangekomen, had hij tot op heden welgeteld drie dagen doorgebracht op de Banc d'Arguin. De godsganselijke dag had hij niets omhanden, niemand scheen hem te kunnen gebruiken. Met de ambtelijke leiding van het park ontbrak nagenoeg elk contact. Andrieux was in zijn ogen een kundig bioloog, maar toch voornamelijk geïnteresseerd in een prettig leven. Wat het sociale leven in Nouadhibou betreft: de blanken meden hem omdat hij tussen de kleurlingen woonde en de kleurlingen omdat hij blank was. En daar kwam dan nog bij dat het hem steeds meer gewetenswroeging bezorgde om uitgerekend in een van de armste landen van de wereld naar de vogeltjes te gaan zitten kijken – met 1,3 miljoen inwoners, 700.000 kamelen en 8 miljoen schapen en geiten realiseerde Mauritanië een bruto nationaal produkt van nauwelijks een miljard gulden per jaar.

Geboeid keek Stein toe hoe de zoon van Roodbaard zijn handen liet fladderen, zijn tenen kromde en van tijd tot tijd zijn lippen op elkaar perste. 'Waar heeft ie het eigenlijk over?' informeerde hij op een gegeven moment.

'Hij heeft het hier niet naar zijn zin,' vatte Simon samen.

'O, nou ja, dat moet ie zelf weten. Vraag eens of hij op de Banc d'Arguin geweest is.'

'Drie dagen,' wist Simon.

'Vraag dan eens hoe het daar was.'

Simons vertaling van deze vraag had op de zoon van Roodbaard een toverachtige uitwerking. Hij rechtte zijn rug en zijn ogen begonnen te stralen. Vervolgens maakte hij een o van zijn duim en wijsvinger en kuste hij verrukt zijn nagels, terwijl hij uitriep: 'Spléndíét.'

'Wat zegt ie?'

'Splendid.'

'Mooi bedoelt ie?'

'Zoiets ja.'

De heer Vignard vertegenwoordigde in Nouadhibou de luchtvaart-maatschappijen UTA, Air Afrique en Air France. Tevens bemiddelde hij tussen mensen met meer specifieke verlangens op het gebied van vliegen en de aëroclub. Welwillend liet hij zich vertellen dat ze naar Iouik wilden. Wisten de heren wel dat vliegverkeer op de strip bij Iouik officieel niet was toegestaan? O nee? Dan wisten de heren zeker ook niet dat piloten en toestellen van de aëroclub primair ter beschikking stonden aan de mijnbouwmaatschappij en dat opdrachten van deze maatschappij altijd voorrang hadden? Nadat hij ze met opmerkingen van deze aard voldoende had geïntimideerd, maakte Vignard aan hun pessimisme in één klap een eind met de belofte dat ze de volgende dag tegen het middaguur konden vertrekken. Ze moesten alleen wel beden-ken dat het vliegtuigje slechts een lading van honderdvijfenzeventig kilo kon vervoeren. Nou, dat leek hun geen probleem. Hoho, dat was dus inclusief hun lichaamsgewicht, verduidelijkte Vignard met een meewarige blik op hun buiken.

'Dan moeten we een groter toestel hebben,' besliste Stein.

Simon vertaalde en Vignard glimlachte. Grotere toestellen waren er niet. Dit is Afrika heren, je hebt het hier niet voor het kiezen! De onderneming scheen weer hachelijk. Totdat de heer Vignard opnieuw zo vriendelijk was een knoop door te hakken. Dan moest er maar twee keer gevlogen worden. Ach, natuurlijk, zou dat kunnen? Helemaal geen probleem, verzekerde Vignard, Iouik was tenslotte maar een uurtje vliegen.

Nadat deze kwestie geregeld was namen Stein en zijn neef voor één nacht hun intrek in hotel Sabah, een paviljoenachtige accommodatie tussen de stad en het vliegveld. Ze verfristen zich, troffen elkaar in het restaurant, bestelden een pilsje en kregen Heineken.

'Het loopt gesmeerd,' zei Stein handenwrijvend. 'Morgenavond zitten we op de Banc d'Arguin. Ik begin me er echt op te verheugen. Zo mooi als het daar moet zijn…'

'En dat wordt met de ondergang bedreigd,' zei Simon half vragend, half constaterend.

'Helemaal niet. Voor zover ik uit de berichten kan opmaken, is dit een volledig ongestoord gebied.'

'Bestaat niet,' zei Simon abrupt. 'Er zijn geen ongestoorde gebieden meer op de wereld. Laatst heb ik een boek gelezen over Siberië… één en al vervuiling, roofbouw, uitstervende diersoorten. Nou vraag ik je, Siberië! En er was een film op de tv over een expeditie die in de Himalaya op zoek ging naar de nevelpanter. Van hetzelfde laken een pak. Nou vraag ik je, de Himalaya!'

Stein had toevallig Sibe Bouma's brief bij de hand en las de passage voor over de wereld zoals hij God voor ogen moet hebben gestaan.

'Nou ja,' zuchtte Simon, 'ik help het je hopen. Het zou wel handig zijn als je gelijk hebt. Bij *Deze Week* hebben ze het roer omgegooid, ze willen nu vooral positief nieuws brengen. In verband met de crisis, snap je? We moeten de mensen een beetje opbeuren.'

'Positief nieuws,' herhaalde Stein peinzend. 'Dus daarom zijn de kranten tegenwoordig zo dun.'

Als vanouds wijdde Simon zich hartstochtelijk aan de maaltijd. Hij at over zijn bord gebogen zoals een roofdier over zijn prooi staat. Zijn kaken maalden gretig, zijn lippen en mondhoeken begonnen te glimmen en zijn enigszins uitpuilende ogen verlustigden zich aan het voedsel dat nog op zijn vork lag te wachten. Aanvankelijk sloeg Stein hem geamuseerd gade, weldra echter begon het tempo waarin zijn neef de witte wijn achterover sloeg hem zorgen te baren. De vingers waarmee Simon het glas hief beefden. En dan was er zijn gelaatsuitdrukking – het was alsof hij zich terugtrok in een noodlottig, maar onweerstaanbaar isolement. Stein taxeerde dat hij op de drempel van het alcoholisme stond. Jezus, dacht hij ontzet, zo erg kan het toch niet zijn! Kon hij hem helpen?

Wat later in de avond zaten ze prettig vermoeid nog een tijdje te kletsen in de lounge. Toen ze uitgepraat waren begon Stein in een tijdschrift te bladeren, terwijl Simon cognac bestelde als 'slaapmutsje'. Op de bank tegenover hen zaten vier onberispelijk geklede Chinezen met hun handen op hun knieën te glimlachen. Simon hield toostend zijn glas omhoog en de Chinezen hadden de grootste lol. 'Zal ik ze wat aanbieden?' vroeg Simon. 'Je doet maar,' zei Stein. Beleefd accepteerden de Chinezen mineraalwater. Ze sjirpten er met hun vogelstemmen lustig op los en als contrast bediende Simon zich van zijn dreunende bas.

'Wat zijn het voor lui?' vroeg Stein toen het overspel van zijn neef hem te lang begon te duren.

Simon zei dat het ontwikkelingswerkers waren. 'Ze adviseren over de modernisering van de haven.'

'Hoorde ik ze iets over Rotterdam zeggen?'

'Ja, ze zijn eerst in Rotterdam geweest om te bekijken hoe een moderne haven eruitziet.'

'Rotterdam!' riep Stein de Chinezen in het Nederlands toe. 'Daar kom ik vandaan.' Hij tikte met zijn wijsvinger op zijn horloge. 'Vanmorgen was ik nog in Rotterdam!'

De Chinezen begrepen er niets van, maar klapten dubbel van eerbied.

Op zijn bed gezeten maakte Stein zijn schoenen los. Aan de zolen kleefde een rand fijne zandkorrels. Verdroogde modder uit zijn tuin aan de Bergse Achterplas. Hij streek er met zijn duim overheen en zag weemoedig hoe het restant Rotterdamse aarde, dat zo trouw met hem was meegereisd, naar de grond dwarrelde. Het eigenaardige afscheidsgevoel liet hem niet los voordat hij zich had uitgekleed, naar de wc was geweest en onder de dekens was gekropen.

Geruime tijd werd hij uit zijn slaap gehouden door de wetenschap dat hij in het buitenland doorgaans slecht sliep, maar op den duur kwam hij toch in een soort sluimertoestand terecht. Stilletjes trok hij zich terug in een hoek van een schemerige zolder. Door een raam in het schuine dak viel een stoffige lichtbaan op een Singer naaimachine en een perstafel met een zwaar strijkijzer. Zo reisde hij in een handomdraai van Nouadhibou naar de jaren dertig.

In die tijd stonden veel woningen leeg en moesten huisbazen hun best doen om huurders te vinden. Ze lieten de plafonds witten, de kamers behangen en een nieuwe traploper leggen. Otto's moeder profiteerde hiervan door bijna jaarlijks te verhuizen. In de lente keek ze eens om zich heen en bij de geringste aanwijzing dat het behang begon te verschieten, het plafond vettig werd of de traploper versleten raakte, liet ze een handkar aanrukken om hun boeltje te verkassen. Als vlooien sprongen ze heen en weer door het centrum van de stad, maar hoe de woningen ook van elkaar mochten verschillen, één ding hadden ze gemeen: er was altijd een zolder met een schuin raam waaronder de Singer werd neergezet.

Otto's doen en laten werd gedicteerd door een diepgeworteld medelijden met zijn vader. Die man zat daar maar aan zijn machine gekluisterd, soms leek het wel alsof zijn voeten waren vastgegroeid aan het trappedaal, en het enige dat hij van de wereld zag waren overdrijvende wolken. Ze mochten hem wel heel erg dankbaar zijn voor de offers die hij bracht, meende Otto. Hij was dan ook ontzet toen hij ontdekte dat zijn moeder zijn vader minachtte. 'Jij?' beet ze hem tijdens een van hun maandelijkse ruzies toe, 'jij moest eens leren om iets anders te naaien dan broeken!'

Otto legde zich erop toe het bestaan van zijn vader te verzachten. Onvermoeibaar zwierf hij met zijn step door de stad om naderhand aan zijn vader te kunnen vertellen hoe het er in de buitenwereld aan toeging. Hij kwam in sloppen, stegen en hofjes waar de deuren altijd openstonden en petroleum- en etensluchtjes naar buiten walmden. Magere paarden trokken sleperskarren en schillenwagens voort en lieten zich lijdzaam afranselen. Waterstokers brachten ketels met dampend waswater rond. Zangers, muzikanten, visventers en acrobaten concurreerden met sjofele handelaartjes in sinaasappelen, karnemelk, goudvissen en almanaks. Dinsdags was het veemarkt en gingen de boeren met een borst die bol stond van het papiergeld langs de Binnen Rotte of het Hang om zich te goed te doen bij de hoeren. Op het strandje aan de Waalhaven verdrongen zich de kinderen van de werklozen, terwijl in de havens op sprot werd gevist met kruisnetten. In de kazerne aan het Oostplein werden de ruige mariniers, die bokkeslingers werden genoemd, gedrild. Een enkele keer stepte Otto van hieruit verder naar het golfterrein aan het eind van de Kralingseweg om zich als caddie te verhuren aan het betere volk. Van de verdienste kocht hij op de terugweg een zak koekkruimels.

Na thuiskomst sloop hij op kousevoeten naar boven. Zijn moeder had het hem verboden, maar dit was het enig denkbare besluit van zijn omzwervingen. De stoffige lichtbaan, de naaimachine, de perstafel, zijn vader. Geduldig wachtte hij tot zijn vader het pedaal liet rusten, een half afgemaakte broek onder de naald uittrok en de draad afbeet. Dan kwam hij dichterbij en begon hij te vertellen. In de Jonker Fransstraat had een dronken kerel ruzie gemaakt met zijn vrouw. Krijsend waren ze elkaar aangevlogen. Vuile zuipschuit! Wijf, krijg de tering! Otto's vader grinnikte en zei: 'Zulke dingen moet je niet zeggen, jongen.'

Otto kwam nog wat dichterbij staan. 'Jij drinkt niet hè, pa?'

'Ik wou dat ik er tijd voor had.'

'Ja, jij moet broeken naaien. Is het moeilijk om broeken te naaien?'

Otto's vader slaakte een zucht. 'Ze zeggen dat broeken voor een kleermaker het makkelijkst zijn. Maar ik ben nu eenmaal een beetje onhandig, naar het schijnt. Ik ben niet voor dit werk in de wieg gelegd.'

Nu stond Otto helemaal tegen zijn vader aan. 'Maar als je nou héél, hééél erg je best doet pa, dan kun je toch ook wel een jasje naaien?'

'Wie weet.' Lachend aaide zijn vader hem over zijn haar. Omzichtig maar vasthoudend probeerde Otto zijn vader over te halen om een colbert te maken. Hij droomde ervan dat zijn vader het kledingstuk beneden op tafel legde en dat zijn moeder haar handen voor haar mond sloeg van bewondering. Het kwam er nooit van. Het scheen maar niet tot zijn vader te willen doordringen wat het belang was van zijn suggesties.

Op 10 mei 1940 dreef een gerucht hen voor dag en dauw uit bed. Om half zes hoorden ze via de distributieradio dat de Duitsers het land waren binnengevallen. Er was sprake van luchtlandingen bij het vliegveld Waalhaven, Duitse watervliegtuigen schenen te zijn neergestreken op de Nieuwe Maas. Zodra hij de kans schoon zag trok Otto er met zijn step op uit om oorlogje te gaan kijken. Op de Admiraliteitskade ontmoette hij een stelletjes jongens van school. Boven hun hoofd sloegen kogels putjes in de muur en het gruis viel op hun haren. Ze waren opgetogen over deze belevenis en diep teleurgesteld toen ze door grimmige mariniers werden weggestuurd.

Vier dagen later veranderde het bombardement de oorlog in realiteit en het hart van Rotterdam in een ruïne. Hun woning werd door brand verwoest, zodat ze gedwongen waren in te trekken bij Otto's grootmoeder in Crooswijk. Zijn moeder ontdekte een lege zolder in een naburig huis en er werd een nieuwe naaimachine georganiseerd. Ondertussen waren Otto's zorgen over zijn vader ernstiger dan ooit. De angst waarvan zijn vader tijdens het bombardement had blijk gegeven liet hem geen rust. Zodra het leven onder de bezetting enigszins genormaliseerd was, hervatte hij zijn zwerftochten, te voet nu, want zijn step was verloren gegaan. Nauwgezet observeerde hij de vijand. Hij zag dat de soldaten beleefd, gedisciplineerd en proper waren en dat de officieren charmant waren in de omgang met vrouwen. Alles wat ter geruststelling kon dienen grifte hij in zijn geheugen en rapporteerde hij uitvoerig aan zijn vader. De Duitsers doen geen kwaad pa, betoogde hij in alle toonaarden. Zijn vader lachte maar wat en aaide hem over zijn hoofd.

In het voorjaar van '41 vond de eenzame kleermaker een jonge kraai op het dak...

Stein ontwaakte en trok het gordijn open. De hemel had een frisse, staalblauwe kleur, waarin nog resten van het nachtelijk duister doorschemerden. Het vroege zonlicht wierp lange schaduwen op de binnenplaats. Er liep een neger met een schaap op zijn nek. Boven een enorme watertank cirkelden drie zwarte wouwen.

5

Ik kan hem wel aan, dacht Stein onwillekeurig, dat berelijf is lang niet zo sterk als het lijkt.

Simon sjokte achter hem aan, zijn schouders gekromd onder het gewicht van de fotoapparatuur, zijn voorhoofd drijfnat van het zweet. Ze hadden die ochtend ijlings proviand ingeslagen en stonden bepakt en bezakt om hun reis te vervolgen toen ze van de heer Vignard vernamen dat de vlucht een dag was uitgesteld. Niets om je over op te winden, verzekerde hij luchtig, kleine tegenslagen behoorden tot de charme van het leven hier. 'C'est l'Afrique eh.' Dus hielden ze hun kamers in hotel Sabah aan en maakten ze nu een wandeling over de lemen vlakte bij de haven, een plas waarin een verbazingwekkend aantal scheepswrakken werd bewaard. Grote en kleine wrakken, houten en ijzeren wrakken, gekantelde en gebroken wrakken, verweerde en nog gave wrakken. Ze vormden een fraai decor voor rustende aalscholvers en kleine zilverreigers. Simon schoot zijn eerste plaatjes, Stein nam zijn Olympus pocketcamera uit zijn borstzak en fotografeerde hoe zijn neef stond te fotograferen.

'Laten we een beetje uit de buurt van het vliegveld blijven,' zei Stein. 'Straks worden we opgepakt en hoe wil jij dan uitleggen wat we hier uitvreten?'

'Zouden ze ons niet op ons woord geloven?' zei Simon.

'Vogeltjes kijken? Ach heren, wij zijn toch niet achterlijk! Die verrekijkers, die telelenzen... en al die stempels in uw paspoorten niet te vergeten...'

'U hebt gelijk Edelachtbare, spionage is de enige redelijke verklaring.'

'Dat geeft u dus toe! Nou, dan weet ik het mooi met u gemaakt: eerst hakken we u een hand af, dan laten we u geselen en tenslotte hangen we u op.'

'Da's weer eens wat anders.'

'Hoe lang zou het duren voordat ze ons in Nederland missen?' vroeg Stein.

'Misschien krijgen ze op zeker moment wel iets in de gaten,' gokte Simon, 'maar ik heb niet de illusie dat ze ons ooit zullen míssen.'

'En mevrouw Tak dan?'

'Die koopt eindelijk een...'

Vibrator, dacht Stein snel.

'... elektrische deken,' zei Simon.

Aan het eind van de haven staken ze een landtong over waardoor ze aan de oever van een wijde baai terechtkwamen. Ook hier lagen verscheidene scheepswrakken, het leek waarachtig wel alsof ze in een tehuis voor demente schuiten verzeild waren geraakt. Een zeer schilderachtig exemplaar rustte hoog op het strand en vertoonde alle denkbare stadia van oxydatie. Op de reling zaten twee reigerachtige vogels, in elkaar gedoken als ziekelijke oude mannetjes. 'Stop,' zei Simon. Hij fotografeerde ze, ging omzichtig een meter of vijf naar voren, fotografeerde ze weer, rukte nog wat verder op, enzovoort. 'Wat zijn het in godsnaam?' vroeg hij, terwijl hij zijn neus platdrukte tegen de achterkant van de camera.

'Kwakken,' zei Stein. 'Pas op, ze worden onrustig.' De aanblik van deze bijzondere vogels gaf hem heel even het gevoel iets bijzonders te zijn.

'Pazzop,' herhaalde Simon gedachteloos. Hij drukte opnieuw af en ten langen leste verhieven de vogels zich op hun opbollende ronde vleugels om in noordelijke richting te verdwijnen. Simon herademde. 'Die staan erop. Kwakken zei je?'

'Moerasvogels, en bovendien leiden ze een nachtelijk leven. Vraag me niet wat ze op klaarlichte dag in deze woestenij te zoeken hadden.'

'Weet je het dan wel zeker?'

'Heb je een betere suggestie?'

'Nou... eh...'

'Zie je wel dat het kwakken waren,' concludeerde Stein.

Ze liepen om het roestige karkas heen, probeerden beweging te krijgen in de schroef en staken hun hoofd door een gat in de romp. Daarna vervolgden zij hun weg door het rulle zand. De zon brandde onbarmhartig, maar ze wilden geen van beiden de eerste zijn met het voorstel om terug te keren. Blauwe reigers, aanzienlijk fletser van kleur dan hun Europese soortgenoten, sommige waren zelfs nagenoeg wit, waadden spiedend door het blinkende zeewater. Vlak erboven patrouilleerden reuzensterns, elegante vliegeniers met snavels als vismessen. Als terloops bracht Stein de vogels op naam die de waterkant liepen af te schuimen. Regenwulp, groenpootruiter, rosse grutto, bonte strandloper... Hij hanteerde zijn kijker zoals hij het Wessel altijd had zien doen; zijn rechterhand gebruikte hij voor het scherpstellen, duim en wijsvinger van de linker drukte hij tegen zijn slaap ter vergroting van de stabiliteit.

'Je hebt er ondertussen behoorlijk kijk op,' zei Simon.

'Maar heeft het enig nut?' reageerde Stein. 'Een groenpootruiter blijft een vreemde voor je, of je hem nu groenpootruiter noemt of niet. Wessel... Wessel wist van alle vogels iets bijzonders. Waar ze heen gingen, waar ze vandaan kwamen, waarom ze een lange nek hadden, een dikke snavel of spitse vleugels... Dat mis ik dus.'

Ze passeerden een bosje doornige struiken, de enige begroeiing die ze tijdens hun wandeling waren tegengekomen, en bereikten het eind van de landtong. Aan de overkant lag Nouadhibou achter een smal front van industriële gebouwen en installaties. Er waren een paar, op het oog zeewaardige, schepen afgemeerd. Toen ze gingen zitten voelden ze de warmte van het zand aan hun handen. Stein trok zijn benen op en sloeg er zijn armen omheen. Simon rommelde wat in zijn fototas, vroeg zich af of de verbranding van zijn armen al zodanige vormen had aangenomen dat hij zijn mouwen moest afrollen, besloot alles maar te laten zoals het was en hervatte een gesprek dat de vorige dag op Schiphol in de kiem was gesmoord.

Zijn oom had gelijk, zei hij plompverloren, Anneke was een fantastische vrouw voor hem geweest. Niet alleen mooi, maar ook lief, zorgzaam, solidair en praktisch. Afijn, hij wilde niet in details treden. 'Als ik maar niet zo bang van haar was geweest, als ik maar niet van die verschrikkelijke dromen had gehad.' Mistroostig staarde hij voor zich uit.

'Wat voor dromen?'

'Ik droomde bijvoorbeeld dat we op een feestje waren en dat ze al een hele tijd met dezelfde jongen danste en dat ik dacht: als we nóu niet naar huis gaan komt er narigheid van. Ik probeer haar aandacht te trekken, maar ze kijkt straal de andere kant op en een plezier dat ze heeft! Ik ga naar haar toe. Ik worstel me door die gruwelijke, hossende massa heen en tik haar op haar schouder, maar ze schudt haar hoofd. Ik zeg: we gaan naar huis. Je weet de weg, zegt ze. Je weet de weg! Ik voel me verraden en begin over mijn hele lijf te beven. Dit kán niet waar zijn. Ik probeer het met dreigementen, als het erop aankomt ben ik tenslotte de baas over ons tweeën, zo is het tot nu toe tenminste altijd geweest, maar ze lachen me midden in mijn gezicht uit – die jongen ook, die is zo verdomd zeker van zijn zaak. Dan gooi ik het over een andere boeg en probeer ik het zielig. Je houdt toch nog wel van me? Ik durf het nauwelijks te vragen, want stel je voor dat ze nee zegt. Ga nou maar, zegt ze, ik zie wel wat ik doe. Ik kan haar godverdomme wel doodslaan!'

'En dan?' vroeg Stein nadat Simon enige tijd had gezwegen.

'Dan begin ik haar te haten zoals ik nog nooit iemand gehaat heb en word ik wakker. Met haar warme billen tegen mijn heup ligt ze poeslief te slapen. Maar ik haat haar nog steeds, snap je? Dat wijf, die teef, zo makkelijk komt ze niet van me af! Ik lig een hele tijd te woelen en aan het ontbijt krijgen we ruzie omdat er geen vers brood is.'

'En zij begrijpt er niets van,' veronderstelde Stein.

'Je kunt moeilijk zeggen: ik heb vannacht gedroomd dat je me voor schut zette en wee je gebeente als dat nog eens gebeurt. Godverdomme, wat een ochtenden waren dat! Ik dacht dat ik gek werd – ik zweer het je. Het gebeurde op den duur twee, drie keer in de week. Zij radeloos, ik radeloos, zo ging het dus niet langer.'

'Tsja,' zei Stein, helemaal week van medelijden.

'Verdomd Otto, ik hiel van 'r, maar het ging echt niet meer.'

'Hééft ze je wel eens bedrogen?'

'Dat gaat je geen bliksem aan,' zei Simon fel. Daarna zakten zijn schouders weer een decimeter en kwam er weer een floers om zijn stem. 'Ik háár wel natuurlijk, daar hoef je me niet aan te herinneren. Het was mijn eigen geweten dat opspeelde, de angst dat ze me ooit met gelijke munt zou terugbetalen en hoe miezerig ik dan zou blijken te zijn. Maar wat verandert dat aan de zaak? Het ging gewoon niet meer.'

Plotseling had Stein het gevoel dat ze hier nooit meer zouden weggaan, dat ze de rest van hun leven zouden doorbrengen met het uitwisselen van intimiteiten op het geblakerde strand bij Nouadhibou. Hij vergruizelde een schelp tussen zijn vingers. Tamelijk dichtbij weerklonk het geluid van spattend water – een reuzenstern roofde een zilveren visje uit zee.

'Je doet soms dingen,' hervatte Stein, 'en achteraf begrijp je bij God niet hoe je ooit zo stom hebt kunnen zijn.'

'Ja,' zei Simon, die dacht dat het nog steeds over zijn verhouding met Anneke ging.

'Je kent de verhalen wel over de kraai die mijn vader in de oorlog heeft gehad.'

Simon knikte.

'Maar je weet niet hoe hij aan zijn eind gekomen is.'

Simon schudde van nee.

In januari 1944, vertelde Stein, werd de Duitse bezettingsmacht in Rotterdam gemobiliseerd om de kraai, die riep dat Hitler dood was en dan in z'n eentje het gelach van wel twintig mensen imiteerde, te elimineren. De Algemene Begraafplaats en een aangrenzend deel van Crooswijk werden afgegrendeld en de moffen gingen verbeten op kraaiejacht. De buurt amuseerde zich kostelijk. De Duitsers spaarden hun munitie niet. Na een uur waren zes kraaien neergeschoten en verder in geen velden of wegen nog vogels te bekennen. Toen de kraai van Otto's vader na een week nog niet was teruggekeerd namen ze aan dat hij het loodje had gelegd. Na de bevrijding echter, in de zomer van '45, ging op een goeie dag als een lopend vuurtje het gerucht door de straat dat er een sprekende kraai was gesignaleerd. Otto ging op onderzoek uit en vond hem. In de dakgoot boven een café aan de Rottekade zat de vogel met een scheef kopje om zich heen te loeren en van tijd tot tijd schetterde hij dat Hitler dood was.

'Dat stomme beest wist het nog beter dan wij,' zei Stein. 'Volgens ons was Hitler ondergedoken. Maar kun je je voorstellen wat er door mij heen ging?'

'Je zult wel blij geweest zijn,' raadde Simon.

'Ik vond het verschríkkelijk, ik was er helemaal kapot van. Vooral omdat die kraai wel was teruggekomen en mijn vader niet, snap je? Ik kreeg nachtmerries dat mijn vader in een kraai veranderd was. En die kolerevogel maar door de buurt vliegen en de woorden krijsen die mijn vader hem geleerd had. Nou, dát ging dus ook niet meer. Toen heb ik iets ontzettend smerigs gedaan.'

Stein zweeg even, schudde zijn hoofd en ging verder: 'Wekenlang ben ik in touw geweest om het vertrouwen van die kraai te winnen. Jezus, ik geloof niet dat ik ooit iets heb gedaan wat me meer geduld heeft gekost. Het beest was erg schuw geworden, maar op een zeker moment was ik hem toch te vlug af. Hij streek bij ons op de vensterbank neer en rats, daar had ik hem te pakken! En toen... ik schaam me dat ik het zeggen moet... toen heb ik een opgerold elastiekje om zijn snavel geschoven en hem weer losgelaten!'

'Gadverdamme,' zei Simon.

'Ja,' zei Stein.

'Dan is ie dus doodgehongerd.'

'Dat moet haast wel... dat een mens zo wreed kan zijn, soms kan ik het zelf niet geloven.' Op dat moment schrok Stein wakker uit zijn trance en kon hij zijn tong wel afbijten. God, had hij zich even in de kaart laten kijken. Wat stom dat hij zich zo makkelijk in slaap had laten sussen. Hier had zijn neef het natuurlijk op toegelegd; van de ene vertrouwelijkheid kwam de andere en voor je er erg in had lag de schuldvraag omtrent het ongeluk van Wessel op tafel.

Loerend vanuit zijn ooghoeken probeerde hij te ontdekken of zijn neef in de gaten had wat hij had aangericht, maar Simon zat naar de zandkorrels tussen zijn voeten te kijken en uit zijn gezicht was niets op te maken.

Je hebt me nog lang niet te pakken klootzak, dacht Stein terwijl hij opstond.

Uit het struikgewas, een meter of vijftig achter hen, kwam een hond te voorschijn. Hij strekte zijn voorpoten, zakte door zijn schouders en geeuwde hartstochtelijk. Naast hem verscheen uit de schaduw een tweede hond, en een derde, en nog een. In volgorde van opkomst rekten ze zich geeuwend uit, waarbij ze hun blikkerende tanden lieten zien. Ten slotte stonden zo'n dertig honden op rij naar de twee mannen te staren, die ondanks hun lichaamsomvang fragiel afstaken tegen de zee.

2 *Arhavi*

I

Hij betaalde bij een benzinestation met een biljet van duizend lira en kreeg een stapel briefjes van tien en twintig terug. Omdat hij deze bundel niet zo gauw in zijn portemonnee gepropt kon krijgen borg hij hem op in zijn borstzak.

Kort daarop onderbraken ze hun reis door de desolate vlakte bij een nietig theehuis. Over de parkeerplaats strompelde een schichtige hond met een knobbel aan zijn voorpoot. Volgens Simon leed het dier aan een tumor. Wessel hield het op een slecht genezen botbreuk. Stein had geen mening, hij zag alleen maar een deerniswekkende hond met een defect aan zijn poot.

Ze dronken een glas thee en zeiden de voor de hand liggende dingen over de hitte en het landschap. Het besef dat er nog vele honderden kilometers te gaan waren liet ze geen rust. Weldra riepen ze dus de baas van het spul bij zich om af te rekenen. De man beet op zijn snor en vroeg een paar dubbeltjes.

Argeloos reikte Stein naar zijn borstzak. Daar verscheen de prop bankbiljetten...

'Jezus,' zei Simon, 'moet dat zo opvallend?'

'Je lijkt wel een Amerikaan,' zei Wessel.

Stein staarde overdonderd naar zijn handen. Begon de magie van het geld zich nu tégen hem te keren?

Een enkel incident daargelaten bleef Steins gemoedsrust bijna die hele dag onbedreigd. Er stond, meende hij, voor hem weinig op het spel. Het welslagen van de onderneming was geheel afhankelijk van het welslagen van Wessel en die wekte niet de indruk ooit zijn greep op de gebeurtenissen te verliezen. Energiek en doelbewust bepaalde de jonge bioloog het verloop van zaken.

Uur na uur reden ze voort in de Murat, die door de verhuurder in

Ankara grijnzend *de Turkse Cadillac* was genoemd, maar in werkelijkheid een Turkse uitvoering van de Fiat 124 bleek te zijn. Hun bestemming was Arhavi, een vlek tussen het Armenisch Hoogland en de Kaukasus. Wonderlijk, mijmerde Stein, dat zijn reisdoel nu eens niet werd gedicteerd door zakelijke belangen of een platvloerse hang naar aardse genoegens, maar door het grote mysterie van de natuur. Of zoals Wessel het de vorige avond had geformuleerd: 'Wij trekken omdat de vogels trekken.'

En die vogeltrek vertoonde zo zijn eigenaardigheden. Grote vogels vlogen bijvoorbeeld anders dan kleine. Grote vogels konden niet zo'n hoog bewegingstempo onderhouden, want dan zouden ze vliegspieren moeten ontwikkelen als staalkabels en door het gewicht daarvan spoedig niet meer van de grond kunnen komen. Om energie te sparen maakten ze zoveel mogelijk gebruik van opwaartse luchtstromen en dus waren ze gedwongen grote watervlakten te mijden, boven zee was immers geen thermiek. Dit gegeven in aanmerking genomen, bracht een blik op de kaart van Rusland de Engelse onderzoeker Mark Beaman tot de slotsom dat waarschijnlijk niet alle grote vogels uit dit immense achterland een omweg over Istanboel zouden maken. Menselijkerwijs gesproken moest er ook een oostelijke route om de Zwarte Zee in gebruik zijn. In het najaar van 1976 verbleef Beaman gedurende enkele weken in Arhavi en het verslag van zijn bevindingen verwekte een sensatie. Het bevestigde niet alleen het bestaan van de oostelijke trekroute, maar raamde bovendien het aantal passanten op een miljoen – voornamelijk buizerds en wespendieven. Tot op dat moment was niet eens bekend dat in Rusland zo veel roofvogels bestonden. 'Een miljoen,' herhaalde Wessel geestdriftig. 'Moet je je eens voorstellen!'

'Die krijgen we nooit allemaal op de foto,' reageerde Simon.

'Ken je die Beaman?' vroeg Stein.

'Ik heb schriftelijk contact met hem gehad,' zei Wessel. 'Hij was erg behulpzaam. Waarschuwde dat hij een paar keer agressief was bejegend door jagers…'

Naar Arhavi dus. Omdat wespendieven geen thermiek konden ontberen. Omdat Wessel niet kon dulden dat er jacht werd gemaakt op trekvogels. Omdat Stein nu eenmaal van tijd tot tijd onder bekoring kwam van mannen met visie en lef. Het was al met al toch gecompliceerder dan *wij trekken omdat de vogels trekken.*

De hoogvlakte tussen Ankara en de Zwarte Zee was van een adembenemende dorheid. Naakte heuvels, van leigrijs tot koperrood, regen zich aaneen. Hier en daar werden de dalen doorsneden door kurkdroge rivierbeddingen. In de verste verte geen toefje groen te bekennen.

'In de Romeinse tijd moet dit nog helemaal bebost zijn geweest,' merkte Wessel op. 'Geduldig wacht de natuur op het einde der mensheid, een nieuw begin.'

Stein keek om zich heen en vroeg: 'Denk je echt dat het zo zal aflopen?'

'Ooit,' zei Wessel. 'Maar we zullen het zo lang mogelijk uitstellen.'

Wessel reed, Stein zat naast hem, Simon lag met opgetrokken benen op de achterbank te slapen.

'Ik heb een stuk over je gelezen in de krant,' zei Stein.

De NRC?

'*Het Vrije Volk.*'

'Natuurlijk, *Het Vrije Volk.*'

'Hoezo?'

'O gewoon, je hebt nou eenmaal mensen die de NRC lezen en mensen die *Het Vrije Volk* lezen... niets ten nadele van *Het Vrije Volk* overigens, want ze besteden behoorlijk veel aandacht aan poëzie...'

'Ze schenen je nogal belangrijk te vinden.'

'En daar was jij het niet mee eens?'

Stein raakte in verwarring. Hij had zich geen moment afgevraagd of hij het ermee eens was of niet, hij was alleen maar verguld geweest met zijn vriendschap. 'Ik heb geen verstand van gedichten,' zei hij ten slotte.

'Nee?' vroeg Wessel quasi verwonderd.

'Er stond een gedicht van je bij,' vervolgde Stein.

'"*De zon in het laatste kwartier*".'

'Ja! Het leek me wel mooi.'

'Maar je begreep het niet?'

'Nou eh, om je de waarheid te zeggen...'

'Men dicht ook niet om begrepen te worden,' verklaarde Wessel. 'Anders was er geen kunst aan.'

Piekerend klopte Stein wat sigareas van zijn broek. Alle ramen van de Murat stonden open en er woei een hete wind naar binnen.

Bij het naderen van de kust kwamen ze in vruchtbaarder streken terecht. Op houten raamwerken hingen tabaksbladeren te drogen.

Langs de weg strekten zich onafzienbare velden van geoogste hazelnoten uit. Een meisje zat tegen een heuvel te breien en wierp af en toe een
blik op een kudde schapen. Een stokoude vrouw kromde haar rug
onder een enorme last gesneden gras. Een ezeltje bezweek haast onder
het gewicht van een dikke kerel, die hem harteloos in de flanken trapte.

Je zult in dit land geboren worden, dacht Stein.

'Heb jij ook altijd het meeste medelijden met de beesten?' vroeg
Wessel op een toon die Stein het gevoel gaf dat er een valstrik werd
gespannen. Hij vervolgde echter ernstig: 'Beesten zijn tenslotte alleen
maar willoze slachtoffers, het is hún maatschappij niet!'

'En mensen dan?' zei Stein, die tenslotte al zo oud was dat hij de
oorlog had meegemaakt.

In een dorpje aan de kustweg kochten ze een meloen, een brood, een
stuk worst en wat te drinken. Daarna reden ze verder tot ze een plek
bereikten die geschikt leek voor een picknick. Ze zetten de auto aan de
kant, sloten hem zorgvuldig af en liepen langs de ondiepe monding van
een riviertje.

'Een kleine zilverreiger,' wees Wessel. 'Als hij een poot optrekt uit
het water zie je die knalgele tenen. Mooi hè? De halswervels van een
reiger zijn zo geconstrueerd dat ze gespannen kunnen worden als een
katapult. Eigenlijk functioneert de nek als een lanceerinrichting voor de
snavel... ze hebben wel eens berekend met welke snelheid een reiger
toeslaat – ongelooflijk!'

Blinkend lag de Zwarte Zee aan hun voeten. Ze gingen zitten op de
kiezels en spraken hun etenswaren aan. Gulzig zette Simon zijn tanden
in het vruchtvlees van de meloen, het sap droop als bloed uit zijn mondhoeken. 'En dan te bedenken,' zei hij slurpend, 'dat deze meloen water
heeft opgezogen dat wemelde van de microben. Er hoeft maar één zo'n
kleine rotzak door je darmwand heen te dringen... hij nestelt zich in je
ruggemerg, je begint je een beetje slap te voelen en twee weken later zit
je in een rolstoel...'

Een man kwam nieuwsgierig naderbij en ging op zijn hurken bij hen
zitten.

'Ook goeiemiddag,' zei Wessel.

De Turk grinnikte. Hij nam een van de hazelnoten die hier waren
aangespoeld en kraakte hem tussen zijn kiezen. De gepelde noot of-
freerde hij aan Stein. Deze nam hem verrast aan.

'Gadverdamme,' zei Simon.

'Sodemieter op,' zei Stein.

'Ik wil er ook wel een,' zei Wessel.

Het ritueel met de hazelnoot, of: hoe vreemdelingen, die geen flauwe notie hebben over elkaars herkomst of bestemming, samen een maaltijd kunnen gebruiken. Ze beloonden de man met de restanten van de meloen, het brood en de worst en gingen verder.

'Nou ja,' zei Simon, 'ik heb liever dat ze me een hazelnoot geven dan dat ze de auto openbreken.'

De man wuifde hen na tot ze uit het zicht verdwenen.

Overal langs hun route waren mijlpalen opgericht door de dood.

Hier lag een koe, waarvan het achterlijf was verpletterd en de rest was gevild, daar een schaap, waarvan de vacht opbolde door de maden. Op verschillende plaatsen lagen potige hershonden in verschillende stadia van ontbinding. In een brede greppel lag een vrachtwagen met een totaal vernielde cabine; de lading werd bewaakt door een achtergelaten politieman met een pistoolmitrailleur over zijn knieën.

Simon reed en Stein begon te begrijpen waarom zijn neef zo dikwijls betrokken was bij ongevallen die altijd aan andermans stommiteiten te wijten waren. 'Kan het niet wat voorzichtiger?' vroeg hij.

'Hoezo?' Met een zweem van vijandigheid trok Simon aan zijn filtersigaret.

'Ik vind de situaties hier nogal onoverzichtelijk… al die koeien en mensen die zonder uit te kijken oversteken.'

'Zo hard mogelijk erop af, als het fout gaat kun je altijd nog remmen,' zo vatte Simon zijn methode samen. Hij keek in het spiegeltje en vroeg: 'Wat vind jij van mijn rijstijl?'

'Ruig,' zei Wessel ongeïnteresseerd.

Zie je wel, dacht Stein.

In de buurt van Ordu kwamen ze door een bocht, die Simon dwong gas terug te nemen. Hier stonden een paar mensen langs de weg. In de met sappig gras begroeide glooiing was een laken uitgespreid, enkele kinderen zaten er op hun hurken omheen.

'Jezus,' zei Simon, 'zie je dat?' Op hetzelfde moment waren ze er voorbij.

'Een vrouw,' zei Stein.

'Meen je dat?' vroeg Wessel, terwijl hij achteromkeek.

'Haar haar kwam onder het laken uit.'

'Ik dacht dat het een schoen was,' zei Simon.

In ieder geval was daar kort tevoren een mens doodgereden, daar waren ze het wel over eens. Ze vervielen in een geschokt zwijgen.

Een paar kilometer verderop trapte Simon plotseling op de rem. 'Rij jij maar,' zei hij tegen Stein.

De avond viel. De zon zonk hier in de Zwarte Zee zoals hij op Scheveningen in de Noordzee zonk en op Mallorca in de Middellandse Zee. Simon en Wessel discussieerden over de vraag waarom de zon nooit als een perfecte bol achter de einder schuift, maar op het laatste moment altijd wordt afgeplat of in nevels opgelost. De zorg om het voortbestaan van de Murat lieten ze aan Stein over. Het klamme zweet stond in zijn handen. Waarom, vroeg hij zich af, moesten ze op zo'n mooie dag en in zulk prettig gezelschap zo'n lugubere tocht maken? Ook nadat de duisternis volledig was ingetreden weigerden de vrachtwagenchauffeurs in dit land hun lichten te ontsteken. Ze doemden zomaar voor je op, namen altijd de korte bocht, reden je soms zelfs met z'n tweeën naast elkaar tegemoet. Langzaam maar zeker maakte een verlammende angst zich van hem meester. Als hun bestemming nu in laatste instantie eens niet werd gedicteerd door de vogeltrek, maar door de dood?

Eindelijk reden ze dan toch Arhavi binnen, negenhonderdvierenvijftig kilometer en veertien uur na hun vertrek. Aan de boulevard stond, op de hoek van een armzalig horeca-rijtje, hotel Tuzcu Palas dat hun door Beaman was aanbevolen als *eenvoudig, maar gastvrij en proper*. Hoewel het de avond van de dertigste augustus was, waren ze de eerste buitenlanders die er dat jaar werden ingeschreven. Nadat de nodige formaliteiten waren vervuld, waarbij de universele gewoonten van het hotelwezen hen over de taalproblemen heen hielpen, gingen ze weer naar buiten om de bagage uit te laden. Wessel had zijn koffers het eerst te pakken en liet Stein en Simon alleen achter.

'Godsklere,' verzuchtte Stein terwijl hij hem nakeek, 'wat weet die bink veel.'

'En wat laat hij dat graag merken,' vulde Simon aan.

Lachend stompte Stein zijn neef tegen de borst. Hij deelde zijn scepsis niet, maar toch schonk deze opmerking hem voldoening. Simon nam hem tenslotte in vertrouwen en scheen niet in het minst geneigd hem om de sympathie van de dichter-bioloog te beconcurreren.

2

Het ene doel is nauwelijks bereikt of het volgende dient zich al aan.

Eerst hadden ze gevlogen, toen gereden en nu gingen ze te voet. Over een door loofbomen beschutte weg liepen ze die ochtend het binnenland in. Monter schilderde Wessel wat ze van het gebergte, dat steil uit zee oprees, te duchten hadden: kloven, jagers en gifslangen. Stein hield het erop dat een geur van gevaar onmisbaar was voor de echte expeditiesfeer en tilde er niet zo zwaar aan.

Dank zij Wessels contacten met Beaman beschikten ze over een situatieschets waaruit bleek dat het pad naar de top van de Isina pal buiten het dorp begon. Op aandringen van Simon echter, die geen stap te veel wenste te verzetten, spraken ze voorbijgangers aan om de weg te vragen. 'Isina, Isina,' zei Wessel dan met zijn blik op de bergen gericht. De aangesprokenen reageerden volgens een vast patroon: eerst deinsden ze terug, dan begonnen ze te lachen en te knikken en vervolgens wezen ze dieper het dal in.

'Dit gaat fout,' concludeerde Wessel na een uur of twee waarin hun marstempo veel van zijn vaart verloren had. 'Misschien is Isina de naam van de hele keten, misschien betekent het wel gewoon *heuvel* of *top*...'

'Verdomd,' steunde Simon, 'dit hele eind hadden we nog met de auto kunnen doen.'

'Zal ik de camera's dragen?' bood Stein aan. Deze vernedering liet zijn neef zich echter niet aandoen.

Aan de ene kant van de weg stonden een paar huizen, aan de andere lag een overschaduwd kerkhofje. Ze legden hun schoudertassen en rugzakken af en voegden zich bij een paar mannen die op een brokkelig muurtje zaten te kletsen. Een van hen bleek in Wolfsburg gewerkt te hebben, hij verstond Duits. Nadat Wessel hun problemen had uiteengezet gingen de mannen in beraad. Ondertussen deden Stein en zijn makkers zich te goed aan de peertjes waarmee een kleine jongen was komen aandraven. De vruchten dreven in een schaal met water en waren verrukkelijk koel. Dankbaar staken ze een hand op naar de moeder van de jongen, die in een deuropening stond en zich schielijk terugtrok in het duister van de woning.

Na geruime tijd mondde het overleg van de dorpelingen uit in een eenstemmig besluit: ze kregen een gids toegewezen. Broodmager was hij en hij droeg gympjes waar zijn eeltklompen aan alle kanten uitpuilden. Kom op, gebaarde hij, terwijl hij de knusse begraafplaats overstak naar het bos.

De Turk klom als een gems. Wessel deed weinig voor hem onder en wilde dat laten merken ook. Stein en Simon raakten gedurig achterop, zodat zich bij hun fysieke marteling ook nog de eenzaamheid voegde en de angst te verdwalen. De Isina ontpopte zich als een beul. Herhaaldelijk voerde het pad over kale hellingen, waar de verzengende zonnestralen vrij spel hadden. Soms zagen ze zich gedwongen tot het oversteken van gladde rotsen. Wreedaardig zoog de berg de zuurstof uit hun longen, het zweet uit hun poriën, de kracht uit hun beenspieren en de urine uit hun blaas. En net als ze het zouden begeven, liet hij de teugels telkens even vieren. Dan gunde hij hun een beetje schaduw, een verfrissend briesje, een slok van het water dat hier en daar ijskoud uit de bodem opwelde of een korte rustpauze zodat ze een schijfje citroen op hun tong konden leggen. Waarna het beulswerk kon worden voortgezet.

'Dit is zinloos,' kreunde Simon met zijn laatste adem, 'vanavond heb ik zo'n spierpijn dat ik vijf dagen lang geen stap kan verzetten. Ik ga terug, ik ga terug, waarom gaan we godverdomme niet terug?'

Zo beleefde Stein toch nog enig genoegen aan hun beproeving. Hij vond troost bij de gedachte dat hij het er van hun tweeën het beste afbracht. Kennelijk was zijn conditie minder slecht dan die van zijn bijna twintig jaar jongere neef. Hij stelde zich voor dat Wessel daar notitie van nam en vanuit de verte een welwillend oog op hem liet rusten.

Vlak onder de top verenigden ze zich weer. Wessel inspecteerde een ovale hut, kunstig opgetrokken uit boomtakken en gebladerte. Naast dit bouwsel hing tussen twee palen een grofmazig vogelnet. Vooralsnog vormde dit de enige aanwijzing voor de aanwezigheid van jagers.

Hun magere gids nam afscheid. Hij wimpelde hun dankbetuigingen af en aanvaardde welgemoed de terugtocht. Stein registreerde ondertussen dat Wessels gezicht rode vlekken vertoonde en dat zijn ogen een beetje scheel stonden — ook hem had de klim blijkbaar danig aangepakt.

De kruin van de berg werd omcirkeld door smalle terrassen. Volgens Wessel was er kaalslag gepleegd en omdat hij nu eenmaal overal een verklaring voor zocht, opperde hij: 'Zouden ze hier thee willen planten of zouden ze dat speciaal voor de jacht hebben gedaan?'

'Staat die denkmachine van jou nooit even stil?' vroeg Simon hijgend. Het klonk als een compliment, stelde Stein afgunstig vast, zoiets had hij zelf moeten zeggen. Wessel grinnikte.

Nu het tegen het middaguur liep zochten ze een plekje met een weids panorama om uit te rusten en wat te eten. Ze praatten over hun ervaringen tot nu toe. Simon schroefde een 400 mm-lens op zijn camera en prees de lichtomstandigheden. Wessel liet zich laatdunkend uit over de Canon verrekijker die Stein speciaal voor deze reis had aangeschaft – voor kenners was alleen Leitz in tel. Traag kauwde Stein op zijn brood, hij had een trillerig gevoel in zijn benen en was misselijk van vermoeidheid.

Toen wipte Wessel plotseling zijn bril op. Met één en hetzelfde gebaar bracht hij zijn Leitz voor zijn ogen. 'Mijn God,' fluisterde hij, 'alsof je een afspraak hebt…'

Vanuit de diepte – daar lag het miniatuur van Arhavi aan een intens groene zee – kringelden een paar grote bruine vogels omhoog. Wespendieven, begreep Stein, of buizerds. Thermiekvreters! Hij voelde zich buitengesloten door Wessels ontroering en verbaasde zich over zijn onmiskenbare gewaarwording van teleurstelling. Wat gebeurde er dat hem ontging?

Simon vloekte hartgrondig. Het zweet droop uit zijn wenkbrauwen in de zoeker van zijn camera, waardoor hem het fotograferen belet werd. 'Waarom gaat toch alles fout wat ik doe?' gromde hij vertwijfeld.

In een half uur kwamen ongeveer zeventig vogels voorbij. Zonder merkbare inspanning wonnen ze hoogte tot ze nog maar als stippen tegen het blauw afstaken. Het was alsof ze de baan van een onzichtbare kurketrekker volgden. Op het hoogste punt braken ze de cirkelbeweging abrupt af om in zuidoostelijke richting weg te zeilen.

'Zie je dat ze in een kleine hoek van elkaar wegvliegen?' zei Wessel. 'Zo wordt hun front steeds breder en is de kans groter dat ze de volgende plek met thermiek vinden; zodra er weer één begint te cirkelen klonteren ze weer samen. Slim bekeken van die beesten, of niet?'

Toen de laatste roofvogel weg was begon de bioloog uit te leggen hoe ze wespendieven en buizerds uit elkaar konden houden. Je hoefde slechts in de gaten te houden dat wespendieven een slankere kop/nek-partij en een langere staart hadden. Kwamen ze wat dichterbij dan kon je een verschil in het kleurpatroon van de staart onderscheiden. En van zéér nabij zou je kunnen zien dat wespendieven gele ogen hadden en buizerds bruine. Bij dit onderricht wendde Wessel zich meer en meer tot Simon, terwijl Stein wat onbeholpen terzijde kwam te zitten. Op dit terrein gaf hij zich in de competitie met zijn neef niet veel kans – als jongste beschikte Simon natuurlijk over de beste ogen en als fotograaf over het scherpste onderscheidingsvermogen.

Achter hen werd iets onverstaanbaars gezegd. Als betrapte school-jongens kwamen ze overeind. Wie zou in deze situatie de leiding op zich nemen?

Ze stonden tegenover een knaap van een jaar of twintig. Hij had vrolijke ogen, een lachende mond en levenslustig krullend haar. Op zijn onderarm rustte een dubbelloops jachtgeweer. Hun verlegenheid deerde hem niet in het minst. Hoewel ze er duidelijk blijk van gaven geen woord Turks te verstaan, ratelde hij er onbekommerd op los. Het centrale thema in zijn betoog klonk als 'doaan'. In de tussentijd manipu-leerde hij vervaarlijk met zijn vuurwapen. Nu eens wees hij met de dubbele loop naar de lucht, dan weer naar zichzelf of naar de drie expeditieleden. Op zeker moment duwde hij hem Wessel bijna in zijn neus. Toen deed Stein een stap naar voren. Hij pakte het geweer reso-luut beet en duwde het naar beneden, zodat de loop eindelijk naar de grond wees. 'Hou je gedeisd maat,' zei hij. 'En wat is dat voor 'n gezeik over *douane*? Je wilt ons toch niet wijsmaken dat we al op de Russische grens zitten?'

Geamuseerd trok de jager zijn wenkbrauwen op. Hij haalde de trek-ker over om te demonstreren dat het wapen niet geladen was.

Wessel zei: 'Ik geloof dat *doaan* Turks is voor roofvogel.' Toen lachten ze allemaal.

'Ugur,' zei de jonge jager met zijn hand op zijn borst.

'Wessel,' zei Wessel.

'Simon,' zei Simon.

'Otto,' zei Stein.

'Machmut,' hernam Ugur, op de jongen wijzend die schuin achter hem stond. Machmut was een spookachtige verschijning met een groot, kaal hoofd, grote, uitpuilende ogen en grote, afstaande oren. Hij hield een dunne stok in zijn hand waaraan een kleine vogel was vastgebonden. Nu het ijs eenmaal gebroken was toonde Wessel zijn interesse voor dit vogeltje.

'Grauwe klauwier,' zei hij, 'kennelijk in gebruik als lokvogel.' Over de ogen van het beestje waren rode dopjes geplakt, waarin aan de onderkant een spleet was uitgespaard zodat hij maar een smalle reep van de aarde kon zien. Machmut dacht Wessel een plezier te doen door de stok met een ruk te bewegen: de klauwier fladderde op, werd door het touw geremd en streek zoekend weer op zijn zitplaats neer.

Lager op de berg hadden de jagers een nachtverblijf ingericht dat ruimte bood aan een man of vijf, zes. Het lag in de schaduw van een paar kromgetrokken naaldbomen en was gedeeltelijk in de grond uitgegraven, gedeeltelijk van planken in elkaar getimmerd. Wat ze ook met hun geweren mochten aanrichten, dacht Stein bij zichzelf, het waren in ieder geval jongens uit het volk en hun bestaan was geen vetpot.

Ze dronken thee, spraken veel over *doaan* en probeerden niet al te verstoord te reageren op de kunstjes die Machmut uithaalde met de ongelukkige klauwier.

Toen voer er een siddering door het kamp. Een van de jagers had de nadering van een roofvogel gesignaleerd. Als gelanceerd sprong Ugur op. Hij greep, laadde en schouderde zijn geweer. Bijna net zo rap had Simon zijn camera in de aanslag.

De vogel scheerde over de boomtoppen in het dal en zette de inmiddels bekende cirkelbeweging in. Dezelfde cirkels liet Ugur de loop van zijn geweer beschrijven. 'Weg,' blafte Simon toen de duivelse Machmut in zijn beeld heen en weer begon te springen.

De vogel kwam hoger en hoger. Stein vroeg zich af hoelang Ugur nog zou wachten.

'Een wespendief, zie je?' vroeg Wessel rustig, terwijl hij in zijn notitieboekje een aantekening maakte die misschien eens zou uitgroeien tot een gedicht.

Stein schudde zijn hoofd. Alle vragen waren op dit moment ondergeschikt aan deze ene: zou de vogel het gevaar tijdig bemerken?

Hij herademde toen het dier op het kritieke moment overstag ging, waarna hij zich in een oogwenk buiten bereik van de hagelpatronen bevond.

'Nou ja,' zei Simon berustend, 'ik had het er toch nooit allemaal scherp op gekregen.'

3

Het werd een gewoonte dat ze 's middags gingen zwemmen. Zodra ze van hun dagelijkse bergtocht waren teruggekeerd sprongen ze in de Murat om langs de kustweg een plaats te zoeken waar ze zich konden uitkleden zonder aanstoot te geven. Het lauwe zeewater spoelde hun vermoeienissen weg. Er dreven uitgestrekte velden kwallen rond, maar deze waren niet groter dan een rijksdaalder en deden geen kwaad.

De vierde dag stak er een harde wind op, die een hoge golfslag veroorzaakte en een woeste schuimkraag langs de oever legde. Van zwemmen kwam toen niet veel.

Stein dronk zijn colaflesje leeg en keek eens om zich heen. Op rotsige eilandjes zaten onbeweeglijke dwergaalscholvers hun uitgespreide vlerken te drogen; ze zagen eruit als opgeprikte vlinders. Simon verzorgde zijn teennagels met een zakmes. Wessel was verdiept in de observatie van iets dat hij een gele kwikstaart noemde.

Waarom ben ik niet gelukkig, vroeg Stein zich af. Hij nam een paar kiezels en begon op een rotspunt te mikken. Met een nijdige tik troffen de steentjes doel.

'Je hebt een vaste hand,' zei Wessel.

'Ach,' zei Stein gestreeld. Hij telde tien kiezels uit en trof met zes ervan de rotspunt.

'Laat mij het ook eens proberen.' Met deze woorden kwam Wessel naast hem zitten, terwijl Stein bereidwillig een eindje opschoof. Wessel koos eveneens tien kiezels uit, maar scoorde aanzienlijk hoger, maar liefst negen keer was het raak! 'Hè,' zei hij quasi verrast, 'ik doe het ook niet slecht!'

De branding brulde. Stein staarde in de verte, zijn oogleden toegeknepen tegen de schittering van het zonlicht. Hij vond het niet erg dat Wessel zo kleinerend tegen hem optrad, voor zulke mannen kon je tenslotte geen alledaagse maatstaven aanleggen. Hij zat veel meer in zijn maag met de momenten waarop Wessel zijn ongenaakbaarheid liet varen.

In verband met de ramadan, de Mohammedaanse vastentijd, gingen de eethuisjes in Arhavi niet voor zonsondergang open, zodat ze pas laat konden gaan eten. De rest van de avond brachten ze gewoonlijk met een fles wijn door op het balkon aan de zijkant van het Tuzcu Palas. Aan de overkant van een plein, waar het overdag een komen en gaan was van autobussen en vrachtwagens, lag de moskee. Smalle openingen toonden het schimmenspel van biddende gelovigen.

Het was tijdens deze schijnbaar zo vredige uren dat Stein begon in te zien hoezeer hij zich in zijn neef vergist had. Dit was niet meer het opgetogen ventje dat zich door oom Otto liet onthalen op een ijsje in de Euromast en een rondvaart door de havens. Dit was zelfs niet meer de goedmoedige knaap die zijn kont tegen de krib gooide en de wereld introk om het onzekere bestaan van een persfotograaf te gaan leiden. Nee, dit was iemand anders, iemand die je het bloed onder je nagels uit haalde.

Simon spuide anekdotes.

Midden in de woestijn in Tunesië was hij eens aangehouden door een politieman – deze beweerde dat hij door het stoplicht was gereden en liet hem niet gaan voordat hij een forse boete had betaald.

In Algiers hadden ze hem eens acht dagen lang opgesloten in een onderaardse kerker omdat hij zonder papieren over straat liep – acht dagen lang fungeerde hij als lustobject voor zijn medegevangenen.

Voor de soft-sexpagina's van *Deze Week* had hij eens een model gefotografeerd met tepels zo groot als een halve pink – ze kwam al klaar als er alleen maar naar gekeken werd.

En hij had eens een vriendin gehad op maandbasis – ze liet hem altijd komen als ze ongesteld was, want dan had haar man geen trek om met haar te neuken, terwijl híj er juist verzot op was.

Zo verzorgde Simon keer op keer een avondvullend programma. Stein zat er mokkend bij en zoog geërgerd aan zijn sigaar. Hij verdomde het op dit niveau met zijn neef te concurreren, hij weigerde ook te accepteren dat dit dé methode was om Wessel in te palmen. Die was immers veel te intelligent om aan zulke verhalen geloof te hechten, te beschaafd om er genoegen in te scheppen! Maar toch – telkens weer spoorde Wessel Simon aan om door te vertellen. Het gretige gegiechel van de bioloog werkte Stein op zijn zenuwen. Verwarrend was het, onbegrijpelijk zelfs! De onbeschoftheid ook waarmee ze hem buiten de conversatie sloten!

Maar goed, op zeker moment schenen ze zich dan toch zijn bestaan te herinneren. Wessel keek over zijn schouder en Stein prees zich gelukkig dat ze in het donker zijn gezicht niet konden zien.

'Wat ben je stil,' zei Wessel. 'Vertel ook eens wat.'

Van schrik verslikte Stein zich in de sigarerook. Wat kon hij in godsnaam vertellen? Iets over de trends in de wasmachinewereld, over de verschillen tussen Miele, AEG en Zanussi?

Wessel vroeg: 'Hoe oud ben je eigenlijk?'

'Vijftig bijna,' zei Stein. 'Maar onverwoestbaar.'

'En heb je je hele leven in Rotterdam gewoond? Dan heb je dus het bombardement meegemaakt. Hoe was dat eigenlijk?'

'Niet leuk,' zei Stein. Hij dacht aan zijn doodsbange vader, de vrouw in de leren jas bij de tramhalte, de klok die stilstond op 13.28 uur...

'Hè ja,' interrumpeerde Simon, 'laten we het eens over de oorlog hebben. Ik heb in mijn familie zo verschrikkelijk over de oorlog horen zwetsen, dat ik later stomverbaasd was te horen dat er echt zoiets als een oorlog geweest is – ik dacht dat ze hem verzonnen hadden, ik zweer het je!'

'Hou je kop jij,' zei Wessel, terwijl hij zijn stoel zo draaide dat hij niet langer met zijn rug naar Stein zat.

Stein aarzelde. Het bombardement, dat liet zich niet uit de losse pols beschrijven! Voor hem was het nog steeds werkelijkheid, hij hoefde zijn ogen maar dicht te doen om Rotterdam opnieuw te zien branden, maar voor anderen kon het nooit meer zijn dan een opsomming van woorden. Zijn weerstand overwinnend koos hij ten slotte voor een fragment in de anekdotische sfeer. 'Een kleinigheid,' zei hij, 'maar je hebt van die kleinigheden die op een kind een onuitwisbare indruk maken.'

Hij had op zijn vaders zolder in een naald getrapt en de naald was zo diep in zijn hiel gedrongen dat ze naar het ziekenhuis aan de Coolsingel moesten om hem eruit te laten halen. Massa's bloed herinnerde hij zich en een vriendelijke, grijze dokter, die met al zijn vriendelijkheid echter niet kon voorkomen dat de naald afbrak. Ten langen leste hadden ze besloten het stuk in zijn voet maar te laten zitten. 'Dat komt er nog wel uit,' zei de dokter. 'Als het begint te zweren kom je terug en dan krijgen we het wel te pakken.' Een paar weken later brak de oorlog uit. Het ziekenhuis werd met de grond gelijk gemaakt en toen Otto op de Coolsingel zag hoe het puin werd afgevoerd, dacht hij radeloos: als die naald nu uit mijn voet komt is er niemand die me kan helpen!

'God,' zei Stein, 'wat heb ik in mijn rats gezeten.'

'En die naald,' vroeg Wessel, 'is die er ooit uitgekomen?'

'Niet dat ik weet. Volgens mij zit hij nog steeds ergens in mijn poot, al veertig jaar loerend op een kans om te ontsnappen, maar ik merk er nooit iets van. Afijn, dat zie je zelf, ik ben vlugger de berg op dan Simon.'

'Jij loopt dus rond met een stuk echt vooroorlogs staal in je lijf?'

'Mijn hele lijf is vooroorlogs.'

'Zoals het mijne naoorlogs is.'

'Dat hangt er maar van af wanneer de volgende oorlog begint,' zei Stein. 'Hoe vaak is naoorlogs al niet veranderd in vooroorlogs?'

Nu kwam Simon opnieuw tussenbeide. Hij protesteerde heftig tegen 'dat stomme geouwehoer over de volgende oorlog. Dat verzinnen jullie maar... om interessant te kunnen doen met jullie jeugdherinneringen. Er komt geen oorlog meer! Iedereen weet wat er dan gebeurt en de wereld wordt toch niet geleid door gekken?'

'Alsof je vroeger niet gek hoefde te zijn om een oorlog te beginnen,' wierp Stein tegen. 'Bovendien: de wereld wórdt geleid door gekken! Door gekken en gangsters en met de gangsters zijn we vaak nog het beste af.'

'Bespaar me deze familietwist,' verzocht Wessel. 'Je hebt nog steeds niets verteld over het bombardement zelf, Otto.'

Met een woedende ruk goot Simon een half glas wijn in zijn keel. Op hetzelfde moment dat hij zijn mond opendeed, zwaaiden de deuren van de moskee open. De godsdienstoefening was afgelopen en een drom in het geloof gesterkte islamieten stroomde naar buiten. Dwars door de menigte heen strompelde een koe in de richting van een geparkeerde vrachtwagen met hooi. Voldaan keek Stein toe hoe het kreupele beest tussen de touwen door aan de lading begon te sjorren. Weldra rolde de wind grote bossen hooi heen en weer over het plein.

Stein vertelde over de angst van zijn vader, de dood van de vrouw in de leren jas en het defect van de klok bij de tramhalte. En over de eerste bom natuurlijk.

'We staan daar dus met z'n allen tegen de gangmuur onder de trap en Wouter, mijn oudste broer, maakt nog een geintje, zo van *wie heeft er een scheet gelaten?* en daar komt ie! Een jankend geluid recht boven ons huis, het was alsof je hoofd uit elkaar barstte.'

'Een voltreffer?' vroeg Wessel.

'In de straat! Hij kwam midden op straat terecht. Maar als je het mij vraagt had het wel een voltreffer moeten zijn.'

'O jee,' zuchtte Simon, 'ik dacht al: waar blijft ie?'

'Die eerste bom was voor ons huis bedoeld, daar ben ik absoluut van overtuigd. Ik heb er natuurlijk geen bewijzen voor, maar die gedachte heeft me nooit losgelaten. Ach God, hoe vaak ik me niet heb voorgesteld hoe het allemaal gegaan is... het vliegtuig, dat in de buurt van Bremen opstijgt en zich met een sierlijke zwenking in de formatie voegt... de piloot, die de hele weg een bepaalde snelheid aanhoudt en dan boven Rotterdam gekomen precies de goeie wijk uitzoekt... de bommenrichter met zijn duim op de knop, het kleine verschil in zijn reactiesnelheid of zijn ademhaling, dat uitmaakt wanneer hij de knop uiteindelijk indrukt... Nee, je maakt mij niet wijs dat ze al die moeite hebben gedaan om een bom bij ons op de straat te gooien. Het scheelde maar een seconde, dan was het een voltreffer geweest!'

'En dan hadden we nu niet hier gezeten jongens,' vulde Simon aan.

'Of Otto had het overleefd en dan hadden we nu misschien gezegd: als die bom een seconde later was gevallen was hij gewoon midden op straat terechtgekomen,' opperde Wessel.

'Eerder,' zei Stein.

'Eerder?'

'Hij viel een seconde te vroeg.'

'O, neem me niet kwalijk, dat wist ik niet.'

'Het kan ook aan de wind gelegen hebben. Er stond nogal een harde westenwind en die kan hem uit zijn koers hebben geslagen.'

'Tsja,' zei Wessel, zich nu in Steins gedachtengang verplaatsend. 'Misschien heb je gelijk, misschien leef je nog steeds in die ene seconde, die ene tel tussen het moment waarop de bom zich in jullie dak boort en de explosie.'

Stein merkte dat zijn sigaar was uitgegaan en schoot hem over de balustrade. Een merkwaardige rilling kroop langs zijn ruggewervels omhoog.

Wessel ging verder: 'De tijd is namelijk maar een verneukeratieve instelling. Een tredmolen, denk ik wel eens. Je rent als een muis in het molentje en je denkt natuurlijk dat je een geweldige afstand aflegt, maar het is allemaal illusie. Dus wie weet, Otto, en speelt jouw hele leven zich af in één seconde! Een droom! De meeste dromen duren trouwens niet langer dan een seconde, hoe gedetailleerd ze ook zijn.'

'Dan zou ik wensen dat het een vrolijke droom was,' zei Stein, die zich knap onbehaaglijk voelde bij de gedachte dat zijn leven, als een logische consequentie van zijn obsessie voor de eerste bom, tot één seconde werd gereduceerd.

Simon zei dat hij het koud begon te krijgen en stond op. 'Ik moet mijn camera's nog nakijken.'

'En ik wil nog wat schrijven,' zei Wessel terwijl hij zijn stoel oppakte.

Voor Stein was de enige reden om naar binnen te gaan dat het kennelijk tijd werd om naar binnen te gaan. Hij voelde zich smerig, alsof er een insekt in zijn mond was gevlogen. Het was een prettige gewaarwording dat hij Wessel had weten te boeien, hij was alleen bang dat zijn verhalen op den duur zouden wegzinken in het drab van Simons anekdotes.

Voortaan was het Simon die het initiatief nam om Stein in het gesprek te betrekken. Hij gebruikte zijn vriendelijkste stem en zei bijvoorbeeld: 'Toe Otto, vertel eens waarom je destijds een lingeriezaak bent begonnen.'

'Lingerie?' riep Wessel uit. 'Slipjes en beha's? Ik dacht dat je stofzuigers en ijskasten verkocht!'

'Da's z'n vak,' zei Simon, 'maar hij heeft natuurlijk ook zijn hobby's.'

Stein slaakte een zucht en peuterde een sigaar uit het cellofaan. 'Moet dit nou, jongens?'

'Jazeker!' zei Wessel stellig.

Omdat Stein stuurs voor zich uit bleef zitten kijken, begon Simon zelf maar: 'Hij moest eens naar Turijn... in Turijn worden toch wasmachines gemaakt hè?... om met een of andere fabrikant te onderhandelen, maar zijn Italiaans is ook niet meer wat het geweest is, dus hij scharrelt in Rotterdam een mokkeltje op dat als tolk met hem meegaat. Samen op zakenreis, samen in een hotel, je weet hoe dat gaat. Van het een komt het ander en op zekere avond zit dat grietje in haar pikante ondergoed bij hem op bed. Hè, zegt Otto, wat een enige spullen heb je aan. Ja, zegt die meid, in Rotterdam kun je dit bijna nergens krijgen. En de rest van de nacht – je bent zakenman of je bent het niet – zitten ze te kletsen over de lingeriemarkt. Aan het ontbijt wordt de zaak beklonken: meneer stort zich op een nieuwe branche en mevrouw wordt filiaalhoudster! Zo is het gegaan, of niet soms?' vroeg Simon, zich tot Stein wendend.

'Het was in Milaan,' zei Stein.

Of hij trok een argeloos gezicht en zei: 'Zeg Otto, je bent toch nog eens een tijdje bevriend geweest met Joop Fijt?'

Wessel reageerde onmiddellijk: 'Joop Fijt? Die fascist?'

'In die tijd was hij nog niet zo bekend,' zei Stein terwijl hij een kleur kreeg. 'Niemand wist dat hij een fascist was.'

'Lieve God, je bent met hem bevriend geweest! Dat valt me van je tegen, Otto.'

Het leek zo'n hartelijke vent, dacht Stein vertwijfeld. En hij leed armoede voor zijn idealen.

'Wanneer is dat geweest?'

'In '70 ongeveer.'

'En hij trok toen al van leer tegen de gastarbeiders?'

'Hij zei dat villabewoners makkelijk praten hadden, dat je je moest verplaatsen in de werkman die de problemen op zijn bord kreeg – dat de buitenlanders werden gebruikt om de lonen laag te houden, dat de buitenlanders onze eigen mensen uit de goedkope woningen verdreven, dat de buitenlanders zich bij ons moesten aanpassen zoals wij dat in het buitenland ook doen...'

'En dat leek jou wel een redelijk verhaal?'

Stein haalde zijn schouders op. Hij was niet in staat Fijts uitstraling te beschrijven zonder de indruk te wekken dat hij nog steeds aan de verkeerde kant stond. 'Ik woonde in een villa,' gaf hij schoorvoetend toe, 'ik dacht dat hij opkwam voor de gewone man.'

Simon doofde zijn sigaret en nam een slok wijn. 'Je hebt ze toch volgestopt met geld?'

'Ook dat nog,' zei Wessel.

'Nou, volgestopt...' zei Stein.

'Ach Jezus,' zei Simon, 'het heeft maanden geduurd voordat mijn moeder je aan het verstand had gebracht dat die vent niet deugde. En toen heb je pas met hem gebroken.'

Misschien had ik nooit met hem gebroken, dacht Stein, als ik niet ontdekt had dat ze me achter mijn rug uitlachten, dat ze me alleen maar nodig hadden voor mijn geld.

Of hij bracht piekerend zijn hand aan zijn voorhoofd en zei: 'Hoe zat het ook weer met die hoeren in Rome, Otto?'

'Wat weet jij daarvan?' vroeg Stein fel.

'Hoho, je hoeft me niet meteen op te vreten!'

'Die verdomde Tom, wat een oud wijf!'

'Hoeren in Rome?' informeerde Wessel verlekkerd.

Simon zei: 'Vier tegelijk!'

En Stein: 'Maar ik was samen met Tommie, mijn jongste broer.'

Wessel weer: 'Vier hoeren!'

Simon: 'En liters champagne!'

Wessel: 'Wat ik me als wetenschapper toch allemaal moet ontzeggen!'

Stein: 'Ach, het was een feestje.'

'Vertel op,' riepen Simon en Wessel gelijktijdig uit.

Stein schraapte zijn keel en zocht wanhopig naar een uitweg. 'Het is lang niet zo leuk als jullie denken,' zei hij met een verstikte stem. 'Ik heb een rotzooitje gemaakt van het leven. Heb het eigenlijk nooit serieus genomen, deed maar wat, liet het terloops voorbijgaan omdat ik altijd dacht dat mijn ware leven nog moest beginnen. Weet je, mijn vader is in 1943 verdwenen...' Zo hoopte hij tijdig de veilige haven van de oorlog te bereiken.

'Dat heeft er niets mee te maken,' zei Simon.

'Wat weet jij daarvan snotneus?'

'Nou ja,' zei Wessel sussend, 'zoiets kan natuurlijk wel invloed hebben.'

'De Duitsers hebben mijn vader van huis gehaald en we hebben hem nooit meer teruggezien. Ik heb nooit willen geloven dat hij dood was. Dat wil zeggen: ik wíst dat hij dood was, maar ik was er net zo stellig van overtuigd dat hij terug zou komen. Misschien is het wel onvermijdelijk dat je er een rotzooitje van maakt als je in twee volstrekt tegengestelde dingen gelooft. Vier hoeren in Rome – God ja, we hebben lol gehad, maar wat een ellende eigenlijk!'

Hum, deed Simon. Stein waarschuwde hem met zijn ogen dat hij zijn mond moest houden.

Wessel nam zijn notitieboekje uit zijn borstzak en zei: 'Ik ben blij dat je dit gezegd hebt, Otto.'

Ik vraag je niet om medelijden, dacht Stein bitter. Ik ben godverdomme geen kind meer!

4

De dagen waren enerverend, de nachten slopend. De zegeningen van de slaap werden hem stelselmatig onthouden.

Zijn kamer lag aan de voorkant van het hotel, op de hoek van de tweede verdieping. Een deur waar telkens de klink uit viel, een korrelige cementen vloer, één bed om te beslapen en een tweede voor de bagage, een gloeilamp aan het plafond, gordijnen die te smal waren voor de ramen. Maar proper, dat zeker. Zelfs de lege wijnflessen die op rij onder de wasbak stonden werden iedere dag afgestoft. De logieskosten bedroegen nog geen vijf gulden per nacht.

Wat maakt het nou uit, vroeg Stein zich af, of je je ogen hier dichtdoet of thuis? Maar hij wist het verschil: hier zou hij niet in slaap vallen.

Hij zat in zijn onderbroek op het bed tegen de buitenmuur en betastte zijn pijnlijke voeten. Was het nou de linker of was het de rechter waarin hij een overblijfsel van zijn vaders naaigerei met zich meesleepte?

Zijn voeten waren melkwit, met griezelige lange tenen en een duidelijk zichtbaar netwerk van pezen en aders. De voeten van een dode.

Zijn vader gaf hem een knipoog.

De bleke kleermaker, die bespot werd omdat hij slechts broeken kon naaien, stond bovenaan de trap. Hij hield zijn ene hand op de leuning en de andere aan de bovenste knoop van zijn winterjas. Onzeker glimlachend liet hij zijn blik over de gezichten van zijn gezinsleden glijden. Ze huiverden in hun pyjama's en glimlachten angstig terug. Moeder en opoe en Tommie en Greetje... op Otto bleven zijn ogen rusten. Beiden dachten ze aan het geheime verbond van de zolderkamer. Toen knipoogde zijn vader en werd Otto overspoeld door een warm geluksgevoel. Hij wist zeker dat er niets fout zou gaan. Met die knipoog gaf zijn vader immers uiting aan een ongeschokt vertrouwen in hun bezwerende afspraak: ons doen de Duitsers geen kwaad!

'Kop op,' zei zijn vader.

'Oh God,' mompelde zijn moeder.

Met de ene Duitser voorop en de andere achter zich aan liep de kleermaker naar beneden. Ze hoorden de deur dichtgaan en verdrongen zich voor het raam om een glimp op te vangen van wat er in de verduisterde straat gebeurde. Tegen het glas kleefde een ondoorzichtige laag ijzel. Net druipend kaarsvet.

Opoe, die kinds begon te worden, zei ruw: 'Zo, die komt niet meer terug.' Otto liet zich echter niet van de wijs brengen. Hij vergeleek de gemoedsrust waarmee zijn vader was vertrokken met de angst waarvan hij blijk had gegeven tijdens het bombardement en was er des te meer van overtuigd dat alles zich ten goede zou keren.

Het geluid van een wegrijdende DKW ... lang geleden.

Buiten, op de boulevard, stond een vrachtwagen te ronken. Ook in het hotel nam de gebruikelijke nachtelijke herrie een aanvang. Het geklepper van sandalen op de gang, het slaan van de wc-deuren, rauwe Turkse stemmen die elkaar eindeloos vragen en antwoorden toeriepen. Stein strekte zijn benen; zijn knieschijven kraakten. Hij had pijn in zijn borstbeen en zijn linkerschouder. Wrijven hielp niet en kreunen evenmin, maar wat kon je anders doen?

Zijn vingers gleden over zijn wang.

Hij voelde de warme striemen die de hand van Astrid Suvaal had achtergelaten. Astrid met haar radde Italiaans, haar verleidelijke ondergoed en haar feilloze zakeninstinct. Was het liefde? In ieder geval was het hartstocht, jarenlang, óók nog nadat Astrid getrouwd was met een vijftien jaar oudere tandarts, een gebeurtenis waarbij hij met spijt bedacht dat hij zelf haar hand had moeten vragen. Ze beviel van een zoon en Stein benutte elke kans om het kind te verwennen. Op zekere dag bracht Astrid de bezwaren van haar man over: 'Hij wil niet dat je je zo intensief met Rini bemoeit.'

'Maar als ík nu eens de vader ben?' opperde Stein. En toen kréég hij haar hand! Pets, midden in zijn gezicht.

Dat zou Wessel nog eens een mooi verhaal vinden! Ach, waarom gaf Wessel hem steeds zo'n kinderachtig gevoel? Hij was nota bene bijna vijftig, en een geslaagd zakenman!

Hoe oud was Rini nu? Negen? Hij stuurde hem zelfs geen verjaardagskaarten meer.

De lingeriezaak liep nog steeds als een trein, maar wat was het belang?

Een stroomstoring deed het licht uit. De vrachtwagen ronkte en op de gang werd een feestje gebouwd. Met een zucht van berusting kroop Stein onder de dekens. In slaap vallen, hoe ging dat eigenlijk? Je deed je ogen dicht, je bedacht wat een onzin het was om wakker te liggen, maar dan? Soms meende hij dat zijn ogen waren dichtgeschroeid, maar als hij dan voorzichtig probeerde of ze nog opengingen lukte dat meteen en was hij weer klaar wakker.

Hij dacht aan Goering.

Goering, die met Hitler en Kesselring het lot van Rotterdam had besproken. De naam van de stad was op hun lippen geweest! Met hun wijsvinger, van hetzelfde vlees en bloed als alle andere wijsvingers maar ongelooflijk veel machtiger, hadden ze op de stafkaart de plaats aangewezen waar Otto rondreed op zijn step. *Vernichten!*

Toen hij in Neurenberg gevangen zat weigerde Goering aanvankelijk voedsel tot zich te nemen. Een beschaafd man, vond hij, kon onmogelijk eten met het toilet onder zijn neus. Zo waakte hij over zijn eigenwaarde terwijl het proces werd voorbereid om de wereld duidelijk te maken waarom de nazi's fout waren geweest: ze hadden op onfatsoenlijke wijze oorlog gevoerd! Ze hadden de oorlog te schande gemaakt en om de eer van de oorlog te redden moesten ze aan de galg – hoe kon er anders nog ooit oorlog worden gevoerd?

Ja, Rotterdam, verklaarde Goering voor zijn rechters, de naam van de stad opnieuw in de mond nemend. In Rotterdam was een ongelukje gebeurd. De narigheid was dat een margarinefabriek getroffen werd, waarna het vuur zich verspreidde met de wegstromende oliën. 'Desondanks,' aldus Goering, 'en ook ondanks de inmiddels opgestoken storm, had de brand verhinderd kunnen worden wanneer de Rotterdamse brandweer energiek had ingegrepen.'

'Sukkel,' voegde Stein hem grimmig toe. 'Wat een onbeholpen uitvluchten! Je had alleen maar hoeven zeggen dat Rotterdam vernietigd moest worden om de oorlog te bekorten, dat Rotterdam werd opgeofferd om mensenlevens te sparen!'

Zo debatteerde hij een tijdje met de vermagerde maar nog altijd naïeve rijksmaarschalk –

Ga nou slapen idioot! Morgen ben je weer niets waard en dan krijg je ze weer aan alle kanten om je oren. Je weet toch dat je van Wessel niets cadeau krijgt, om over Simon nog maar te zwijgen.

Plotseling kreeg de gloeilamp de geest. Hij flikkerde een paar keer aan en uit en begon toen helder te schijnen. Het was vijf over drie, de vrachtwagen ronkte nog steeds. Stein stapte uit bed om poolshoogte te nemen. Het gevaarte, dat door God en iedereen verlaten scheen, stond dwars voor de ingang van het hotel. Over de weg waaiden stukken karton, flappend als verlamde vogels. De zee sluimerde met een zacht hoorbare ademhaling in de omarming van de duisternis.

Stein deed het licht uit en drukte zijn oor tegen de deur. Fluisterende stemmen en een geluid alsof er een lijk over de vloer werd gesleept! En zo ging dat nou nacht na nacht. Hij begreep niet dat Wessel en Simon er nog niets van gezegd hadden. Sliepen die overal doorheen? Dan waren ze kennelijk niet op dezelfde expeditie als hij.

Vervloekte neef, ondankbare hond!

Stein veegde het gruis van zijn voetzolen en schoof weer onder de dekens. Hij probeerde het op zijn linkerzij en op zijn rechterzij, met zijn handen onder het kussen en met zijn handen om zijn geslachtsdelen, met de dekens tot aan zijn middel en de dekens tot aan zijn kin, op zijn rug, op zijn buik, languit en met opgetrokken knieën. En hoewel hij daarbij aan prettige, slaapverwekkende dingen probeerde te denken, voedde iedere beweging de haat tegen zijn neef. Ten slotte was het alsof Simon in levende lijve voor hem stond, zodat hij hem zo bij zijn keel kon grijpen.

Die ochtend waren ze naar boven gegaan, zoals alle ochtenden. Het wantrouwen, dat Beaman met zijn onderzoekingen onder de jagers had verwekt, hadden ze overwonnen door zich voor te doen als eenvoudige toeristen. Het was Stein en Simon duidelijk aan te zien dat ze weinig plezier beleefden aan hun wandelingen, maar daar sloegen de jagers geen acht op. Ugur zette trouw thee en de malle Machmut amuseerde zich met de Nederlandse woorden uit het boekje *Turks op Reis*.

Vanuit het hotel hadden ze gezien dat er regenwolken langs de berg-flanken trokken en Simon had besloten zijn gele regenpak aan te trek-ken. Ze zwoegden over het bergpad, dat in het begin door een bos liep. Van tijd tot tijd bleef Wessel wachten om te wijzen op het nijvere grondwerk van glanzende kevers of om te laten zien hoe een larve zich een weg had geboord langs de nerf van een boomblad. Toen hem dit begon te vervelen besloot hij hen alleen te laten. Ze wisten alle drie de weg, het had dus geen zin dat hij zich vermoeide door kalm aan te doen. Weldra was hij uit het gezicht verdwenen.

Moeizaam klommen Stein en Simon verder. Stein meende dat hij de leiding had en nam de beslissingen over de rustpauzes. 'Rust maar even uit,' zei hij dan. 'Ik wou dat je niet zo sadistisch naar me keek,' antwoordde Simon een keer. 'Je vindt het verdomde leuk dat ik me loop af te beulen!'

In een sfeer van naijver, die wederzijds getemperd werd door de overweging dat ze elkaar nog nodig zouden kunnen hebben, bereikten ze de kaalgehakte helling halverwege. Simon zette zijn fotospullen op de grond, Stein sneed een schijfje citroen af. 'Als we nou zó lopen,' zei hij, langs de terrassen wijzend, 'dan blijven we op gelijke hoogte, dan hoeven we niet over de top heen om bij de jagers te komen.' Simon zweeg.

Verder maar weer. Als vanzelfsprekend ging Stein naar rechts, over een voetbreed terras. Zo, dat liep heel wat aangenamer, stelde hij voldaan vast. Op deze manier had je zelfs de gelegenheid om van het landschap te genieten. Het duurde wel tien minuten voordat hij het gehijg van de kolos achter zich begon te missen.

Simon was spoorloos. Stein zette zijn handen aan zijn mond en riep op de toon van iemand die zijn hond roept. Heel ver weg klauterde een geel regenpak omhoog.

'Godverdomme,' zei hij hardop. Die klootzak probeerde er eerder te zijn dan hij! Hij zette het op een rennen.

Nu werd zijn theorie over de makkelijkste route aan de praktijk getoetst en het resultaat viel bitter tegen. De wijde slingers om de berg heen betekenden een grote omweg. Voorts had regenwater op verschillende plaatsen diepe geulen uitgesleten die met dicht struikgewas waren begroeid en lastig te passeren waren, zeker voor iemand die zich de tijd niet gunt om de situatie rustig te beoordelen.

Hij rende en sprong en gleed uit en rukte zich los. Het regende nauwelijks, maar door zijn valpartijen werd hij drijfnat. Nou ja, dat was nog tot daar aan toe, als hij maar niet zo in zijn rats had gezeten over de vorderingen van zijn neef. Pure moordlust joeg hem voort. Met zijn blote handen zou hij hem... Bedrogen was hij, in de steek gelaten, belachelijk gemaakt om zijn beslissingen!

Trillend van uitputting bereikte hij de laatste glooiing. Daar stonden mensen. Ondanks het waas voor zijn ogen herkende hij Ugur en Machmut en Wessel... Het achterlijke gele regenpak stond in het middelpunt van de belangstelling. Zo was het dus en niet anders. Nu zijn laatste hoop de bodem was ingeslagen maakte zijn moordlust plaats voor verslagenheid.

Dat ook Simon zich bewust was van de krachtmeting die had plaatsgevonden, bewees hij door uit de groep naar voren te komen en zijn oom met een superieure handdruk welkom te heten. Hij draaide zich half om en zei: 'Kijk eens.' Het gele plastic van zijn broek was tot aan het kruis aan flarden. Hij droeg onder het pak alleen een slipje – een knalrood slipje, dat in niet geringe mate bijdroeg tot zijn succes.

Ik moet me niet zo laten kennen, dacht Stein. Welbeschouwd is hij niet belangrijk genoeg om te haten.

Hij droomde dat de bel ging en het volgende moment stond hij met kloppend hart naast zijn bed.

Het daglicht stroomde langs de gordijnen naar binnen. De gebeurtenissen van de ene ochtend waren nog niet verwerkt of de volgende brak al aan.

De eerste dwergaalscholvers vlogen met snelle wiekslag over de golven. De zee vlijde zich rustig op het strand. Het vroege licht had iets milds, iets geruststellends.

Beneden zaten Wessel en Simon monter aan een ontbijt van thee, brood, honing en geitekaas.

Als ze nou eens vroegen waarom hij zulke wallen onder zijn ogen had. Zou dat niet helpen?

5

'Do you speak English?' vroeg Wessel aan willekeurige voorbijgangers op straat. Zo kwamen ze in aanraking met Geris, de universele gymnasiast met zijn dikke brilleglazen en blozende wangen. Hoewel hij zonder omhaal te kennen gaf Nederland als een imperialistische mogendheid te beschouwen, was hij hen graag ter wille. De volgende morgen fungeerde hij als gids in de bergen pal aan zee, een gedeelte waar ze niet eerder geweest waren. Het was drukkend weer. Water sijpelde uit het mos langs de wegkant.

Al verscheidene dagen waren de weersomstandigheden ongunstig voor de vogeltrek; door gebrek aan thermiek was de stroom volledig tot staan gebracht. Wessel had een beeld geschilderd van massa's wespendieven en buizerds die waren gestrand en ergens in de noordelijke verten zaten te tobben over wat hun te doen stond. Afwachten in de hoop dat het spoedig zou opklaren of op eigen kracht doorvliegen in de hoop dat het verderop beter zou zijn. Zowel met wachten als vliegen zouden ze extra energie verbruiken en de weg naar Afrika was nog lang. Zo werd er, aldus Wessel, heel wat gewikt en gewogen over kwesties waar de mens gewoonlijk niet bij stilstaat. Kwesties niettemin van leven of dood. Ja, de natuur was een strenge meesteres. Ze duldde het leven maar hield de leidsels kort.

Ze volgden het Russenpad, een steil omhoog slingerend karrespoor dat een rol zou hebben gespeeld in de Turks-Russische vijandelijkheden tijdens de Eerste Wereldoorlog. Voor de universele gymnasiast demonstreerde Geris een verbijsterende conditie. Nu eens hief hij een oosters lied aan, dan weer liep hij onbekommerd met een stok te zwaaien of klom hij in een boom om wilde druiven te plukken. Van tijd tot tijd wees hij in het oogstrelende landschap de eigendommen van zijn vader aan: huizen, boerderijtjes, boomgaarden en bossen.

Wessel zei: 'Ik had begrepen dat jullie aanhangers waren van Ecevit, maar je vader is dus een kapitalist!'

Met klem wees Geris deze veronderstelling van de hand. 'Wij zijn socialisten, júllie zijn kapitalisten.'

'Wij zijn helemaal geen kapitalisten.'

'Jullie komen uit een kapitalistisch land.'

'Maar daarom zijn wij nog geen kapitalisten!'

'Nederland heeft in Afrika gevochten om door te kunnen gaan met de uitbuiting van de koloniën.'

'In Indonesië,' verbeterde Wessel. 'En wat dan nog? Wat hebben de Turken eeuwenlang op de Balkan gedaan?'

Dat was niet hetzelfde, legde Geris geduldig uit. De Balkan was voor de komst van de Turken een volstrekt achterlijk gebied geweest. 'Wij hebben die landen niet uitgebuit, wij hebben er welvaart en beschaving gebracht.'

'Ha,' riep Wessel schamper uit, maar voordat hij zijn aanval op het Turkse Rijk kon voortzetten, vestigde Geris zijn aandacht op een hoop stront in de wegberm. Zo te zien een doodnormale hoop stront, maar over een doodnormale hoop stront had Geris natuurlijk geen ophef gemaakt. Ernstig verklaarde hij de stront tot berestront.

'Zijn hier nog beren dan?' vroeg Wessel met glinsterende ogen.

'Nou en of,' zei Geris. 'We moeten voorzichtig zijn.'

Wessel wreef zich in zijn handen. Nu de jagers zich als gastvrije jongelui hadden ontpopt en zich op de berghellingen geen hazelworm, laat staan een adder, had vertoond, was het berengevaar een welkome versterking van de expeditiesfeer.

Wat Stein en Simon betreft: zij hadden ook tijdens deze tocht ruim voldoende aan zichzelf, zij hoefden niet met beschouwingen over kapitalisme en berestront te worden beziggehouden.

'O Heer,' kreunde Wessel. Hij wipte zijn bril op om plaats te maken voor de Leitz. 'Zie je dat, daar beneden?' Hij wees op het bos waarvan uitlopers tot vlak bij het hoogste punt van het Russenpad reikten. 'De takken buigen gewoon door onder het gewicht van de sperwers en de haviken. O lieve, in die paar bomen zitten meer sperwers en haviken dan in heel Nederland!'

Steins uitzicht werd belemmerd door schimmige vlekken op zijn netvlies. Al hadden er kangoeroes op de takken gezeten, hij zou Wessels waarneming niet hebben kunnen bevestigen.

'En daar!' riep Wessel met overslaande stem. 'Moet je dáár eens kijken!' Hij zonk op zijn knieën van verrukking. 'Mijn God, dit kán haast niet!'

Simon vloekte. 'Te ver weg, daar kan ik niks mee beginnen, wat een ellende toch altijd.'

In een rij zonder begin of eind trokken gevleugelde stippen door het volgende dal. Van links naar rechts, langzaam maar gestaag. Het was alsof tegen een scherm van ijle nevels een doorlopende film werd geprojecteerd. Wespendieven, massa's wespendieven die in de noordelijke verten tot de slotsom waren gekomen dat ze hun schuld aan de natuur onder de gegeven omstandigheden het beste konden inlossen door te vliegen.

'Kijk op je horloge Otto,' verzocht Wessel. 'Ik ga tellen.'

Stein keek op zijn horloge, bewoog zijn hoofd in de cadans van de seconden, hief zijn hand op en zei: 'Ja!' Een minuut, twee minuten, drie minuten van een fenomeen dat duizenden jaren oud was.

'Vijfhonderdvijftig stuks,' verklaarde Wessel terwijl hij overeind kwam en de modder van zijn knieën wreef. 'In drie minuten vlogen er vijfhonderdvijftig over die boom daar, dat zijn er meer dan tienduizend per uur, ja?'

Dit is onvergetelijk, hield Stein zichzelf voor. Bedroefd stelde hij vast dat hij geen deel had aan de extase waarin Wessel en Simon elkaar probeerden te overtreffen bij het beschrijven van hun emoties. Zíj waren ervan overtuigd dat het schouwspel pas door hun aanwezigheid tot een wonder werd verheven, híj had het gevoel dat hij overbodig was.

'In Nederland wordt toch ook op vogels gejaagd,' meende Stein te weten.

'Op ganzen zelfs,' beaamde Wessel. 'En we doen nog veel wredere dingen. We vergiftigen de Waddenzee, ontwateren de weilanden, manipuleren de groei van gewassen met kunstmest, verstoren de rust in broedgebieden omdat we zo graag vogels kijken en noem maar op.'

'Nou dan!' zei Stein.

'Maar wat wou je daarmee zeggen?'

'Hebben we dan wel recht van spreken, vraag ik me af.'

'Niet soms? Moet ik dingen die ik in Nederland afkeur hier goedkeuren? Vind je nou echt Otto, dat ik voor Turken andere normen moet aanleggen dan voor mezelf?'

'Je ziet toch dat het arme drommels zijn die een paar stuivers proberen te verdienen!'

'Ik hanteer voor arme drommels dezelfde maatstaven als voor mezelf,' verklaarde Wessel resoluut. 'En weet je hoe dat komt, Otto? Dat komt doordat ik ze serieus neem, doordat ik geen racist ben!'

Gaandeweg had de bioloog zich een vrij volledig beeld weten te vormen van het plaatselijke jachtsysteem.

Het allesoverheersende doel van de jagers was het bemachtigen van een levende sperwer. Deze fanatieke, op vogeltjes jagende roofvogels, werden gebruikt om op straat mee te pronken (ze hadden inderdaad eens een man met een balkansperwer op zijn arm door de stad zien wandelen) en/of afgericht voor de kwarteljacht. De waarde van een sperwer kon oplopen tot een hoogte die gezien het prijspeil in de winkels van Arhavi een half jaarloon bedroeg.

De jagers doodden de tijd in de beschutting van een takkenhut. Bij de nadering van een sperwer staken ze een stokje met een klauwier naar buiten. Het lokvogeltje moest tijdig fladderen om de aandacht van de sperwer te trekken, maar niet zo vroeg dat deze dacht: die krijg ik toch niet meer te pakken. Om de klauwieren naar het pijpen van de jagers te laten dansen, en niet – zoals Stein eerst gedacht had – om ze te kalmeren, dienden de rode dopjes over hun ogen. Afijn, de sperwer zet aan, komt op zijn krachtige vleugels aansuizen, slaat zijn klauwen uit – en klapt in een net!

Stagneerde de sperwertrek, dan schoten de jagers op alle andere vogels die in de buurt kwamen, hetzij om de verveling te verdrijven, hetzij om hun klauwieren van voedsel te voorzien. De meesten hielden wekenlang in de bergen verblijf.

Stein zei: 'Ik lijk wel een beetje op zo'n klauwiertje. Ik heb van die akelige plastic doppen over mijn ogen en van de werkelijkheid vang ik niet meer op dan een glimp.'

'Dan ben ik een sperwer,' zei Simon. 'Ik heb soms enorme plannen, dan zie ik het helemaal zitten, maar het eind van het liedje is altijd dat ik in een vangnet hang te spartelen.'

'Zodat voor mij geen andere rol overblijft dan die van de jager,' constateerde Wessel. 'Ik trek aan de touwtjes.' Dit was dus figuurlijk gesproken, want Wessel was tegen de jacht en stelde zich hoge normen.

Over de heuvelkam naderde een man in een grijze broek en een okerkleurig wollen vest. Aan zijn lip hing een doorweekte sigaret, onder zijn arm hield hij een dode vogel. Hij onderhield zich even met Geris en knikte de Nederlanders vervolgens vriendelijk toe. Wessel maakte duidelijk dat hij de dode vogel wilde bekijken. Het subtiele wit-bruine verenkleed was plakkerig geworden door bloed en regenwater.

'Op het eerste gezicht een doorsnee roofvogel,' doceerde Wessel terwijl Stein en Simon toekeken. 'Toch eet hij voornamelijk de larven en poppen van bijen en wespen. Daarom móet hij 's winters ook naar de tropen, daarom heeft hij onderweg nauwelijks gelegenheid om te fourageren. Kijk, zijn klauwen zijn speciaal aangepast om in de bosgrond te graven. En hier, die harde, schubbige veren aan zijn kop dienen ter bescherming tegen bijensteken...'

'Ja, verrek,' zei Simon.

Hij ziet evenmin iets bijzonders als ik, dacht Stein. 'Prachtig,' zei hij quasi geëmponeerd. 'En hij heeft inderdaad een geel oog.'

Wessel knikte waarderend.

De wespendief staarde met zijn gele oog strak naar de hemel.

Auf der Flucht erschossen!

Van Geris' naaste familieleden kwam zijn zus Leila zonder twijfel het meest in aanmerking om in de herinnering voort te leven. Ook op mannen die korter dan een week in celibaat hadden geleefd zou ze een diepe indruk hebben gemaakt. Het negentienjarige meisje, dat in Ankara voor ingenieur studeerde, zette haar onstuimige Engels kracht bij met sierlijke handen en fonkelende ogen. Terwijl haar afgetobde, tonronde moeder zich slaafs terugtrok in de keuken en haar vader te kennen gaf dat zijn talenkennis hem niet toestond aan de conversatie deel te nemen, onderwierp Leila de gasten aan een kruisverhoor.

Welk beroep de heren uitoefenden.

'Wij zijn biologen,' antwoordde Wessel die er eens goed voor ging zitten.

Wat ze in Turkije uitvoerden.

'Ach, we kijken wat rond, het is een prachtig land.'

Voor hun plezier dus?

'Inderdaad, wij zijn vrienden, wij reizen heel wat af met z'n drieën.'

Wat ze dan uitgerekend in Arhavi te zoeken hadden.

'Vogels hè? Nergens ter wereld zie je zo'n geconcentreerde vogeltrek als hier. We zijn iedere dag de bergen in geweest en hebben uitgebreid kennis gemaakt met de jagers, die arme drommels die voor een paar stuivers…'

Nou, daar moest Leila hartelijk om lachen. Arme drommels! Die kerels waren te beroerd om te werken, die lieten hun vrouwen in de thee-aanplant ploeteren terwijl ze zelf op hun luie achterste in de bergen zaten!

Ze tastte naar het zilveren scheermesje dat aan een kettinkje om haar hals hing. Simon wreef over zijn kaak om de aandacht te vestigen op de mannelijke gleuf in zijn kin.

Of de heren getrouwd waren.

Wessel keek de kring rond en zei gemakshalve: 'Ja.'

Hadden hun vrouwen dan geen vakantie?

'Nee, die zijn thuis,' gaf Wessel toe. Hij zag de bui al hangen, maar wist geen uitweg.

Vertwijfeld greep Leila naar haar hoofd. Zoiets zouden ze háár dus niet geflikt hebben! De mannen op reis en de vrouwen achter de wasmachine, wat was dat voor 'n wereld! Tussen twee haakjes: hadden ze al van Midnight Express gehoord?

'Ik heb hem zelfs gezien,' zei Simon. 'Over die gozer die in een Turkse gevangenis terechtkomt. Niet leuk, maar wel realistisch – zo gaat het in gevangenissen.'

Dan was hem kennelijk ontgaan, stelde Leila vast terwijl Geris instemmend knikte, dat de film door de CIA was gemaakt en door Onassis gefinancierd met de opzet de eer van Turkije te bezoedelen. Volgende vraag: 'Do you like Abba?'

Wessel en Simon keken elkaar aan.

'Niet zo erg,' zei de een.

'Eigenlijk niet,' verklaarde de ander.

En Stein?

'Waar gaat het over?' vroeg Stein.

'Of je van Abba houdt,' legde Wessel uit. 'Zeg maar ja, dan heeft ze tenminste nog iemand om mee te praten.' En tot Leila: 'Yes, he likes Abba very much.'

'Hoho,' zei Stein gauw, maar het was al te laat.

Jeggg, deed Leila met een uitgestoken tong. Abba was *shit, many shit!* Ze hield van Elton John.

'Me too,' riepen Wessel en Simon in koor.

Toen viel de elektriciteit uit en begon Geris te betogen dat dit dagelijks terugkerend ongemak te wijten was aan het imperialisme – een samenzwering van de grote oliemaatschappijen had verhinderd dat Turkije op waterkrachtcentrales overschakelde. De kaarsen werden aangestoken, de jongste kinderen hielpen hun moeder bij het opdienen van de maaltijd.

Al met al werd het een genoeglijke avond, waarbij vermeende en echte ideologische tegenstellingen werden toegedekt met exotische lekkernijen. Leila verzoende zich met de drie biologen en nodigde hen, toen ze afscheid namen uit tot het bijwonen van een *funeral* in de kennissenkring, die over twee dagen zou plaatsvinden.

'Begrafenis?' herhaalde Wessel fronsend.

Maar ze bleek een bruiloft te bedoelen.

6

Tijdens hun wandeling tussen de Blauwe Moskee en de Grote Bazaar had Simon zich een paar sieraden laten aansmeren. Die legde hij nu op tafel: een halsketting van gevlochten ijzerdraad met doffe kralen en een soortgelijke armband met figuurtjes van blik.

'Je dacht dat het volkskunst was,' zei Wessel spottend.

'Maar het is dus kitsch,' gaf Simon droefgeestig toe.

Wessel weer: 'En nu weet je niet aan wie je ze cadeau zult doen, aan Anneke of aan je vriendin in Breukelen.'

Stein sloeg bliksemsnel zijn ogen op en zag hoe Simon zijn vinger op zijn lippen legde. Zo, dacht hij, ze hebben geheimen! Hoe vaak hadden ze stiekem zitten kletsen, terwijl ze voorgaven dat ze waren gaan slapen?

Het moment, maar niet de herinnering eraan, werd weggevaagd door de ober. Ze maakten hem duidelijk dat ze geen behoefte hadden aan de spijskaart, hij moest gewoon het beste laten aanrukken dat hij in huis had. De man begreep hen wonderwel, liet zijn wantrouwen tegen hun kleding en uiterlijk varen en schoof alvast een tweede tafel bij. In afwachting van de cognac waarmee ze een toost zouden uitbrengen op de goede afloop van de reis, lieten ze hun ogen over de Bosporus dwalen. De nacht begon de omstreden zeestraat toe te dekken. Feeëriek verlichte veerboten voeren af en aan. Istanboel.

Als het aan Simon had gelegen waren ze nog lang niet op de terugweg geweest. Hardnekkig had hij gestreden voor uitstel van het vertrek, aan iedere strohalm klampte hij zich vast. Hij moest nog foto's maken, zag een romance gloren met de verleidelijke Leila, wilde zich de *funeral* niet door de neus laten boren, bepleitte een tocht door het binnenland, naar het Wanmeer en de berg Ararat. Hij vocht als een politieke vluchteling die weet dat hem in het vaderland de kogel wacht. Maar Wessel was onverbiddelijk: het werk was gedaan en dus naar huis, hij verlangde naar zijn vrouw. Stein koos Wessels partij en zorgde dat zijn gewicht als financier de doorslag gaf. Waarna Simon bij de tussenlanding in Istanboel plotseling toch weer een coalitie met Wessel wist te vormen om alsnog een dag uitstel af te dwingen.

Een vermoeide maar gedienstige jonge kelner bracht drie cognacglazen en liet de fles op tafel staan.

'Terug in Europa,' stelde Wessel vergenoegd vast. 'Morgen zijn we thuis.'

Simon schudde zijn hoofd. 'Terug in de sleur, terug in de problemen.'

'Je ziet er echt tegenop,' zei Wessel half vragend, half constaterend.

'Ik wil nooit terug. Niet iedereen heeft zijn leven zo goed georganiseerd als jij.'

'Maar de foto's dan? Ben je niet benieuwd hoe ze geworden zijn? Het moet je toch voldoening geven om straks de redactie op te lopen en dat schitterende materiaal te laten zien.'

'Dat weet je nooit. De wegen van *Deze Week* zijn ondoorgrondelijk. Ik heb geen flauw idee hoe ze zullen reageren. De ene keer ben je een genie, de andere keer een lul en je komt er nooit achter waar dat nou aan ligt. En ja… er moet wat tekst bij natuurlijk…'

'Je vertelt ze gewoon wat we gedaan hebben en dan maakt er toch wel iemand een stukje?'

'Zou jíj dat niet willen doen? Je weet precies waar het over gaat en je kunt schrijven…'

Wessel gruwde en dat kwam niet door de cognac. 'Schrijven? Wou je beweren dat je voor dat blaadje moet kunnen schrijven? Nee vriend, daar trap ik niet in. Ik maak geen tekst, ik wil niet genoemd worden, ik wil niet op de foto's staan, ik wil kortom op geen enkele manier met dat boulevardblad in verband worden gebracht.'

'Maar de oplaag,' wierp Simon tegen. 'Er zijn wel een miljoen mensen die het onder ogen krijgen.' Hij praatte als Brugman en kreeg, te meer daar Wessel hem niet tegensprak, meer en meer vertrouwen in de kracht van zijn argumenten. Tot hij was uitgeput en zijn pleidooi afrondde met de vraag: 'Nou?'

'Nee,' zei Wessel resoluut. 'En dat had ik al gezegd.' Hij stond op om naar de wc te gaan.

Met tranen in zijn ogen van woede keek Simon hem na. 'De hufter,' raasde hij met een verwrongen stem. 'Hij haalt zijn neus op voor me. Heeft zich omhoog gewerkt met zijn studies en zijn gedichten en is nou doodsbenauwd dat zijn vriendjes ontdekken met wat voor volk hij zich afgeeft. Hangt wel aan mijn lippen als ik vertel wat ik in mijn werk meemaak, kan niet genoeg krijgen van verhalen over vrouwen, maar als het erop aankomt vindt ie *Deze Week* een vies blaadje en laat-ie je stikken! Godverdomme!'

Simon was aangeslagen, en dit was nog niet eens de grootste klap die hij die avond te verwerken kreeg.

Toen Wessel weer tegenover hen kwam zitten, waren de dikke ober en de jeugdige kelner bezig een derde tafel bij te schuiven. Vervolgens werden twintig à dertig schalen aangedragen met krab, kreeft, slakken, ondefinieerbare visgerechten en kostelijke sauzen. Wessel klapte in zijn handen.

Stein zei: 'Nou jongens, laat het je smaken, dit hebben we wel verdiend.' Simon schonk zijn glas tot aan de rand vol met cognac. Hij sloot zichzelf willens en wetens buiten de conversatie en Stein maakte van de geboden ruimte gebruik.

'En?' vroeg hij Wessel. 'Was het een succes?'

'Was wat een succes?'

'De hele... eh... onderneming.'

'Wat mij betreft wel, nou en of!'

'Mooi,' zei Stein.

'Ik heb genoten! Mijn God, die duizenden wespendieven daar bovenaan het Russenpad... dat was een puur religieuze ervaring. Al die dieren, op hún manier bezig om de aarde te gebruiken... ze geven op zo'n moment toch iets glorieus aan het verschijnsel *leven*, waar wij mensen vaak zoiets miezerigs van maken. En verder, laten we wel wezen, het was zonder meer een prachtige reis en we hebben heel wat gelachen.'

'Maar heb je er ook iets aan gehád? Ik bedoel: je wilde toch iets ontdekken of aantonen of zo, het was niet alleen als een snoepreisje bedoeld.'

'Maak je geen zorgen, je geld is goed besteed. Alle feiten liggen hier opgeslagen.' Wessel tikte tegen zijn slaap. 'Ik stuur een rapport over onze bevindingen naar een Europees comité voor de bescherming van trekvogels. Dat zal dan druk uitoefenen op de Turkse overheid. Bij de wet is elke vorm van jacht op roofvogels in dit land namelijk verboden, we moeten alleen zorgen dat ze ook op de naleving van die wet gaan toezien.'

'Mooi,' herhaalde Stein met een vaag gevoel van schaamte tegenover Ugur, Machmut en de anderen die hen zo gastvrij hadden onthaald. 'Daar ging het tenslotte om.'

'Een geslaagd experiment,' hervatte Wessel, 'dat als je het mij vraagt voor herhaling in aanmerking komt.'

Daar voelde hij ook wel voor, verzekerde Stein. 'Maar dan niet in dezelfde samenstelling.'

'Hoe bedoel je?'

'Ja, je verwacht toch niet dat ik de rest van mijn leven mijn kleine neefje op sleeptouw neem?'

'Verdomme,' kreunde Simon terwijl de cognac van zijn lippen droop.

'Waarom niet?' vroeg Wessel bezorgd.

'Die treiterkop,' zei Stein met onverholen haat in zijn stem.

'Kom kom, zo'n vaart loopt het toch niet, hij heeft je toch niets misdaan?'

'Lllamasitte,' lalde Simon. 'Ik doe toch altijd alles fout.' Hij legde zijn arm op de tafel en zijn hoofd op zijn arm.

'Da's niet eerlijk tegenover Simon,' zei Wessel. 'De hele reis wek je de indruk dat je het best naar je zin hebt en dan, op het laatste moment, zeg je dat je je aan een van ons hebt geërgerd. Da's niet fair.'

'En jij had niet in de gaten dat hij me al die tijd heeft lopen stangen! Maak het nou! Je hebt als bioloog – en dichter – je ogen toch niet in je zak?'

'Ik heb er niet zo zwaar aan getild. Zoiets is ook een kwestie van wisselwerking. Hij provoceert en jij gaat erop in. Ik vond het eigenlijk wel amusant.'

'Maar ik niet en toevallig ben ik degene die uitmaakt of hij de volgende keer weer meegaat.'

'Dus als je het niet met argumenten kunt winnen gebruik je je geld.'

'Alsof híj ooit met argumenten gewonnen heeft.' Stein wees met zijn duim naar Simon, die inmiddels in slaap scheen te zijn gevallen. 'Al die sterke verhalen van hem, van a tot z gelogen, ik begrijp werkelijk niet dat jij je zo makkelijk een rad voor ogen laat draaien.'

'Maar wat zou dat nou? Die jongen gebruikt zijn fantasie, fleurt de werkelijkheid een beetje op en dat doet hij heel knap want het valt heus niet mee om een goed verhaal te verzinnen. En als hij daar nou behoefte aan heeft, daar doet hij toch geen mens kwaad mee?'

'Het zijn niet alleen die verhalen… hij heeft mij voortdurend voor schut gezet.'

'En jij hebt je voor schut láten zetten. Hij heeft zijn agressie, jij hebt je kwetsbaarheid – een ieder trekke zijn eigen conclusies! Verdorie Otto, we zijn toch geen kleine kinderen!'

Met een kort schouderophalen liet Stein deze opmerking passeren. Kinderachtig of niet, daar ging het nu niet om. Dit gesprek bewees zijns inziens dat hij met Wessel best uit de voeten kon als hij maar niet door Simon in zijn nek geblazen werd en sterkte hem daardoor in het besluit zijn neef voortaan thuis te laten. Maar hij wilde er verder geen narigheid over hebben en zei sussend: 'Nou ja, we zullen wel zien, we zijn allemaal een beetje moe.'

'Dat is het probleem niet,' antwoordde Wessel. 'Het probleem is dat Simon en ik een doel hadden, wij waren allebei voor ons werk op pad, terwijl jij… ja, wat deed jij eigenlijk in Arhavi?'

Stein glimlachte. Hij voelde zich gestreeld door het feit dat Wessel een opvatting had over zijn problemen. Dat was meer dan hij had durven hopen. De bergtochten, de slapeloze nachten, de frustraties, ze waren niet voor niets geweest!

Ze beperkten zich tot het eten en minder brisante gespreksthema's. Op een gegeven moment merkte Stein dat hij langdurig naar de vingers zat te staren waarmee Wessel de zilveren tang voor het kraken van de krab bediende. Toen hij zijn ogen eindelijk losrukte gleed zijn blik als vanzelf naar het raam. Zwart water, de roestige flank van een veerboot, een krab-etende bioloog en een hunkerend kijkende zakenman!

Een vluchtig visioen: hij reikte over de tafel, nam Wessels rechterhand in de zijne en drukte hem tegen zijn wang. De wereld is zo groot, zou hij zeggen, er is zoveel om bang voor te zijn.

Bij het afrekenen nam Stein, zoals oudere mannen dat soms doen, de kelner bij zijn elleboog. Zonder blikken of blozen bedankte de jongeman voor de fooi die hem werd toegestopt. Hij boog als een knipmes.

Stein spreidde zijn vingers boven de tafel. 'Moet je zien. Ze zijn helemaal wit van het knijpen. Ik moet zijn arm bijna gebroken hebben. Maar hij bleef lachen, zag je dat? Hoe diep een mens kan zinken voor een paar tientjes fooi!'

'Niet leuk,' zei Wessel nors.

'Ik zeg ook niet dat het leuk is.'

Simon was zo dronken dat ze hem naar de taxi moesten slepen. Toen ze op de doodstille dertiende verdieping van het ETAP-hotel uit de lift stapten, draaide de ongelukkige fotograaf zich wankelend om. Hij knoopte zijn broek open, piste in de staande asbak en floot La Paloma.

Hier zou hij zich later niets van herinneren. Nog later revancheerde hij zich met een schitterende fotoreportage, die lezers van *Deze Week* afgunstig deed verzuchten: 'Je zult zo'n reis toch mogen maken!'

3 *Nouadhibou*

I

Pal voor hun neus stopte een Peugeot pick-up, zodat zij hun gezicht moesten afwenden voor het opwaaiende stof. Een neger sprong uit de cabine, tilde een emmer uit de laadbak en zette hem op de cementen stoep voor het UTA-kantoor. Daarna reed hij weer weg, zodat ze opnieuw hun gezicht moesten afwenden voor het stof. Toen de Peugeot achter de muur bij het voetbalveld verdween was de oude situatie hersteld, zij het dat daar nu die emmer stond. Na verloop van tijd werd hun aandacht getrokken door een zacht maar aanhoudend geknars. Ze keken elkaar eens aan en deden in gedachten kop of munt. Ten slotte was het Stein die de moeite nam om op te staan. 'Krabben,' meldde hij, 'zulke joekels.' Ze gingen tastend rond met hun scharen, poten en sprieten, maar zagen geen kans zich aan het hete zonlicht te onttrekken. De machteloosheid van die krabben…

Stein klopte het cementgruis van zijn broek en ging weer zitten. 'Het wordt warm vandaag.'

Simon boog zich over zijn linnen hoge schoenen. Zijn stugge zwarte krullen vielen naar voren. Hij frunnikte aan zijn veters en begon toonloos te vertellen.

'Ik herinner me ook een droom waarin we door een winkel lopen, een warenhuis, een soort Bijenkorf. Anneke snuffelt tussen de bloezen zoals vrouwen dat doen en ik sta er met mijn handen in mijn zakken bij. Er komt een verkoper op haar af, een vlotte jongen met een veerkrachtige tred; ik zie meteen dat het klikt tussen die twee. Een lekker stofje, zegt ie, dat voelt heerlijk aan op je borsten. Hou vast, zegt Anneke terwijl ze mij haar jas aangeeft. Met een angstig voorgevoel probeer ik haar naar een paskamer te loodsen: je kunt toch niet waar iedereen bij is… Maar die verkoper valt me in de rede: waarom zou je al dat moois in een paskamer wegstoppen meid? Hij begint haar overhemd open te knopen en wrijft ondertussen met zijn wijsvinger over haar tepel. Haar borsten zijn nu bijna helemaal bloot. Ze giechelt en kronkelt. Toe nou Anneke, smeek ik, woedend en bang tegelijk. Ze geeft die gozer een knipoog en zegt: laten we hem zijn zin geven. Dan stapt ze kordaat een paskamer in. De verkoper glipt met haar mee en trekt het gordijn dicht. Maar dat was de bedoeling niet, denk ik wanhopig. Anneke, kom terug! En daar sta ik dan. Je hoort niets, absoluut niets. Ik probeer mezelf wijs te maken dat de bewegingen van het gordijn veroorzaakt worden door de tocht, maar ik durf het niet open te trekken om me te overtuigen, ben er ook niet meer zeker van welke paskamer ze nu eigenlijk zijn binnengegaan... ja, en het gevoel waarmee je dan wakker wordt!'

Stilte. Dat wil zeggen: het geknars van krabben die hun scharen beproeven op een emmerwand.

'Iedereen heeft wel een reden om een klootzak te zijn,' zei Stein.

'Jij dus ook?' informeerde Simon loom.

Stein knikte. 'Misschien wel meer dan jij. Maar al heb je nog zo'n goede reden, je blijft een klootzak.'

In de grenzeloze ruimte tussen de oceaan en de hemel dreef één enkele wolk en in zo'n ruimte drijft één enkel wolkje natuurlijk niet voor niets. Het had de vorm van een amandel. Het loerende oog van God, een verspieder voor het onoverwinnelijke leger der doden. We zijn gesignaleerd, dacht Stein, er is geen ontkomen aan.

Simon kuchte. Hij vouwde zijn handen achter zijn hoofd en hief zijn gezicht op naar de zon. Daardoor verlegden Steins gedachten zich naar zijn neef. Als ik vanmiddag nou eens stiekem op het vliegtuig naar Parijs stap, mijmerde hij, en hem hier zonder geld en papieren achterlaat – zou dat eigenlijk niet voldoende zijn?

Een verleidelijk plan.

Maar wat moest hij tegen Greetje zeggen, zijn gehaaide zuster, Simons bazige moeder?

Bovendien: Simon zou gauw genoeg contact weten te leggen met het thuisfront. Er was tenslotte een postkantoor in Nouadhibou, compleet met brievenbussen, telefoon en telegraaf. Ze zouden hem geld sturen voor een ticket en de hotelrekening. En dan brak na zijn terugkeer in Nederland de hel natuurlijk pas goed los. Familieberaad. De Steins waren niet kinderachtig in die dingen. Ze zouden hem alle hoeken van de kamer laten zien. Hij hoorde Wouter al van leer trekken, die vloekte harder dan alle ezeldrijvers van Nouadhibou bij elkaar...

De tropen namen hen in de houdgreep en ze hadden nog nauwelijks fut om tegen te spartelen. Vijfenveertighonderd kilometer van huis en nog slechts tweehonderd verwijderd van hun bestemming, capituleerden ze voor een moordende lusteloosheid. In drie, vier dagen kreeg hun verblijf een eigenaardig soort eeuwigheidswaarde. Hun kamers in hotel Sabah, waar de ingeslagen proviand lag te rotten en de geur verspreidde van een groentewinkel. Het traag doorgeslikte ontbijt. De slome wandelingen naar de haven met zijn gezonken schepen, het kantoor van de almachtige heer Vignard of het huis van Ernest Faucon, de zoon van Roodbaard. De grappige kwikstaartjes die op insekten aasden rond kamelekeutels en bij nader inzien helemaal zo grappig niet waren. De mekkerende schapen met hun oren van geplozen touw. De scharminkels van koeien die op vuilnishopen hun enige voedsel bij elkaar zochten: karton. En de mensen, waarvan je je afvroeg waar ze vandaan kwamen, waar ze heen gingen en waar ze in de tussentijd van leefden – in Rotterdam wist je dat natuurlijk ook niet van de mensen op straat, maar daar vroeg je je zulke dingen tenminste niet af. De soldaten die de herinnering levend hielden aan de omstreden status van de nabijgelegen voormalige Spaanse Sahara. De mannen wier huidkleur varieerde van gebronsd Arabisch tot koolzwart negroïde – ze droegen witte of blauwe gewaden en gingen als ze moesten pissen op hun knieën tegen een muur zitten. Op een enkele blinde of kreupele bedelares na zag je vrijwel geen vrouwen op straat, maar gelukkig ontdekten ze op zekere dag dat om zes uur een middelbare school (of zoiets) uitging, waarna een keur van verrukkelijke jonge meiden uitzwermde; dat was tenminste een verzetje.

Verder: de trein van vijf locomotieven en twee kilometer wagons, die de woestijn inreed om ijzererts te halen in Zouérate en de hele stad deed schudden op zijn grondvesten. De talloze winkeltjes (Bata-schoenen, Chinese zaklantaarns, wasknijpers, stokbrood, soepblikken, Perrier, Senegalese pinda's) waar cementzakken in gebruik waren als pakpapier. De overbevolkte markt waar handelaars lijdzaam neerhurkten bij hun nering, bestaande uit twintig aardappels, een handvol uien en een met vliegen bezaaide schapebout. De vermoeiende siësta als de zon in het zenith stond. De ondoorgrondelijke bureaucratie in het restaurant van het hotel – eerst konden ze geen tweede pilsje krijgen omdat de rekening al was opgemaakt en toen ze de volgende dag bij voorbaat te kennen gaven dat ze ieder twee biertjes wilden gebruiken, kregen ze die tegelijk voorgezet. Het Nouadhibou van alle eeuwen. Het was altijd zo geweest en zou altijd zo blijven. Niemand sloeg acht op hun aanwezigheid, ze konden blijven zonder ergens hun stempel op te drukken of verdwijnen zonder een spoor achter te laten.

Stein loerde naar de lucht en stelde vast dat de eenzame wolk inmiddels de vorm had aangenomen van een schijf ananas. Als je je vinger door het gat stak kon je hem zo naar beneden halen. Wie zou er niet eens een wolk in zijn hand willen houden? Of zijn wijsvinger onder het hemd van een jonge vrouw laten glijden om in één gebaar de kwaliteit van de stof te keuren en haar tepel te beroeren? Hoe zat het ook al weer met Anneke en die verkoper bij de Bijenkorf? O nee, dat was een droom, en bovendien verteld door Simon. Toch voelde Stein dat zich een lichte opwinding van hem meester maakte. Begon hij het doel van de reis uit het oog te verliezen? Zo ja, dan moest hij zich daartegen verzetten. En zo nee, wat was dat doel dan eigenlijk?

'Ben je een klootzak, dan blijf je een klootzak,' hervatte hij. 'Ik heb ook nooit de illusie gehad dat Wessel me geen klootzak meer zou vinden als ik hem eenmaal aan zijn verstand had gebracht hoe ik dat geworden ben.'

'Wie zegt dat Wessel jou een klootzak vond?' vroeg Simon attent. 'Daar heb ík nooit iets van gemerkt.'

'Kom nou toch! Denk je dat ik achterlijk ben?'

'Daar laat ik me liever niet over uit, waarde oom.'

'Zoals die mij vernederd heeft! Die keer bijvoorbeeld, ik weet niet meer waar het was maar ik geloof in Turkije, dat hij begon uit te leggen aan wat voor 'n mensen hij nou echt een hekel had. Dikke zakenlui, zei hij, die denken dat de wereld geschapen is om er geld uit te slaan, van die patsers die te stom zijn om een boek te lezen en een taal te spreken, maar wel een B M W kunnen aanschaffen en daarom denken dat ze de bloem van de natie zijn. Reken maar dat ik aandachtig heb zitten luisteren, vooral toen ik begon te begrijpen dat hij bezig was met een beschrijving van mij!'

'Lulkoek,' zei Simon. 'Een ongelukje. Hij kon zijn tong wel afbijten toen hij merkte wat hij zei. Hij schaamde zich dood. Bovendien: wat bewijst dat nou? Dat bewijst toch alleen maar dat hij jou als een van de onzen beschouwde. Ja, als hij jou een patser vond zou hij je dat niet zo omslachtig hebben duidelijk gemaakt.'

'Maar ondertussen!'

'Wat nou? Wat nou ondertussen?'

'Al die andere dingen. Toen ik daar in Turkije zo onhandig met een bundel bankbiljetten in dat theehuis stond en jullie op mij in begonnen te hakken. De manier waarop hij zei: je lijkt wel een Amerikaan. Jezus, dat zijn leuke herinneringen.'

Met één oog zag Stein dat het wolkje de vorm van een hoefijzer aannam. Daarboven bevond zich dus een enorm, onzichtbaar paard met slechts één beslagen poot.

'Ach God,' zei Simon kwaad. 'Als je dát niet eens kunt zeggen! Hij vond jou een hele geschikte vent. Voor je leeftijd. Dat heeft ie me zelf gezegd. De meest stabiele van ons drieën.'

Dit mág niet waar zijn, dacht Stein kreunend. De meest stabiele van hun drieën, dan was er echt geen hoop meer dat iemand hem ooit zou begrijpen. 'Had ie dat maar eens laten merken dan,' zei hij met een schril lachje.

Simon zat nu recht overeind. Hij nam de kleermakerszit aan en vroeg koel: 'Hoe had je je dat voorgesteld? Ja, wat verwachtte je eigenlijk van hem? Dat hij iedere avond onder het eten zei: Otto, wat ben jij toch een toffe bink? Dat hij je met zijn vrouw liet slapen? Dat hij bij je kwam inwonen?'

'Een beetje kameraadschap, dat was genoeg geweest.'

'Een aai over je hoofd? Een kneepje in je oor?'

'Hij verachtte me.'

'Nee, het was nooit genoeg geweest, nooit!'

'Ik kan er tientallen voorbeelden van geven.'

'En dan moet ik zeker zeggen: God Otto, je hebt gelijk, wat had die gozer de pest aan jou, wat heeft die je achter de rug lopen uitschelden, wat vond die het ellendig dat hij van jouw geld afhankelijk was voor z'n expedities!'

'Nou, als dat de waarheid is...'

'Waarom wil je dat zo graag horen? Waarom wil je zo graag zeker weten dat hij een hekel aan je had?'

'Doe eens een gok,' suggereerde Stein spottend.

'Omdat het dan nog maar half zo erg is dat hij in een rolstoel zit en balkt als een ezel?'

'Juist! Nu hebben we het niet langer over wat ík wil horen, maar over wat jíj wilt horen,' zei Stein. 'Ik heb dus een slecht geweten en waarom heb ik een slecht geweten? Omdat ik hem van die berg gegooid heb!'

'Barst!' zei Simon.

De wolk – de amandel, de schijf ananas, het hoefijzer, ze waren nu stuk voor stuk verdwenen. De hemel was egaal blauw, met uitzondering van een diepe oranje put met de zon op de bodem.

En eindelijk was daar de beige Renault 12. De wagen stopte en ze wendden hun gezicht af voor het stof. Met een opgewekt huppelpasje stapte de heer Vignard de stoep op. Fris gewassen, keurig in het pak. Hij wierp een blik in de emmer, klakte goedkeurend met zijn tong en stak zijn hand op: 'Bonjour! Ça va?'

Simon, die in de tussentijd overeind was gekrabbeld, begon hem te bestoken met de overbekende vragen. De sleutelbegrippen in Vignards radde reactie waren *demain, peut-être* en *c'est l'Afrique eh?* Stein had deze woorden inmiddels leren begrijpen en het was dan ook tegen beter weten in dat hij vroeg wat de man gezegd had.

'Twee keer raden,' zei Simon.

'De mijnbouwmaatschappij gaat voor,' begreep zijn oom. 'Zeg eens dat we best meer willen betalen.'

Vignard reageerde, toen hem dit aanbod werd overgebracht, als door een wesp gestoken. Nee maar, waar zagen ze hem voor aan! Hij deed toch zeker niet aan prijsopdrijving! Simon maakte een sussend gebaar door met vlakke handen een beetje lucht tussen hen weg te duwen. Ze wilden alleen maar zeker weten dat het geen kwestie van geld was, bezwoer hij. De heer Vignard keerde hem demonstratief zijn rug toe, duwde de glazen deur open en stapte kwiek zijn kantoor in. Even later verscheen een bediende om de emmer met krab binnen te halen.

Simon liet zich terugzakken op het cement. Hij werd plotseling rood in zijn gezicht en begon te tieren. 'C'est l'Afrique, c'est l'Afrique, niks c'est l'Afrique! Het zijn de Fransen! Houden zich nooit aan afspraken, sturen je van het kastje naar de muur, laten je altijd voelen dat je in hun macht bent. Allemaal kleine Napoleons, allemaal! Daar kan ik je verhalen over vertellen…'

Stein was echter voldoende op de hoogte van Simons ervaringen als fotograaf bij de Tour de France. 'Laat maar zitten,' zei hij. Hij nam een sigaar uit zijn borstzak en stroopte hem uit het cellofaan.

De meest stabiele van ons drieën!

2

Teruggeworpen op de elementaire menselijke functies.

Ouwehoeren.

Ouwehoeren, vreten en slapen.

Ouwehoeren, vreten, slapen en ruzie maken over niks. Gaan we lopend naar de stad of nemen we een taxi? Die vogels in de haven, zijn dat dunbekmeeuwen of kokmeeuwen? Is het vandaag warmer dan gisteren of was het gisteren warmer dan vandaag? Kortom, de een zei iets, de ander sprak hem tegen en binnen de kortste keren stonden ze tegenover elkaar als twee bokken op een smal bergpad. De een kon geen stap vooruit zonder dat de ander een stap terug deed. Wrikken en wringen met aan de ene kant een rotswand en aan de andere een ravijn. Het hielp de tijd te doden.

Ook bij het ouwehoeren volgden ze de eenvoudigst denkbare procedure. Ze regen gewoon de ene zin aan de andere tot er weer een uur verstreken was. Over niks dus. Maar het ene niks was toch het andere niet. Ze ontwikkelden een fijne radar voor de nuances van niks. Als maatstaf gold de afstand tussen niks en het eigenlijke thema van hun gesprekken, het ongeluk van Wessel. Verrassingen bleven daarbij mogelijk. Soms praatten ze met een door spanning dichtgesnoerde maag over niks, soms met een terloopse luchtigheid over het ongeluk zelf.

Ouwehoeren, vreten, slapen, ruzie maken en blijf waakzaam!

'Kun je je voorstellen hoe raar het is om een tweeënvijftigjarige man over zijn vader te horen praten?' vroeg Simon langs zijn neus weg.

'Ja,' zei Stein. 'Ik merk dat anderen een onbehaaglijk gevoel krijgen zodra ik over mijn vader begin. Dat maakt het er niet makkelijker op.'

'Ikzelf bijvoorbeeld... ik praat niet alleen nooit over mijn vader, ik denk ook nooit aan hem.'

'Nooit?'

'Nou ja, behalve als ie jarig is of zo.'

'Dat zal biologisch gezien de bedoeling wel zijn, dat je je vader langzaam maar zeker opzij zet om zelf vader te worden. Dat proces is bij mij nooit voltooid.' (Ho even! Was hij niet de vader van Rini Suvaal? In technische zin wel misschien, maar dat was niet voldoende om vader te zijn, zoals Astrid, toen ze hem terechtwees, haarscherp had aangevoeld. Ze argumenteerde niet, maar gaf een oorveeg – zijn suggestie was niet onjuist geweest, maar obsceen.)

Simon vervolgde: 'Maar je kunt toch niet bij elke tegenslag en bij alles wat je dwars zit zeggen: dat komt doordat mijn vader verdwenen is toen ik nog een kind was?'

'Doe ik dat dan?'

'Ik heb het gevoel van wel. En wat ik niet begrijp: je hebt drie broers en een zuster – die zijn ook allemaal hun vader kwijtgeraakt, maar ze hebben er geen trauma aan overgehouden.'

'Wat begrijp je niet?'

'Wat is het verschil tussen jou en hun?'

Stein staarde naar het plafond. Het stond vast dat hij zich niet aan een antwoord op deze vraag zou wagen. Simon deed zich nu wel voor als de onschuld zelve, maar alles wat je je door hem liet ontfutselen kon en zou te gelegener tijd tegen je gebruikt worden.

Maar inderdaad: wat was het verschil tussen hem en de anderen?

Had hij meer van zijn vader gehouden?

Dat was niet zo makkelijk te zeggen. Voor *houden van* bestond nu eenmaal geen schaal van Richter. Wel was hij de enige geweest die op zijn sokken naar boven sloop om de eenzaam over zijn Singer gebogen kleermaker te informeren over de gebeurtenissen in de buitenwereld, die hem met kinderlijke overtuigingskracht moed insprak, die zijn jongenslijfje tegen vaders geurige stofjas aandrukte om zich over zijn hoofd te laten aaien.

Of was er sprake van schuld?

Niet voor de anderen, alleen voor Otto was er aanleiding geweest voor schuldgevoelens toen de moffen hun vader van huis haalden. Alleen hij immers had hem gedurig voorgehouden dat ze zo kwaad niet waren, dat ze hun geen leed zouden berokkenen. Alleen bij hem kon dus de bloedstollende gedachte opkomen dat hij met zijn gewauwel zijn vaders waakzaamheid had ondermijnd. Was dat misschien de reden waarom juist híj zich zo halsstarrig vastklampte aan de hoop dat zijn vader leefde en ieder moment kon terugkeren?

Of was het een kwestie van vertrouwen?

Niet tegen de anderen, maar tegen Otto had de kleermaker geknipoogd toen hij bovenaan de trap zijn jas dichtknoopte. En dat was logisch, want alleen tegenover hem kon hij zijn geloof bevestigen in de afspraak: ons doen de Duitsers geen kwaad. Voor de anderen verdween een vader die, als zovelen, tussen de raderen van de oorlogsmachine was terechtgekomen, voor Otto echter de man die hem nadrukkelijk had verzekerd dat hij zou terugkomen.

Vertrouwen, schuld en liefde. Simon kon beweren wat hij wou, maar Stein wist zeker dat hij nooit in Nouadhibou verzeild was geraakt als zijn vader niet uit zijn leven was weggerukt toen hij nog een kind was. Alles hield verband met elkaar. De geschiedenis liet evenmin als de natuur iets verloren gaan.

'Ik vroeg iets,' zei Simon.

'Uh?'

'Wat het verschil is tussen jou en hun.'

'Ik slaap,' zei Stein.

Ze hielden siësta bij de spichtige zoon van Roodbaard. Ernest zelf had zich teruggetrokken in de slaapkamer, waar een tweepersoonsbed de hoop voedde dat zich eens een vriendin bij hem zou voegen. Stein en Simon lagen op de leuningloze banken in het koele woonvertrek. Ze brachten veel van hun tijd bij Faucon door, zodat ze hun eigen zinledigheid goed met de zijne konden vergelijken.

De godsganselijke dag liep hij, rusteloos heen en weer drentelend, krulletjes te draaien in zijn baard. Deed hij zijn mond open, dan was het drie van de vier keer om zich te beklagen over de onverschilligheid van zijn superieuren die zijn verblijf in Mauritanië zo doelloos maakte. Op zijn betere momenten maakte hij hen deelgenoot van zijn dagdromen, zijn plan tot het verwerven van onsterfelijke roem. Hij zou een systeem ontwikkelen om prenten van vogelpoten te herleiden tot de soort; dit opende de mogelijkheid vogels te tellen nádat ze van het strand waren opgevlogen. Hij stelde zich daar erg veel van voor en maakte in zijn fantasie dagelijkse vorderingen. De methode Faucon. Verwijzingen in de vakliteratuur. Een populaire uiteenzetting voor de televisie...

Ondertussen legde hij een roerende zorg aan de dag voor zijn lichamelijk welzijn. Hij inhaleerde de dampen van met geneeskrachtige kruiden gekookt water of mengde met eindeloos geduld een gifgroen smeerseltje voor zijn handen en voeten. Het zijden sjaaltje om zijn nek diende niet ter verfraaiing van zijn uiterlijk, maar om hem te beschermen tegen keelaandoeningen. Zelden verliet hij zijn woning zonder een trui over zijn schouders te hangen – er mocht eens een koufront naderen. Vanzelfsprekend gebruikte hij uitsluitend gezond voedsel. Zijn magere lijf verstouwde onvoorstelbare hoeveelheden tomaat met sla en uien. Toen ze hem een keer meenamen naar het hotel en hun gastheerschap misbruikten door hem te pressen tot het eten van vis, leed hij een dag lang aan darmkrampen en diarree. Simon concludeerde dat lui die zich te veel om hun gezondheid bekommeren altijd wat mankeren.

Voor het overige wijdde Faucon zich hoofdzakelijk aan het schikken en herschikken van zijn schelpenverzameling. Het was inderdaad een collectie die gezien mocht worden. De ingenieuze en kleurrijke kunstwerken varieerden in grootte van een speldeknop tot een jachthoorn. Ze vormden een tastbare herinnering aan zijn korte en tot dusver enige bezoek aan de Banc d'Arguin, die hem telkens weer inspireerde tot met Amerikaanse uitroepen doorspekte lofzangen. Zoveel vogels – *amazing!* Zo'n rust – *terrific!* Zo ongerept – *it's crazy!*

Een tastbare herinnering dus ook aan hun reisdoel.

Siësta.

Een loodzware atmosfeer.

Van tijd tot tijd begon de koelkast met een laconieke klik te gonzen. Of weerklonk het ijle geblaat van een schaap. Of bonkten de kamelen van de buren tegen de buitenmuur.

Stein draaide zich op zijn zij –

Hij zat (in Turkije, Spanje of Senegal, tijdens een van hun reizen in elk geval, want in eigen land hadden ze elkaar nooit ontmoet) op zijn hurken naast Wessel, die inhakend op een verhaal van Simon, verslag deed van een huiveringwekkende ervaring.

Het was een zonnige herfstdag en hij ging naar het zuidelijke havenhoofd van Scheveningen om de vogeltrek te observeren. Prachtige parelduiker gezien, maar dat deed er nu niet toe. Toen in de loop van de ochtend de trekactiviteit afnam, raapte hij zijn boeltje bij elkaar en liep hij naar het strand. Daar strekte hij zich uit op het warme zand. Een blonde knaap kwam bij hem zitten om een praatje aan te knopen. 'Maar daar stond mijn hoofd helemaal niet naar. Dus ik gaap eens flink en draai me op mijn zij. Voelde ik me even later toch iets engs! Die knaap beroerde me met zijn lid!'

Simon schoot in de lach. Natuurlijk, hij kende de wereld. 'En, wat heb je gedaan?'

'Wat had jij gedaan?'

'Ik had hem bij zijn pik gegrepen!'

'Maar dat was nou juist wat hij wou... ik ben op de loop gegaan. Het idee dat ik hem op zijn gezicht had moeten slaan kwam pas bij me op toen ik mijlenver weg was.'

Die knaap beroerde me met zijn lid –

Wat een vreemde uitdrukking, bedacht Stein op zijn harde matras in Nouadhibou.

Op den duur kon hij zijn ergernis over de regelmatige ademhaling van zijn neef niet bedwingen. 'Simon,' fluisterde hij. En daarna harder: 'Simon!'

'Eh?'

'Slaap je?'

'Dat zie je toch! Laat me met rust godverdomme.'

'Ik moet je iets vragen.'

'Neeee,' kreunde Simon.

'Waarom ben je eigenlijk meegegaan?'

'Waarom heb je me eigenlijk meegevráágd?' Simon sloeg zijn ogen op, geeuwde, wreef over zijn gezicht en keek op zijn horloge.

'Ik vroeg het het eerst!'

'Wat? O ja. Nou, je weet dat ik verslaafd ben aan reizen.'

'Maar dat is niet alles! Dat is niet de echte reden. In je hart hoop je op een kans om erachter te komen wat er verleden jaar precies met Wessel gebeurd is.'

'Dat weet ik toch? Hij is van die rots gesodemieterd en nou kan ie niet meer lopen of praten.'

'En dat is het? Hij struikelt en hopla, daar gaat ie! Kom nou toch, dat geloof je niet. Je hebt hem in de bergen zien lopen... die jongen was zó vast ter been... zo iemand lazert toch niet uit zichzelf naar beneden?'

'Dat is inderdaad een moeilijk punt,' gaf Simon toe. 'Daarom heb ik ook een tijd getwijfeld.'

'Wat zou je ervan zeggen als ik hem een handje geholpen had? Zou je me dan hier ter plekke aanvliegen of zou je wachten tot we terug zijn in Nederland en dan aangifte doen bij de politie?'

'Ik zou zeggen dat je liegt.'

'Maar zo is het gegaan! We zaten daar op de Montfragüe met onze rug naar de ruïne toe. In de diepte stroomt de Taag. Wessel is met zijn gedachten bij de gieren, hij wil weten hoe laat ze beginnen uit te vliegen. Ik probeer hem niet te storen, want ik weet dat hij op zo'n moment niet graag wordt afgeleid. Maar ik word onrustig, dat kun je zo hebben nietwaar, en ik begin te kletsen over het eerste het beste onderwerp dat me te binnen schiet. Hij had ons toen net het verslag over de expeditie naar Senegal laten lezen, herinner je je dat?'

Simon knikte.

'Daar stond een lijst in van instellingen die geld hadden bijgedragen. Van het Prins Bernhard Fonds tot Heineken. Maar mijn naam stond er niet bij en dat zat me toch niet lekker. Dus ik zeg: hoe zit dat eigenlijk? Ja, zegt ie aan een stuk door naar die verdomde gieren loerend, zo'n club geeft je geld en dan zien ze graag dat je je dankbaarheid toont door een beetje reclame voor ze te maken. En ik dan? vraag ik. Hoeveel wasmachines dacht je te verkopen aan de lezers van dat verslag, zegt ie en dat klinkt zó denigrerend. Jezus, ik heb het niet meer. Rotzak, denk ik, dat is nou al de zoveelste keer dat je me zoiets flikt! Maar ik weet me te beheersen en besluit hem nog een kans te geven. Ik haal dus diep adem... Hou nou effe je kop ouwe zeur, zegt ie. Ouwe zeur! Na alles wat eraan vooraf was gegaan! Ik geef hem dus een trap in zijn rug en hij begint te schuiven. Ik wil hem nog grijpen, maar het is al te laat. Hij zeilt naar beneden, spreidt zijn armen uit, slaat met zijn hoofd...'

'Hou op,' snauwde Simon.

'Ik voelde me zo ellendig. En nóg natuurlijk...'

'Je liegt – zo kan het niet gegaan zijn.' Maar Simons stem verried dat hij op zijn minst even getwijfeld had.

Glimlachend draaide Stein zijn gezicht naar het plafond. Dit was de manier om de gemoedsrust van zijn neef te ondermijnen. Zo moest hij hem dus blijven aanvallen. Hoewel – wat zou het effect zijn op hem zelf? Kon je straffeloos een loopje nemen met reële schuldgevoelens? Wessel zeilde inderdaad naar beneden en hij spreidde inderdaad zijn armen en hij sloeg inderdaad met zijn hoofd tegen de rotswand – was het niet ellendig genoeg?

In de slaapkamer stond een platenspeler. Het hele huis dreunde en trilde van het viool- en trompetgejammer. Ernest Faucon stond aan het aanrecht zijn trog met rauwkost klaar te maken en voerde een gesprek met Simon. Steins intuïtie zei hem dat zijn neef de zoon van Roodbaard complimenteerde met zijn muzikale smaak.

'Wat is dat voor herrie?' schreeuwde hij.

'Wat?' brulde Simon, die nog steeds een beetje overstuur was.

'Die herrie!'

'Purcell!'

'Purcell? Zeg hem maar dat Purcell mijn lievelingsorkest is,' verzocht Stein.

Ik laat me door jou niet meer op mijn kop zitten, jongen!

3

Slopende nachten, ook in Nouadhibou.

Kort nadat hij was ingeslapen schrok hij wakker. Zijn lichaam verkeerde in een alarmtoestand. Zijn hart ging wild tekeer en zijn zenuwen waren tot het uiterste gespannen. Hij hield zijn adem in om het dreigende gevaar te lokaliseren, maar hoorde niets. Noch van binnen, noch van buiten het hotel drong enig gerucht tot hem door.

Het was dan ook geen geluid, maar de stilte die hem had gealarmeerd. De doodse stilte van een oorlogsnacht, die elk moment kon worden verscheurd door het slaan van autodeuren, het raspen van spijkerlaarzen en het gebonk van geweerkolven op hout: 'Aufmachen. Machen Sie sofort auf!'

Op 10 en 11 november 1944 beleefde Rotterdam een razzia die alles wat de oorlog tot dusverre aan mensenjacht met zich had meegebracht in de schaduw stelde. In twee dagen werden vijftigduizend jongens en mannen in de leeftijd van zeventien tot veertig jaar opgepakt voor tewerkstelling in Duitsland. Straat voor straat werd afgezet, huis voor huis doorzocht. Met de blinde hebzucht van een overstromende rivier bereikte het leger ook de woning van de Steins. 'Aufmachen. Machen Sie sofort auf!'

Als gehypnotiseerd staarde Otto naar de gehelmde soldaat, de vleesgeworden Germaanse mythe, die met zijn geweer voor zijn borst boven aan de trap bleef staan terwijl twee anderen het huis overhoop haalden. Het besef dat de rest van het gezin zich zorgen maakte over de veiligheid van Wouter drong nauwelijks tot hem door. Hij broedde op een gedachte die langzaam rijpte en plotseling in alle hevigheid doorbrak: ze zochten zijn vader!

Ze zochten zijn vader en waarom zouden ze zijn vader zoeken als hij nog in hun macht was?

Vader leeft en hij is vrij, juichte een innerlijke stem.

Hij begon te lachen. De soldaat draaide schichtig met zijn ogen. Toen hij zijn nieuwsgierigheid niet langer kon bedwingen, keek hij de lachende jongen recht in het gezicht en fronste hij zijn wenkbrauwen.

Zo bracht de razzia, die schrik en vrees verspreidde over de stad, Otto nieuwe hoop. Dagenlang hield hij zijn moeder nauwlettend in de gaten. Hij bestudeerde haar gezicht, overwoog alles wat ze zei en schaduwde haar op straat. Op een of andere manier moest toch blijken dat zij contact onderhield met haar ondergedoken man.

De hoop slonk, de twijfel rees.

Soms sjouwde hij met zijn handen in zijn zakken en zijn kin op zijn borst dwars door de stad, over de kale en winderige vlaktes waarin een absurd stratenpatroon de herinnering levend hield aan het oude centrum, helemaal de Mathenesserlaan af naar de Heemraadssingel. Daar was in een kasteelachtig gebouw het hoofdkwartier van de SD gevestigd.

Hij betrok de wacht in een portiek en verloor het gebouw geen moment uit het oog. Ononderbroken beproefde hij zijn magie op de geblindeerde ramen en grimmige kantelen. Telkens als de deur openging om de Germaanse beulen in of uit te laten, sloeg zijn hart een slag over. Wachtend op het teken waarvan hij zich geen voorstelling kon vormen, maar dat eens zou komen. Worstelend met dwangbeelden van de folteringen waaraan zijn vader werd onderworpen. Niet wetend of de arme kleermaker zich daarbij heldhaftig of bangelijk zou gedragen. Vertwijfeld zijn toevlucht zoekend tot herinneringen aan de gelukkige uren op zolder, waarin een argeloos jochie verslag deed van zijn zwerftochten met een step. Tot de kou het laatste gevoel in zijn lijf gedood had.

Een verontruste buurtbewoner waarschuwde dat zijn gedrag de aandacht van de Duitsers zou trekken. 'Ga mee, dan krijg je een kop thee en daarna maak je dat je wegkomt.' Otto duwde hem opzij, de man benam hem het uitzicht.

Niet lang na de grote razzia werd het SD-kwartier bestookt door geallieerde bommenwerpers. Het gerucht bereikte Crooswijk in de vroege ochtend. Greetje kwam de trap opstormen en riep, alsof het einde van de oorlog was aangebroken: 'De Engelsen hebben de SD platgegooid!' Zonder een woord te zeggen liep Otto het huis uit. Op een draf legde hij de afstand naar de Heemraadssingel af.

Het gebouw was zwaar gehavend. Hoge functionarissen van de bezettingsmacht namen de schade in ogenschouw, terwijl lagere goden over het puin klommen om de restanten van de archieven bij elkaar te zoeken.

Hoe hebben ze dat nou kunnen doen, vroeg Otto zich wanhopig af. Op dat moment was hij er na aan toe in de dood van zijn vader te berusten. Hij kreeg een brok in zijn keel. Hij sloeg zijn betraande ogen op naar de hemel en zond de Engelsen een vloek na: dit vergeef ik jullie nooit!

De hongerwinter brak aan met zijn eindeloze strooptochten naar voedsel en brandstof.

De wanhoop nam af, het vertrouwen steeg.

Ook in de chaotische dagen na de bevrijding, toen de laatste hongerdoden werden begraven en de eerste moffenhoeren geschoren, had Otto een vaste stek op de Heemraadssingel. Op het plantsoen langs het water hadden de Canadezen een compleet zigeunerkamp ingericht. Vrachtwagens, tenten en kooktoestellen stonden schots en scheef door elkaar. Goedgemutste bevrijders hingen hun wasgoed op en floten de meisjes na die twee aan twee kwamen langswandelen.

Otto, inmiddels vijftien jaar oud, klein voor zijn leeftijd en deerlijk vermagerd, maar breed in zijn schouders en sterk gebouwd, stond dag in dag uit tegen een boom. Zo ergens, dan zou zijn vader híer opdagen, daar was hij rotsvast van overtuigd. Hij wist ook precies hoe het weerzien in zijn werk zou gaan: op een gegeven moment zou zich een magere man uit het soldatengewoel losmaken en met uitgestoken armen op hem afkomen. En dan zouden ze samen teruglopen naar Crooswijk.

Zijn aanwezigheid begon de Canadezen te intrigeren. Ze keken naar hem en schenen over hem te praten. Een sergeant, die kennelijk medelijden met hem had, stopte hem een reep chocola toe. 'For you. Take it and bring me your sister.' Later werd hij benaderd met het voorstel tabak te verhandelen in ruil voor horloges en andere waardeartikelen.

De daaropvolgende weken stonden in het teken van de terugkeer. De achterdeuren van de hel stonden wagenwijd open. Op transport gestelde arbeiders, gearresteerde verzetsmensen, zelfs joden kwamen terug uit verre landen, gevangenissen en concentratiekampen. Menigeen die was dood gewaand herenigde zich met zijn familie. Van vroeg tot laat ritselde het nieuws door de buurt: die is terug en die is terug. Het leek toen nog slechts een kwestie van tijd voordat iedereen terug zou zijn. De verwachtingsvolle spanning werd ondraaglijk.

Maar Otto's vader kwam niet terug.

Alleen de kraai kwam terug om van de daken te schreeuwen dat Hitler dood was – tot hem de bek werd gesnoerd en hij werd prijsgegeven aan de hongerdood.

Otto kreeg een vermoeden. Het begon als een onschuldige gedachte, maar groeide weldra uit tot een obsessie. Hoewel op dit onderwerp een strikt taboe rustte, moest hij erover praten. Dus schraapte hij op zekere avond zijn keel: 'Zeg ma, wat ik vragen wou, stel nou dat vader terugkomt…'

'Die komt niet terug,' zei zijn moeder bits.

'Maar áls hij terugkomt…'

'Hij komt niet terug, zeg ik je. We hebben een brief gehad van het Rode Kruis en…'

'Als hij terugkomt, hoe moet hij dan de kost verdienen?'

Otto's moeder slaakte een zucht.

'Nou?' drong hij aan.

'Hij had toch een vak, niet?'

'Dus dan wordt ie weer kleermaker.'

'Dat lijkt me wel.'

'En als hij dat nou niet wil?'

'Dan verzint ie maar wat anders.' En ze verdween met driftige stappen naar de keuken.

Dat was dus een mogelijkheid: zijn vader kwam niet terug omdat hij zich niet weer wilde laten opsluiten op een sombere zolder, omdat hij doodziek was van de Singer, omdat hij voor eens en altijd was uitgekeken op de langsjagende wolken.

Hoe langer hij erover nadacht, hoe waarschijnlijker hem deze verklaring leek. Zijn vader leefde, maar had de vrijheid verkozen boven zijn gezin. En gaf hem eens ongelijk!

Synchroon met deze gedachtengang ontwikkelde Otto een diepe wrok tegen zijn moeder. Het was haar schuld.

Rotterdam herrees. Het beeld van Erasmus werd opgegraven uit de tuin van museum Boymans en op zijn sokkel gehesen. De havens werden uitgebaggerd, de wrakken opgeruimd, de kademuren hersteld, de kranen weer opgericht. De restauratie van de Laurenskerk werd ter hand genomen, een opdracht tot het gieten van een nieuw klokkenspel verstrekt. Aan de Blaak verrezen indrukwekkende bankgebouwen. Plannen voor de herbouw van winkels in het centrum tierden welig. Op den duur begon men zelfs te denken aan het bouwen van arbeiderswoningen.

Zolang de schaarste voortduurde bloeide de zwarte handel. Tabak, textiel en fruit gingen langs een geheimzinnige weg van de kades naar het smachtende volk. In deze branche vergaarde Stein zijn eerste kapitaal. Om de morele aspecten bekommerde hij zich niet. Hij leefde in afwachting van de komst van zijn vader. De rest was van voorbijgaande aard en geringe betekenis.

Ondertussen werden in Indië de losse eindjes van de oorlog aan elkaar geknoopt. Wouter en Frits dienden als vrijwilligers in het koloniale leger en aan hun brieven was te merken dat hun branie geleidelijk plaats maakte voor wroeging. Het was al met al een verloren oorlog. Een nieuwe golf van thuiskomsten brak aan.

Op een mooie zomeravond in '48 fietste Otto naar huis. Al van ver trokken flarden marsmuziek en hoerageroep zijn aandacht. Aan het begin van de straat moest hij afstappen. Een deinende menigte versperde hem de weg. Over de hoofden heen zag hij het vaandel en de tuba van een harmonie. Er was een ereboog opgericht met de woorden *Welkom thuis*.

Otto slingerde zijn fiets tegen een pui en begon zich met zijn ellebogen een pad te banen door de massa. Opgetogenheid alom. Als bezeten werkte hij zich naar voren. De menigte was taaier dan een braamstruik, overal werd aan hem getrokken en gerukt, maar steeds dichter naderde hij het huis dat het middelpunt van de feestelijkheden scheen te vormen en dat was zijn huis! Dat hier en daar bezwaar werd gemaakt tegen zijn hardhandig optreden drong niet tot hem door. *Welkom thuis!*

Toen greep iemand hem bij zijn arm. Hij keek verwilderd om zich heen en veegde het zweet van zijn voorhoofd. Een glunderende buurman werd tegen hem aangeduwd. 'Gefeliciteerd,' bracht de man uit.

'Waarmee? Wat is hier in godsnaam aan de hand?'

'Onze jongens zijn terug uit Indië!'

Otto wankelde. Zonder al die uitgelaten mensen om hem heen zou hij gevallen zijn. Alle energie vloeide uit hem weg. De tranen sprongen in zijn ogen toen hij zich realiseerde hoe belachelijk de illusies waren die hij zich had gemaakt.

Kort daarop brak de tragische periode aan waarin hij op straat wildvreemde mannen begon te volgen.

In zijn droom liep hij met Joop Fijt door een lange gang. Fijt voerde het tempo gestaag op. Op een gegeven moment nam hij zelfs zijn tekkel op zijn arm om sneller vooruit te komen. Stein wilde niets met hem (die fascist) te maken hebben, maar ze liepen daar nu eenmaal en het was zaak hem niet kwijt te raken. Ze begonnen te hollen, ze hijgden als paarden.

Plotseling gooide Fijt een deur open. Hij knikte Stein bemoedigend toe en gebaarde dat hij naar binnen moest gaan. De tekkel op zijn arm bleek een rat te zijn. Stein aarzelde op de drempel, maar de deur werd achter hem dichtgeduwd.

Hij bevond zich nu in een vertrek zonder ramen. De wanden waren behangen met stafkaarten. Rode en zwarte vlaggetjes vormden grillige linies.

'Daar zijn we dan,' zei Goering. 'Ga zitten.'

Stein besloot niet te gaan zitten en ging zitten.

Goering droeg een uniform zonder distinctieven, dat als een hobbezak om zijn vermagerde lichaam zwabberde. Dit scheen erop te wijzen dat hij zich in zijn nadagen bevond. In Neurenberg misschien? Stein brak zich het hoofd over de reis die aan deze ontmoeting was voorafgegaan.

Voor het overige maakte Goering een opgewekte indruk. Zijn kuifje stond parmantig overeind, zijn kinderwangen glommen en in zijn schrandere eekhoornoogjes twinkelden pretlichtjes. Hij ijsbeerde met zijn handen op zijn rug heen en weer achter zijn bureau.

Dit is een vergissing, zei of dacht Stein.

'We hebben fouten gemaakt,' gaf Goering deemoedig toe. 'Verschrikkelijke fouten. Maar wat wil je, het blijft mensenwerk!' Hij bleef met een ruk stilstaan en keek Stein vorsend aan. 'We kennen uw verdiensten.'

Je weet gelukkig niet wie ik ben, zei of dacht Stein.

'U hebt altijd een welwillend oordeel over ons gehad. Dat weten wij naar waarde te schatten. En daarom heeft de Führer besloten u een onderscheiding toe te kennen.' Hij haalde een voorwerp achter zijn rug vandaan en zette het met een royaal gebaar op het bureau. Het was een wekker die stilstond op 13.28 uur.

Nee, zei of dacht Stein, dat niet!

'Grapje,' bezwoer Goering met een kakelend lachje. Hij schoof de wekker weg (helemaal weg, zoals alleen een nazi dat kan, de wekker tuimelde over de rand en er bleef geen spoor van over) en verving hem door een kleine kooi met houtkrullen op de bodem. Daarna sloeg hij met zijn vuist op het bureaublad. Een witte muis sprong in de eenvoudige tredmolen van plastic en zette het op een rennen. Stein verdiepte zich in het krassen van de muizenagels op de plastic treden.

'Hoe ver denkt hij dat hij komt?' schreeuwde Goering opeens. En met een rood aangelopen gezicht brulde hij: 'Hoe ver denk jíj dat hij komt?'

Stein verstijfde – en werd wakker.

Hij baadde in het zweet. Hij gooide de dekens van zich af, rukte zich los van het bed, begaf zich wankelend naar de badkamer en knipte het licht aan. IJskoud neonschijnsel overgoot de glimmende attributen van de hygiëne.

In de spiegel bekeek hij zijn lichaam, dat ondoorgrondelijke voertuig van verlangens en angsten, genoegens en schuld. Zijn lichaam was hem een raadsel.

Hij balde zijn vuisten, spreidde zijn armen, trok een knie op, zoog zijn lippen naar binnen en schudde zijn hoofd. Daarna hing hij een handdoek over de spiegel en liet hij het bad vollopen.

4

De uitbarsting was natuurlijk onvermijdelijk, maar overviel Stein toch. Op zoveel heftigheid was hij niet voorbereid. Lichtelijk gegeneerd vroeg hij zich af of dit nou de bedoeling was. Ondertussen smeet Simon met glaswerk om zich heen. Hij ramde zijn kop tegen de muur en verkondigde met een door tranen verstikte stem dat hij per eerstvolgende gelegenheid naar Europa zou vertrekken. Hij kon de spanning niet meer verkroppen, de grens van hetgeen hij verdragen kon was bereikt.

'Laten we er nog een nachtje over slapen,' stelde Stein voor.

'Ik ga weg, ik hou het niet meer.'

'Dan zal ik eens kijken of ik je ticket kan vinden,' zei Stein, zodat hij een argument had om zijn neef alleen te laten. In de voorafgaande uren was Simon steeds zwijgzamer en neerslachtiger geworden. De groeven in zijn gezicht werden dieper en zijn blik werd verduisterd door permanent gefronste wenkbrauwen. Hij had stevig gedronken ook. Kennelijk liet hij het verloop van zaken gedurende hun oponthoud in Nouadhibou aan zijn geestesoog voorbijtrekken en kwam hij tot uiterst onprettige gevolgtrekkingen.

De kans om uit dit sombere, door woestijnzand en zeewater van de bewoonde wereld gescheiden oord weg te komen, leek geringer dan ooit. De heer Vignard had die ochtend opnieuw een vliegtuig in het vooruitzicht gesteld voor de volgende dag, maar dat vliegtuig was net zoiets als de ketel met goud aan het uiteinde van de regenboog. Vignards *demain* was net zo onbereikbaar als de horizon.

'Hij lijkt oom Wouter wel,' zei Simon bitter. 'Die beloofde vroeger altijd: ik zal je een kwartje geven, maar je mag er niet om vragen. Je verheugde je natuurlijk op dat kwartje en op den duur kon je je ongeduld niet bedwingen. *Oom Wouter, weet u nog dat ik een kwartje zou krijgen?* Hè, wat jammer nou, zei hij dan, ik had nog zo gezegd dat je er niet om mocht vragen…'

Vervolgens wreef Ernest Faucon zout in de wonden met een nieuwtje uit de winkelstraat. De vorige dag, zo had hij vernomen, was een employé van het nationale park voor familiebezoek naar Iouik vertrokken. Met een praktisch lege landrover.

'Een lege landrover,' herhaalde Ernest hoofdschuddend. Zo'n verspilling, je kon er met je verstand niet bij.

'We hadden makkelijk kunnen meerijden,' begreep Simon.

'En dan waren jullie nu bij jullie vrienden geweest. Die zullen zich trouwens wel afvragen waar jullie blijven.'

'Verdomme – waarom hoor je zoiets niet eerder!'

'Omdat het kantoor van het park niet open is. Anders hadden we het tijdig genoeg geweten...' Ernest brak zijn stokbrood en deed een mespuntje honing in zijn thee. Hij glimlachte. Dat ook deze tegenslag op het algemene euvel van een incompetente parkleiding kon worden teruggevoerd scheen hem tevreden te stemmen.

Toen sloeg Simon met zijn vuist in de palm van zijn hand. 'Maar waarom huren we zelf geen landrover? Dat moet toch mogelijk zijn. Hoe lang rij je erover?'

'Veertien uur,' antwoordde Ernest.

'Kijk eens aan. Met zonsopgang weg en als het donker wordt ben je daar.'

'Het nadeel is dat je geen afspraak kunt maken voor de terugreis.'

'Dat zien we dan wel weer.'

'En het kost een hoop geld.'

'Da's ook geen bezwaar, die ouwe heeft centen zat.' Nu wendde Simon zich tot zijn oom om hem te informeren over dit eenvoudige maar doeltreffende plan. Hij deed het wijselijk voorkomen alsof de suggestie van Ernest afkomstig was, maar toch begon Stein onmiddellijk bezwaren aan te voeren.

'En als we nou eens verdwalen?' wierp hij tegen. 'Hoe lang doen we er dan over?'

'We verdwalen niet. Je huurt zo'n wagen natuurlijk mét chauffeur.'

Stein haalde zijn schouders op. Dat betekende zoveel als: ik heb er geen zin in en aangezien ik over het geld ga, gebeurt het dus niet. Elk ander argument zou op tegenspraak zijn gestuit, maar dit was onweerlegbaar.

Ernest kneedde zijn met sproeten en rossige haartjes bezaaide bovenbenen en voegde een nieuw inzicht toe aan zijn mensenkennis: Nederlanders vormden een volk van elkaar bestrijdende ooms en neven. 'Hij is tegen,' gokte hij.

'Je raadt het,' gromde Simon.

'Waarom?'

'Omdat ie een ploert is, daarom.'

'En als je nou eens voorstelt...' In de haven lag een inlands vissersschip, dat naar het scheen op het punt stond af te varen naar de Banc d'Arguin. Simons ogen lichtten op. Meevaren op zo'n scheepje zou hen niet alleen eindelijk naar hun reisdoel brengen, maar beantwoordde ook precies aan zijn gevoel voor romantiek en avontuur. Terwijl Stein met zijn handen achter zijn hoofd naar het plafond lag te staren en zijn lotsbestemming trachtte af te lezen uit de barsten in het stucwerk, overlegden Simon en de zoon van Roodbaard uitvoerig hoe ze hem het beste konden aanpakken. Ten slotte spraken ze af dat Ernest het idee zou inleiden, toelichten en verdedigen; Simon zou de rol van tolk op zich nemen en zich op de achtergrond houden.

Ernest spiegelde Stein een onvergetelijke zeereis voor. Onder de hoede van betrouwbare, gastvrije en zeer ervaren zeelieden zouden ze een tocht maken door de rustigste wateren ter wereld. Simon vertaalde zin voor zin, op neutrale toon en met de grootste precisie. Deze rustige, respectvolle behandeling beviel Stein wel en hij stelde van tijd tot tijd een vraag om het gesprek gaande te houden. Uiteindelijk echter waren alle aspecten van de zaak uit en te na besproken, zodat er een ja of nee moest vallen. 'Ik voel er niet veel voor,' zei hij zuchtend. Het ging er niet om dat hij bang was aan boord van een inlands vissersbootje beroofd of vermoord te worden (hoewel, ook dat een beetje), doorslaggevend was zijn gevoel dat hij alleen met een negatieve beslissing zijn neef onder de duim kon houden.

'Hij voelt er niet voor,' vertaalde Simon koeltjes.

'Maar we kunnen toch op z'n minst met die mensen gaan praten,' pleitte Ernest.

'Nee jongens,' zei Stein. 'Ik weet hoe dat gaat. Als je eenmaal met die lui begint te onderhandelen kun je er niet meer onderuit.'

'Laten we er dan eens langslopen, dan bekíjk je de boot en de bemanning alleen maar,' drong Ernest aan.

Stein haalde zijn schouders op en dat gebaar hoefde Simon niet te vertalen: het spijt me jongens, maar ik ben de baas en het gebeurt niet! Zijn goede voornemens vergetend schreeuwde hij zijn oom toe: 'Maar hoe wil je er dan in godsnaam komen?'

'Zoals we hadden afgesproken: door de lucht. Snel, makkelijk en voordelig. Die Franse vent heeft toch gezegd dat we morgen weg kunnen!'

Simon draaide met zijn ogen alsof hij in onmacht viel, Ernest liep naar het aanrecht om de vaat te doen, Stein bepaalde zich weer tot zijn studie van het plafond. Was het eigenlijk nog wel nodig om door te stoten naar Iouik? Zou Nouadhibou voor een gewone sterveling niet afdoende zijn?

Toen ze na de siësta Faucons huis verlieten, werden ze geestdriftig begroet door een leeuwkleurig hondje. Het magere maar energieke en vrolijke dier had hen die ochtend bij het kantoor van Vignard opgepikt en spontaan geadopteerd.

Stein ging op zijn hurken zitten. Hij had gemerkt dat de honden van Nouadhibou een uitgestoken hand als een voorbode van een pak slaag beschouwden, dus hield hij zijn handen bij zich en liet hij het initiatief verder aan de hond. Deze danste uitgelaten om hem heen en wierp zijn achterlijf tegen zijn benen, zodat de logge Hollander bijna zijn evenwicht verloor. 'Braaf,' zei Stein. 'Brave hond. Jij verstaat wel Nederlands hè?' Hij wist dat Simon zich aan zijn gedrag stoorde ('zo raken we dat beest nooit kwijt') en dat was mooi meegenomen. Ach, wat was het eenvoudig als je de slag eenmaal te pakken had. Wat had Simon het makkelijk gehad tijdens hun vorige reizen, toen de rollen nog omgekeerd waren. Ze liepen door de stad met zijn sjofele winkeltjes, ranselende ezeldrijvers en karton etende koeien. Kinderen speelden blootsvoets op afvalhopen, waarin overal glassplinters en blikresten glinsterden. De hitte werd alleen getemperd door stof. Het hondje rende kriskras over straat, zo nu en dan ternauwernood ontsnappend aan automobilisten die het niet de moeite vonden om voor een hond te remmen. 'Jakkes,' zei Simon dan. Ook Stein hoopte dat ze het dier uit het oog zouden hebben verloren voordat hij werd overreden.

Ze waren duidelijk van een andere wereld en vormden, ook voor volstrekte buitenstaanders, een vreemd koppel. Hun kleding was vrijwel identiek. Ze droegen allebei stoffige, strontkleurige schoenen en een slobberende katoenen, groene broek met uitpuilende opgenaaide zakken. Ook wat postuur betreft hadden ze veel gemeen, zij het dat Stein in zijn lompheid een stuk korter was. Blank, roodverbrande nekken, volgevreten pensen, grof besneden gelaatstrekken. Alleen in hun houding legden ze een opmerkelijk verschil aan de dag. Terwijl Stein kwiek voorop ging, zeulde Simon somber achter hem aan, zijn rug gekromd alsof hij niet zijn fotos maar het wereldleed met zich mee torste. Wie de moeite nam ze aandachtig te observeren zou allicht op de gedachte komen dat de kwiekheid van de een samenhing met de somberheid van de ander. En zo was het ook. Het was alsof ze een gemeenschappelijk humeur hadden, opgeslagen in communicerende vaten.

Voor het postkantoor stond een jeep met een Franse soldaat van het vreemdelingenlegioen, die verveeld naar zijn vuurwapen zat te staren. In de schaduw van het portaal hurkten een paar bedelaars. Ze hielden hun hand op en prevelden iets over Allahs zegen wanneer ze een muntstuk kregen toegestopt.

'Zo hadden we ook geboren kunnen worden,' zei Stein.

'Daar koop ik niets voor,' reageerde Simon.

'Zou jij willen ruilen dan?'

'Ik geloof niet dat wij het beter hebben dan die mensen. Voor mij is vooruitgang niets anders dan een verfijning van de ellende.'

'Je weet niet wat je zegt.'

'Ik heb meer gezien van de wereld dan jij.'

De straat liep steil omlaag naar het havenkwartier. Het ommuurde, grasloze voetbalveld lag zinderend in de zon, je kon je niet voorstellen dat er ooit een wedstrijd werd gespeeld. Hier begon een gribus van vervallen hutten, kleine werkplaatsen en angstaanjagende kroegen. Het buurtje, waar je automatisch sneller begon te lopen, mondde uit in een stinkend en door gebleekte beenderen omgeven slachthuis.

'De boot schijnt daar ergens te liggen,' zei Simon terwijl hij, doelend op het door Faucon ter sprake gebracht vissersscheepje, naar rechts wees. Zonder een woord ging Stein naar links.

Met fier opgeheven kop en heftig kwispelende staart kwam hun trouwe hond aansjouwen met de halve onderkaak van een ezel of een kameel of zoiets. De tanden en kiezen zaten er nog in. Gaaf kunstgebit voor een herbivoor.

Het slachten vond grotendeels in de open lucht plaats en voordat ze langsliepen vergewisten ze zich er altijd van dat de onderneming niet in bedrijf was. In de muur om de binnenplaats zat een gat, waardoor het slachtafval ongehinderd in het havenwater kon stromen. Er was zoveel bloed vergoten, dat zich in de aarde roestbruin doordrenkte geulen hadden gevormd. Een broedplaats voor insekten, een gedekte tafel voor vogels. Wulpen en rosse grutto's liepen pikkend rond. Achter deze nijvere dieren blonk het kabbelende water.

Hevig transpirerend draaide Simon een film in zijn toestel. Het zweet gutste van zijn voorhoofd. 'Godverdegodver, waarom is toch altijd alles kapot.' Zijn stompe vingers rukten aan knoppen en palletjes.

Stein maakte een opname met zijn pocketcamera. 'Ja, jij hebt mooi lachen,' zei Simon zonder op te kijken. Maar tenslotte was het karwei dan toch geklaard en kon hij aan de slag. Hij richtte zijn toestel op de vogels en hun blinkende achtergrond. 'Als dat maar goed gaat,' kreunde hij, 'straks komen we thuis en is alles mislukt.' Hij had speciaal voor deze reis een 500 mm spiegelobjectief aangeschaft, dat aanzienlijk makkelijker te hanteren was dan de gangbare telelens. Hij werd echter steeds onzekerder over de werking van dit objectief onder extreme lichtomstandigheden.

'Waarom heb je hem niet eerst uitgeprobeerd,' vroeg Stein. 'Het is natuurlijk mijn vak niet, maar ik had er thuis eerst een rolletje mee volgeschoten.'

'Geen tijd. Heb hem pas op het laatste moment gehaald.'

'Maar je wist toch niet pas op het laatste moment dat we op reis zouden gaan?'

'Ik ben er niet aan toe gekomen.'

'Jij doet nou eenmaal alles fout,' zei Stein.

'Ik doe nou eenmaal alles fout,' bevestigde Simon.

'Jij doet nou eenmaal alles fout,' herhaalde Stein. 'En dan beroep je je op het noodlot, maar zo bijzonder dat het noodlot speciaal jou moet hebben ben je helemaal niet. Je doet gewoon alles fout omdat je niks goed doet.'

'Hou je kop, ouwe zeur.' Met gespeelde schrik keek Simon op. 'O nee, dat mag ik niet zeggen. Wie jou een ouwe zeur noemt gaat voor de bijl.'

'Als je daar maar rekening mee houdt,' zei Stein, hoewel hij zich niet eens realiseerde dat hij in zijn zak aan zijn kampeermes stond te voelen.

Dreigend kwam Simon overeind...

Toen bleken er drie geüniformeerde politiemannen achter hen te staan. Ze gedroegen zich correct. Ze gaven hen ieder een hand en wezen naar de naamplaatjes op hun borst. Welwillend, maar daarom nog niet minder nadrukkelijk, informeerden ze naar het hoe en waarom van hun bezigheden.

Uiteraard deed Simon het woord. Hij had een kop als een poon en stak steeds zijn kin omhoog om het zweet uit zijn hals te vegen. Met zijn andere hand probeerde hij onopvallend zijn camera achter zijn rug te houden. Stein trok een gezicht alsof het hem allemaal niet aanging.

Ze waren hier voor de vogels, verklaarde Simon timide, terwijl hij zijn baard opwipte alsof hij zijn hoofd in een strop stak. Hollanders waren nu eenmaal gek op vogels en mooie landen.

De politiemannen lieten hun blikken ronddwalen. Kennelijk wilden ze zich de omgeving goed inprenten voordat ze in discussie gingen. Een haven vol scheepswrakken, een veld vol knekels, een slachthuis vol bloedspatten en het stonk bovendien als de hel. Vogels? Mooie landen?

Ze waren op doorreis naar de Banc d'Arguin, vervolgde Simon met de moed der wanhoop. Het onvolprezen nationale park, waarvan de faam tot zelfs in Nederland was doorgedrongen. De gerechtvaardigde trots van alle Mauritaniërs.

De beleefde agenten knikten begrijpend. Jaja, vogels, mooi. Opnieuw gaven ze elkaar allemaal een hand.

'Keurige jongens,' zei Stein. 'Kom daar in Nederland eens om. Wat wilden ze?'

'Als we doorgaan met fotograferen moeten we toestemming vragen aan de havenmeester.'

Stein keek peinzend naar het leeuwkleurige hondje dat grommend aan het kaakbeen lag te rukken. Hij zei: 'Het net begint zich te sluiten. We moesten maar eens zien dat we hier wegkomen.'

Die avond scharrelde Simon, stomdronken en op zijn blote voeten, door zijn hotelkamer. Stein was op het bed gaan zitten en bekeek zijn neef met de koelbloedige belangstelling van een bioloog voor een insekt. Er hing een verstikkende stank van muffe aardappels, verlepte sla en rottende appeltjes.

De uitbarsting kwam toen Simon bij een onverhoedse beweging zijn voet stootte tegen een stoelpoot. Het deed gemeen pijn. Hij begon jammerend rond te springen op één been en struikelde vervolgens over de dozen met leefvoorraad. Met een doffe dreun klapte zijn rug tegen de muur. Hij huilde. Hij smeet zijn glas aan diggelen. Hij balde zijn vuisten. Hij beukte zijn hoofd tegen de muur.

Nadat Stein zich uit de voeten had gemaakt en op zijn eigen bed was beland, deed hij zijn best om diep na te denken.

Misschien, bedacht hij, was zijn neef in wezen net zo'n arme drommel als hijzelf. Een vergaarbak van onvervulde ambities, wanhopige verlangens en schrijnende tekortkomingen. In zijn ellende kreeg Simon het aandoenlijke van een grote, doodsbange baby. En als een grote, doodsbange baby probeerde hij zich vast te klampen aan de mensen om zich heen.

Stein herkende deze verschijnselen en bij vlagen werd hij vervuld door schaamte omdat hij zo iemand het leven zuur maakte.

Maar aan de andere kant:

Ze waren met z'n drieën geweest.

Wessel, de briljante, was veranderd in een lichamelijk en geestelijk wrak.

Hijzelf werd verteerd door schuldgevoelens (ja, daar stond de briljante dichter en bioloog, als een god afgetekend tegen het blauw van de hemel, hij wankelde, hij viel, hij spreidde zijn armen en...).

Waarom zou Simon, uitgerekend Simon, als enige zonder kleerscheuren uit de strijd komen?

Stein spitste zijn oren en hoorde zijn neef langdurig kotsen.

5

'Ze weten nergens van,' meldde Simon nadat hij op aandrang van Stein inlichtingen had ingewonnen bij de verkeersleiding. 'Er is niets bekend over een vlucht naar Iouik.'

'En die piloot, hadden ze daar ooit van gehoord?'

'Ja, Jules kenden ze wel en ik heb zelfs iemand zo gek gekregen om hem op te bellen, maar er werd niet opgenomen.' Simon trok zijn jas uit en ging zitten.

Het is nu inderdaad warm genoeg om je jas uit te trekken, bedacht Stein, maar daar bleef het voorlopig bij. Om je jas uit te trekken moest je bepaalde bewegingen maken en daartoe ontbrak hem de energie. Vermoeidheid veroorzaakte een onaangenaam verkrampt gevoel onder zijn linkerarm. Hij kon zijn gedachten ook niet op één punt concentreren, ze ontglipten hem als een stuk zeep in bad.

Om kwart over zeven, de zon gluurde net over de einder, hadden ze zich door een taxi laten afzetten bij het honk van de aëroclub. De heer Vignard had hun op het hart gedrukt geen minuut later dan half acht aanwezig te zijn en daar hielden ze zich dus aan. De afspraak leek solide. Om de plechtigheid van het moment te onderstrepen sprak Vignard zijn garanties in het Engels uit: *If there is any problem tomorrow call me and I will arrange it.* Met een eigenaardige gewaarwording van spijt drukten ze hem ten afscheid de hand. Vaarwel Vignard, vaarwel Nouadhibou, misschien hadden we iets meer moeite moeten doen om jullie te leren kennen, misschien was het toch niet zo'n best excuus dat we slechts op doorreis waren.

En daar zaten ze dan, met hun rug tegen de pui van het clubgebouw en een berg bagage tussen zich in.

Geleidelijk aan ontstond er enige bedrijvigheid op het vliegveld. Er arriveerden mecaniciens die iets te doen schenen te hebben in de duistere hoeken van een aangrenzende hangar. Een wachtlopende soldaat kwam zijn veldfles vullen aan een buitenkraan. Andere functionarissen liepen langs en verdwenen met hun aktentas onder de arm in het hoofdgebouw. Stoïcijnse gezichten. Niemand keurde hen een blik waardig. Waarschijnlijk zaten hier altijd twee blanke niksnutten met een berg bagage tussen zich in.

De zon ontstak haar vuurwerk boven de duinenrij die de startbaan scheidde van de baai.

Kort na achten verzuchtte Stein voor het eerst die dag: 'C'est l'Afrique eh?' En een tijdje later liet hij daarop volgen: 'Je moet hier ook geen afspraken maken, dat is vragen om moeilijkheden.'

Stein huiverde. Het was niet alleen de ochtendkou die hem tot op het bot verkilde, hij had bovendien het gevoel dat hij gauw dood zou gaan. Zijn hoofd was zwaar, alsof het in de afgelopen nacht was volgestort met modder. Maar waarom zou je je druk maken? Was het niet voldoende om adem te halen, naar je hartslag te luisteren en af en toe een blik te werpen op het vlammende kleurenspel boven de duinenrij?

Ze bekeken de sportvliegtuigjes die in en voor de hangar stonden en speculeerden lusteloos over de vraag met welk toestel ze straks het luchtruim zouden kiezen. Aan de zijgevel van de hangar hing een bord, waarop met krijt een drietal vluchten stond genoteerd. Alle drie hadden ze de bestemming Nouakchott. Het leek een slecht teken, maar dat hoefde het niet per se te zijn, want de tekenen waren hier moeilijk te verstaan.

'If there is any problem tomorrow call me and I will arrange it,' citeerde Simon rond kwart voor negen. En hij vertaalde: 'Als er morgen geen problemen zijn, bel me dan en ik zal ervoor zorgen.'

'Ik wil die vent nooit meer zien,' verklaarde Stein. 'Met oplichters doe je geen zaken.'

'Wat doen we dan als het niet doorgaat?'

'Dan nemen we het eerste het beste vliegtuig naar huis. Ik beloof je: we hebben onze laatste nacht in Nouadhibou gehad. Maar voorlopig ga ik ervan uit dat het wél doorgaat. Ik wil de Banc d'Arguin gezien hebben... we zijn er zo dichtbij.'

Simon nam een sigaret en begon met nerveuze halen te roken. Vagelijk voorvoelde Stein grotere moeilijkheden dan ze tot dusver doorstaan hadden. Er was bijna een week verstreken sinds de dag waarop ze volgens afspraak in Iouik zouden zijn gearriveerd. En op die afspraak was, getuige de brief van Sibe Bouma, het werkschema van de expeditie gebaseerd. Misschien hadden de jongens, het wachten moe, het biologisch station inmiddels weer verlaten voor een meerdaagse tocht door het waddengebied. Dan was er waarschijnlijk niemand in het kamp. Dan waren Simon en hij onderweg naar een negorij, waarbij vergeleken Nouadhibou een bruisende wereldstad was geweest.

'Jules heeft zich gisteravond een stuk in zijn kraag gezopen,' zei Simon tegen half tien. 'Of hij heeft zich vergrepen aan de eenzame vrouw van een mijnbouwingenieur. Zulke dingen gebeuren nou eenmaal...' Hij trok zijn voet op en peuterde een paar steentjes uit het profiel van zijn schoenzool. Daarna startte hij een nieuwe aflevering uit de serie Het Uitzichtloze Liefdeleven van Simon Jorna.

'Ik had Anneke laten overkomen naar een stad in het buitenland waar ik een klus had gedaan. We zouden er samen een paar dagen vakantie aan vastknopen. Ik haal haar van het vliegveld en we gaan naar een restaurant. Het is altijd even snuffelen als je een tijdje uit elkaar bent geweest; ik zou het liefst meteen met haar in bed duiken, maar zij neemt altijd uitvoerig de tijd om zich op te geilen. Afijn, we zitten te eten – het was dat restaurant in Istanboel, aan de Bosporus, waar jij zei dat je me nooit meer zou meenemen, weet je nog? – dat wil zeggen: het leek er in de verste verte niet op, maar toch was het daar – dat kun je zo hebben als je droomt...'

Stein duwde zijn vingers in zijn oren. Dit wilde hij niet horen, want één ding stond vast: zijn neef was níet zielig. Van tijd tot tijd verminderde hij de druk op zijn trommelvliezen om na te gaan of Simon al was uitgepraat.

'... maffe Turk komt er zomaar bij...'

Ruis. Stein dacht opeens aan Carla, de vrouw van Wessel. Hij herinnerde zich haar zoals ze was tijdens hun enige ontmoeting. Ze droeg eenvoudige kleren en zat op een terrasje op Mallorca bedaard een ijsje te eten. Ja, hij had haar na het ongeluk moeten opzoeken om te vertellen dat ze een unieke man had gehad.

'… Anneke glazig voor zich uit zit te staren…'

Ruis. En zij van haar kant zou hem verzekerd hebben dat hij met een unieke man door de wereld was getrokken. Ze kende hem natuurlijk beter. Zijn jeugd, zijn prestaties, zijn levensvisie, zijn gedichten.

'… die grijns! Hij zit verdomme met zijn vinger in haar kut, begrijp ik. Maar wat zeg je in zo'n situatie?'

Ruis. En in een sfeer van groeiende vertrouwelijkheid zouden ze een paar nuances hebben aangebracht. Zijn geniepigheidjes, zijn zelfingenomenheid. Ze zouden hem hebben teruggebracht tot menselijke proporties, waardoor het allemaal veel draaglijker werd.

'… kon haar wel doodslaan…'

Ruis. Maar het was nog niet te laat! Hij kon haar immers opzoeken zodra hij terug was in Nederland? Over en weer zouden ze elkaar tot steun zijn bij het verwerken van dat gruwelijke ongeluk. Gewoon door te praten. En ten slotte zou hij haar de waarheid toevertrouwen. Als iemand het kon begrijpen was zíj het wel.

'Je luistert niet eens,' zei Simon.

Stein nam zijn kijker. In onregelmatige vlagen stoven zandkorrels over de startbaan. Het duurde daardoor even voordat hij de vogeltjes, die hij gemeend had te ontwaren, scherp in beeld had. Ze waren zo klein dat je nauwelijks kon zien of ze pootjes hadden. Het leek alsof ze door de wind heen en weer werden gerold.

'Pleviertjes,' mompelde hij, 'maar geen gewone.' De zwarte penseelstreken over hun kop en borst vertoonden een ondefinieerbare afwijking van het normale patroon. Stein wurmde Petersons Vogelgids uit zijn tas met persoonlijke eigendommen.

'Zit niet zo opvallend te loeren,' verzocht Simon, 'die soldaten daar houden ons in de gaten.'

'Strandpleviertjes dus,' stelde Stein vast. Hij noteerde de datum bij de afbeelding van deze vogel in de gids, plus de afkorting N D B. 'Nooit eerder gezien. Mooi zo, het is dus allemaal niet voor niets geweest.' Begaan als hij soms met weerloze schepsels kon zijn, vroeg hij zich af waar strandpleviertjes in deze woestenij van leefden.

Een Fokker Friendship in de kleuren van de Mauritaanse luchtvaart-maatschappij taxiede naar de startbaan, draaide zijn neus in de wind, liet zijn propellers razen, won snelheid en ontsteeg de aarde. Poppege-zichtjes achter de ramen. Met een elegante boog zette het toestel koers naar het zuiden. In feite was dit die dag de eerste aanwijzing dat het vliegveld ook inderdaad als zodanig in gebruik was. En daar moesten ze het voorlopig mee doen.

'Als we hier blijven zitten verbranden we levend,' zei Simon om tien voor half elf. De hitte begon zich te doen gelden, in zoverre had hij gelijk. Bovendien begonnen ze te merken dat ze slordig hadden ont-beten. Er was eigenlijk maar één positief aspect aan hun aanwezigheid: de tijd verstreek.

'Laten we nog even wachten,' besliste Stein. Nu trok hij dan toch eindelijk zijn jas uit. Hij voelde zich wat fitter; de gedachte dat hij elk moment kon sterven (en wat dan nog? was dit moment slechter dan een ander?) was verdwenen.

'Over Wessel gesproken,' vervolgde hij onverhoeds. 'Stel dat hij de stekker er zelf heeft uitgetrokken.' Daarmee sneed hij een van zijn favoriete fantasieën over het ongeluk aan.

Simon wreef met de rug van zijn hand over zijn neus, waardoor een reep verbrand vel los kwam te hangen. Hij bewoog zijn hoofd naar voren om zijn oom langs de bagageberg in het gezicht te kunnen kijken. De spanning vonkte. Gelukkig, zo kenden ze elkaar weer!

'Stel dat hij er een eind aan wilde maken? Dat zou toch ook ver-klaren dat hij gevallen is?'

'Zelfmoord?' zei Simon ongelovig. 'Heb jij hem zien springen dan?'

'Ik zat beneden in de auto – ik kijk omhoog, ik zie hem wankelen en ik denk maar één ding: dit kan niet, Wessel valt niet.'

'Maar waarom in 's hemelsnaam? Die jongen had alles wat een mens zich wensen kan.'

'Geloof jij in gelukkige mensen?'

'Ik niet, maar hij wel.'

'Weet jij wat er in iemands hoofd omgaat?'

'Dan hadden we toch iets moeten merken. Ik bedoel: nou ja, zoiets gaat niet vanzelf.'

'Jíj had iets moeten merken. Jij hebt nota bene de laatste nacht met hem in een kamer geslapen.'

'Jij hebt de laatste uren met hem doorgebracht.'

'En toen vond ik hem nogal vreemd, ja. Hoe zal ik het zeggen? Afwezig! Net alsof hij ergens over inzat.'

'Ik zou niet weten waar hij over in moest zitten. Hij zat nooit ergens over in.'

'Misschien, als je nog eens diep nadenkt. Ik neem aan dat jullie gezopen hadden en dat die nacht je niet meer zo helder voor de geest staat.'

'Ach, sodemieter op jij. Je probeert me gewoon op te naaien. Alles was normaal. Bovendien: als iemand zelfmoord pleegt laat hij een briefje achter.'

'Vaak wel, maar niet altijd. En je moet niet vergeten dat ik er het eerste bij was. Wie weet heb ik zo'n briefje gevonden. Hij leefde nog, dus heb ik het laten verdwijnen. Mocht hij alsnog doodgaan, ook dan was het voor alle partijen beter als het een ongeluk zou lijken.'

'Ik geloof er geen barst van. Dat briefje had je heus wel aan de politie gegeven toen ze je vasthielden.'

'Waarom? Ik wist toch bij voorbaat dat ze me geen moord in de schoenen konden schuiven.'

Na enig nadenken trok Simon een conclusie uit de woordenwisseling. 'Dat je een rat bent wist ik, maar dat je het zó bont zou maken... ik heb zin om je op je bek te slaan, weet je dat?'

'Maar je bent te lui om op te staan.'

'Zin om het bloed uit je neus te zien spatten.'

'Zeg, hé, je hebt het tegen je oom hoor!' Stein wrong zijn arm in een van de stinkende dozen met leeftocht en kreeg een appeltje te pakken. Hij gooide het in een flauwe boog over de bagageberg heen, zodat het op Simons hoofd terechtkwam. Simon schoot naar voren en greep hem bij zijn been. Weldra rolden ze, grommend en lachend tegelijk, over het stoffige cement. Ze stompten en knepen, maar deden elkaar geen pijn. Dit moest er toch eens van komen, dus waarom niet in de vorm van een geintje?

Jules gaf hun een slap *ça va*-handje. Een fragiele Fransman met slaperige ogen. Zonder een woord van uitleg voor de vertraging gebaarde hij dat ze in de Piper Cherokee moesten klimmen.

'Zeg maar dat ik de eerste vlucht meega, met een deel van de bagage, en jij de tweede met de rest,' zei Stein.

Ai, dat was dus een misverstand. Zonder omhaal verklaarde Jules dat hij maar een vlucht zou maken. Ze konden niet meer meenemen dan de kleren die ze aan hadden plus de foto-apparatuur, de slaapzakken en een handdoek of zo. Nou vooruit, geld, identiteitsbewijzen en sigaren mochten ook mee. Hun koffers, rugzakken en voorraden werden in het clubhuis opgeslagen en zouden nog wel een keer worden nagebracht.

'Jezus,' kreunde Stein toen hij zich opvouwde op de achterbank in de minuscule cockpit. Onder verwijzing naar het fotowerk dat hij vanuit de lucht wilde doen, had Simon beslag gelegd op de ruimere plaats voorin.

Nadat hij de werking van kleppen, roeren en propeller had gecontroleerd, klom Jules achter de stuurknuppel. Ze hobbelden naar het begin van de startbaan, waar het toestel in de juiste positie werd gemanoeuvreerd. Jules trok de rem aan en liet de motor nog eens goed brullen. Hij wendde zich opeens met een paar vragen tot Simon. Op zijn vingers maakte hij een nieuwe berekening van het gewicht waarmee het toestel beladen was. Zijn lippen bewogen alsof hij bij zichzelf een gebed uitsprak. Toen kwam hij tot een besluit. Zachtjes deed hij van een en ander mededeling aan de verkeerstoren. Daarna gooide hij de remmen los. Waarschijnlijk meende hij dat ze een redelijke kans hadden om omhoog te komen.

4 *Richard Toll*

I

'Kom binnen, kom binnen,' zei Stein met een joviaal gebaar. 'Mooi is het hier niet, maar maak het je gemakkelijk. Trek in een kop koffie? Dan zet ik even water op.'

De heer Vergeer, die belast was met de zorg voor het onroerend goed van het bisdom, keek wat schuchter om zich heen. Dit was niet bepaald de omgeving die je je bij miljoenentransacties voorstelt.

Stein hield kantoor in de achterkamer van een woning boven een van zijn winkels. Meubilair uit de jaren vijftig. Spetters duivekak op de ruiten. De geur van vermolmd hout en verschoten behang. Het geheel ademde een onbeschaamde smakeloosheid uit en had een ontwrichtende uitwerking op zijn zakenrelaties. Toch was intimidatie niet zijn belangrijkste oogmerk. Evenmin was het zijn bedoeling te koketteren met zijn eenvoudige afkomst. En wel in de allerlaatste plaats liet hij zich leiden door overwegingen van zuinigheid. Nee, hij liet hier alles bij het oude omdat hij eraan gehecht was.

Stein verdween in het aangelegen keukentje en riep: 'Kon je het makkelijk vinden?'

Vergeer vroeg zich ondertussen af waar hij zijn keurig opgevouwen jas moest laten. Bij gebrek aan een kapstok hing hij hem ten slotte over de leuning van een stoel. Vervolgens drong zich de vraag op waar hij zou gaan zitten. Dit probleem werd pas opgelost met de terugkeer van Stein. Deze joeg Molly, de gecastreerde cyperse kater, resoluut uit de oude crapaud en dwong Vergeer plaats te nemen. Zelf ging hij achter zijn wankele bureautje zitten. Molly sprong op de crapaud en begon zijn kop tegen Vergeers schouder te wrijven, waardoor het stemmige grijs van diens kostuum besmeurd raakte met katteharen. Teleurgesteld door het gebrek aan respons, strekte de kater zich ten langen leste uit op de brede armleuning.

'Onze waakhond,' zei Stein teder. 'Sigaartje? Bezwaar als ik er zelf een opsteek?'

'Ik heb hier het ontwerp-koopcontract,' zei Vergeer terwijl hij een paar velletjes papier aanreikte.

'Mooi zo. Alles wat we de vorige keer besproken hebben staat erin?'

'Zo goed en zo kwaad als het ging.'

Stein stond op het punt een kerk te kopen. Het leek hem wel aardig in die branche voor zichzelf te beginnen en door de spectaculaire devaluatie van het geloof vormde de prijs niet langer een beletsel. Per kubieke meter was de aanschaf van een godshuis tegenwoordig voordeliger dan van een pakhuis of bioscoop.

'Wat betekent dit?' vroeg hij, met zijn vinger bij een van de contractvoorwaarden. 'Jullie weten toch dat ik er een magazijn en een toonzaal in wil vestigen?'

'We zouden,' antwoordde Vergeer, 'graag voorkomen dat de commercie gekoppeld wordt aan de voormalige bestemming van het gebouw. U mag het dus geen kerk blijven noemen. Geen gevelopschriften of advertenties in de trant van *voordelige aanbieding in Steins huishoudkerk*. Begrijpt u wel?'

Stein knikte. 'De kooplieden en wisselaars mogen terug in de tempel, maar het moet niet opvallen.'

De heer Vergeer tastte naar de knoopjes aan zijn vest.

'Mijn grootmoeder had vroeger een kinderbijbel,' vervolgde Stein vergoelijkend. 'Daar heb ik heel wat uren mee zoek gebracht.' En hij had gedurende een zekere periode in evangelische kringen verkeerd, de vermaarde predikant Kleppe was zijn persoonlijke leidsman geweest, maar daarover deed hij liever het zwijgen toe.

De telefoon ging. Stein nam de hoorn van de haak en luisterde naar hetgeen men vanuit de winkel te melden had. 'Verbind maar door,' besliste hij. Tegen Vergeer zei hij verontschuldigend: 'Een ogenblikje, dit móet er even tussendoor.' Bij wijze van akkoord stak de man zijn hand op. Molly begreep uit dit gebaar dat hij geaaid zou gaan worden. Hij begon te knorren en klauwde zijn nagels in het velours van de crapaud.

'Met Wessel Matser,' klonk het in Steins oor.

'Met Otto.' Zijn hart bonkte. Hij trok een asbak naar zich toe en tikte de as van zijn sigaar. Die vertrouwde, superieure stem. Wessel ten voeten uit. De man die de ene helft van het leven verwerkte als wetenschapper en de andere als kunstenaar. Hij doorgrondde de geheimen

van de natuur, werd door kranten en tijdschriften geïnterviewd en ge-
prezen en onderhield relaties met organisaties die in staat waren om
regeringen onder druk te zetten. Zijn vriend.

'Daar kijk je van op,' veronderstelde Wessel.

Stein slikte. Hij vreesde dat hij zijn stem niet onder controle had. 'Ik
wist dat je ooit contact zou opnemen,' zei hij tamelijk natuurlijk.

'Hoe wist je dat?'

'Omdat je ooit geld nodig zou hebben om weer op reis te gaan.'

'Geloof jij alleen maar in zaken?' vroeg Wessel zonder een spoor
van ironie. 'Geloof je dan helemaal niet in vriendschap en zo?'

Stein wist zo gauw niet wat hij zeggen moest en Wessel ging verder:
'Maar tot op zekere hoogte heb je gelijk. We willen de komende winter
iets ondernemen in Afrika…'

Met een half oor luisterde Stein naar een betoog dat doorspekt was
met exotische begrippen en ambitieuze tussenzinnen. Onmiddellijk na
terugkomst uit Turkije was hij begonnen met een verkenning van de
vogelwereld om bij een volgende gelegenheid beter beslagen ten ijs te
komen, maar nu hij daarvan blijk kon geven was hij sprakeloos. Het
duizelde hem. Had Wessel voorgesteld om in New York het leven der
pinguïns te bestuderen, hij zou meteen hebben ingestemd.

'Zeg maar hoeveel je nodig hebt,' zei hij op een gegeven moment
abrupt, 'en wanneer we vertrekken.'

'Ho!' reageerde Wessel als een voerman die de leidsels aantrekt. 'Dit
is een serieuze zaak, geen snoepreisje zoals toen naar Turkije. Ik ga
samen met twee andere biologen en we blijven acht à tien weken weg.
Het Prins Bernhardfonds is onze belangrijkste financier, alleen daaruit
kun je al opmaken dat het deze keer menens is. We hebben nog wat
aanvullende fondsen nodig en in dat verband dacht ik aan jou.'

Stein onderdrukte zijn wrevel over de kleinerende uitlatingen met
betrekking tot hun Turkse reis. 'Om hoeveel gaat het?' vroeg hij.

'Met tienduizend piek zouden we aardig geholpen zijn,' gooide Wessel er na een korte pauze uit.

'Da's niet gering,' zei Stein. Hij vond het gênant dat Wessel zo
doorzichtig voor een hoge inzet koos om bij het werkelijk beoogde
bedrag uit te komen. Zo gaan wij toch niet met elkaar om, vriend?

'Maar een belangrijke bijdrage aan de wetenschap. Ik bedoel: daar
zou je nou echt eer mee inleggen. Je weet wat de lepelaar betekent voor
de natuurbescherming.'

Stein betastte de rimpels in zijn voorhoofd. Zijn hersenen werkten koortsachtig. Hij wou niet kinderachtig zijn, maar het stuitte hem toch tegen de borst tienduizend gulden uit te geven zonder er zelf enig voordeel van te hebben. Hij slikte nog eens en vroeg: 'Hoe moet ik me jullie daarginds voorstellen? Zitten jullie daar wekenlang in de bush-bush?'

Dat viel wel mee, zei Wessel. 'Senegal is tamelijk toegankelijk. We blijven wel zo'n beetje in de bewoonde wereld.'

'Dan zou ik jullie dus kunnen opzoeken,' opperde Stein behoedzaam.

'Zou je kunnen doen,' antwoordde Wessel al even behoedzaam. 'Maar ik weet niet hoe dat zou vallen. Het zou lijken alsof je komt kijken of we je geld wel goed gebruiken. Ik vraag me af of dat een prettige sfeer oplevert.'

'Dan heb ik er zelf dus niets aan.'

'Wat mij betreft is het helemaal geen probleem, dat weet je wel. Ik weet alleen niet hoe ik het aan de anderen moet verkopen. En zeg nou zelf: jij wilt toch ook niet bij je werk op je vingers worden gekeken?'

'Nee dus?'

'Ik geloof eerlijk gezegd nooit dat ik het erdoor krijg.'

'Zelfs voor tienduizend gulden niet?'

'Zelfs voor tienduizend gulden niet! Als je dat te veel vindt kun je trouwens ook wel wat minder geven.'

'En als ik nou zou willen dat er een beetje publiciteit aan de expeditie gegeven wordt? Is dat ook te veel gevraagd?'

'Hoe bedoel je?'

'Ik geef tienduizend gulden en ik zeg: maar dan wil ik wel dat jullie een journalist ontvangen om een fotoreportage te maken; dat zou gewoon een deal zijn.'

'Je bedoelt dat je Simon wilt sturen?'

'Bijvoorbeeld. En dan is het toch niet zo gek als ik zelf ook meekom?'

'Maar je zou nooit meer met Simon op reis gaan.'

'Ach, iedereen zegt wel eens wat.'

Wessel aarzelde of deed alsof. 'Dat is wat anders,' zei hij vervolgens. 'Dan lijkt het niet alsof we een paar pottekijkers op ons dak krijgen. Ja, daar valt over te praten.'

'En je brengt meteen een milieuprobleem onder de aandacht van het publiek. Dat is toch ook belangrijk?'

'Dat bedoel ik.'

'Laten we een afspraak maken,' suggereerde Stein. 'Kom eens naar Rotterdam met die kameraden van je. Ik kan natuurlijk ook naar jullie komen...'

'Ik zal je om te beginnen een kopie sturen van het expeditieplan waarmee we de subsidie van het Prins Bernhardfonds hebben losgekregen. Bekijk dat eens en dan bel ik je nog wel.'

'Goed,' zei Stein teleurgesteld.

'Hoe is het anders met je?' vroeg Wessel na een pijnlijke stilte.

'Best,' zei Stein. 'Ik hoor dus nog van je.' Hij legde de hoorn op de haak en wreef over zijn gezicht. Heel even had hij het verontrustende gevoel dat dit precies was wat Wessel uit het vuur had willen slepen: tienduizend piek plus een reis voor Simon. Misschien was hij erin geluisd. Het was allemaal zo overrompelend geweest.

Molly sliep. Er zat een man in de crapaud, die op haast bisschoppelijke wijze zijn handen gevouwen hield. Wat deed die hier? Langzaam drong het tot Stein door dat hij in onderhandeling was over de aanschaf van een kerkgebouw.

'Ik geloof dat het water kookt,' mompelde hij. Hij stond op en de narigheid gleed terstond van hem af. Binnenkort zou hij weer van Wessel horen. Over een tijdje zouden ze elkaar zelfs zien, was het niet in Rotterdam, dan toch ergens in Afrika. Met veerkrachtige tred begaf hij zich naar het keukentje.

2

Tweede kerstdag, 21.55 uur plaatselijke tijd: aankomst op het vliegveld Yoff bij Dakar.

Eerste gewaarwording bij het betreden van Afrikaanse bodem: het ruikt hier naar vis!

Eerste obstakel: een horde Italiaanse toeristen.

Tweede gewaarwording: zweet.

Tweede obstakel: een taxichauffeur die twintig francs extra verlangt op grond van de oncontroleerbare bewering dat hij je door de douane heeft geloodst.

Derde obstakel: een opgetuigde plastic kerstboom in de lobby van hotel Teranga.

Het tv-programma in de kamer op de elfde verdieping: een Amerikaanse filmklucht uit het begin van de jaren vijftig.

Eerste ochtend: een koel balkon, de onmiskenbare geur van havenwater, witte kraaien, duiven met een rode ring om het oog.

Vierde obstakel: de agent van Avis die in plaats van de gereserveerde Renault 5 een Renault 18 levert en een hogere prijs bedingt.

'Geen flauwekul,' liet Stein door Simon vertalen.

Overmacht, bezwoer de man van Avis. Het vijfje was de vorige dag pal voor de deur in elkaar gereden.

Uiteindelijk kregen ze de 18 toch voor het tarief van de 5.

Geen flauwekul. Een Rotterdamse volksjongen onderweg. Hij liet zich geen oor aannaaien.

De 18 was comfortabel. Hij trok als een lier, beschikte over een perfecte air-conditioning en was voorzien van snufjes als elektrisch bedienbare ramen.

'Benieuwd of de spoorbrug bij St Louis nog steeds in het water ligt,' zei Simon. Ze hadden de heksenketel van de hoofdstad achter zich gelaten en reden nu over een brede asfaltweg met aan hun rechterhand de oceaan en aan hun linker een rij gore bedrijven, waaronder een schoenfabriek van Bata.

'Ben je hier al eens eerder geweest?' vroeg Stein.

'Een jaar of tien geleden. Toen reportages over verre landen nog iets bijzonders waren. *Deze Week* was in die tijd een braaf kappersblaadje, dat nauw samenwerkte met de katholieke missie. Ja, verdomd, we werden in St Louis opgevangen door een missiepater!'

Stein streelde met bedachtzame vingers het leren foedraal van zijn verrekijker. Kort tevoren had hij een Leitz aangeschaft. Dat zou Wessel wel waarderen, veronderstelde hij.

Simon ging verder: 'Er was toen hongersnood. Stervende mensen gefotografeerd. Een dood kind op de arm van de moeder. Dingen die je niet kunt verwerken, alleen maar verdringen. 's Avonds keer je terug naar de toeristenwereld. Nagebouwde negerdorpen, uitgerust met alle denkbare comfort, waar steenrijke Europeanen zich voor een smak geld lekker primitief kunnen voelen. Dancings. Opgedirkte ouwe wijven op zoek naar een jonge knul, liefst een neger natuurlijk, om zich nog eens goed te laten naaien. Ik kwam in bed terecht met een Zweedse miljonairsvrouw. Geil, onvoorstelbaar geil! Onverzadigbaar! Een kut als een nijlpaard! Ze was woest toen ik er na een keer de brui aan gaf. Schelden meneertje! Noem je dit neuken? Mijn eigen man presteert nog meer en die is nota bene al over de zestig!'

'Hoe voelde je je toen?' vroeg Stein.

'Beroerd,' zei Simon. Het kwam er zo prompt uit dat er geen twijfel bestond of dit was het juiste woord.

'Dat dus wel.'

'Wat had je dan gedacht?'

'Nee, zo zou ik me ook gevoeld hebben.'

'Als ik eraan terugdenk voel ik me nog steeds beroerd.'

De drukte op en langs de weg nam af, het landschap veranderde. In het begin was het nog glooiend en rijkelijk begroeid met doornige struiken en wanstaltige apebroodbomen; hier en daar lagen goed onderhouden groentetuinen met een omheining van autobanden. Naarmate ze noordelijker kwamen werd het vlakker en droger. Roestbruin werd de overheersende kleur. Zelfs de lucht, die helder blauw was geweest met enkele statige, sneeuwwitte stapelwolken, begon deze naargeestige tint aan te nemen. De Sahel. De periferie van de bewoonbare wereld. Het toneel van de ongelijke strijd tussen de mens en het zand. Je moest maar hopen dat het toevallig geen hongerjaar was, want dat reisde een stuk aangenamer.

Stein verheugde zich op het weerzien met Wessel. Voortdurend dwaalden zijn gedachten af naar de voorstelling die hij zich gevormd had van het moment waarop ze elkaar de hand zouden drukken. Dan glimlachte hij.

Hij was ervan overtuigd dat het deze keer goed zou gaan. De frustraties van het Turkse avontuur schreef hij grotendeels aan zichzelf toe. Slaapgebrek. Uitputting. Kinderlijke nukkigheid. Onvoldoende ervaring met situaties waarin je uit de vertrouwde omgeving wordt weggerukt en plotseling overvallen door vragen over de zin van het leven. Wat dat aangaat was hij nu een gewaarschuwd man. In deze val trapte hij geen tweede keer.

Zijn goede voornemens betroffen ook Simon. Ze waren nou eenmaal op elkaar aangewezen en moesten er dus maar het beste van maken. En het zag ernaar uit dat dit streven wederzijds was. Sinds hun vertrek van Schiphol (allebei een frisse zoen van Anneke) was er in feite geen onvertogen woord gevallen. Stein hielp Simon met zijn onwijs omvangrijke bagage, Simon Stein met zijn hardnekkige taalproblemen. De sfeer was ontspannen. Ze kletsten veel en namen alle beslissingen in gemeenzaam overleg. Van de kwaadaardigheid, die Stein in Turkije in het optreden van zijn neef had bespeurd, was niets te bekennen. De tijd scheen rijp voor een grondige herwaardering van hun verhouding.

Stein schopte zijn schoenen uit en trok zijn benen op, zodat hij zijn voeten op het koele dashboard kon zetten. Tevreden snuffelde hij aan de Balmoral die hij over enkele ogenblikken zou opsteken.

Ze onderbraken de tocht bij een lagune onder St Louis. Nadat ze in de schaduw van een rijtje armetierige bomen een geschikte plek hadden gevonden, aten ze stokbrood met smeerkaas. De lagune werd overspannen door een spoorbrug, waarvan één spoor met een scherpe knik in het water hing. Precies zoals Simon had voorspeld. Precies zoals in de oorlog een opgeblazen brug erbij lag. Hierdoor kreeg hun aanwezigheid een schijn van vanzelfsprekendheid. Alsof het sinds het begin der tijden zo was voorbestemd.

Stein hanteerde zijn Leitz en bladerde onvermoeibaar in zijn vogelgidsen: Petersons en Les Oiseaux de l'ouest africain. Zo bracht hij zijn eerste grijskop- en dunbekmeeuwen thuis. Op een steen in de verte stond een Afrikaanse slangehalsvogel zijn vleugels te drogen. Een uit de kluiten gewassen weidevogel werd met vereende krachten herleid tot een sporenkievit. Ze waren verrukt van een bonte ijsvogel, een fraai getekend beestje dat hoofdzakelijk uit snavel leek te bestaan. Hij vloog driftig heen en weer, bleef nu en dan als een kolibrie staan bidden en stortte zich soms als een spies in het water. Verder waren er een paar pelikanen en flamingo's, die een misplaatste indruk maakten omdat deze vogels, zoals iedereen wist, in een dierentuin thuishoren.

Simon zei: 'De vorige keer heb ik hier geen vogel gezien.'

En Stein: 'Je moet erop letten. Vijftig jaar lang heb ik gedacht dat winterkoninkjes alleen in boeken bestonden, nu heb ik ontdekt dat ze waarachtig in mijn eigen tuin zitten.'

Precies tegelijk kwamen ze tot de slotsom dat het tijd werd om op te stappen. Stein nam het stuur. Ze manoeuvreerden zich door de rommelige buitenwijken van St Louis en vonden de weg naar Richard Toll, het binnenland in. Stein verdiepte zich weer in zijn voorstelling van het weerzien met Wessel. Het zou geheid indruk maken als hij achteloos de namen liet vallen van de vogels die ze zojuist hadden gezien.

Ondertussen verdichtte het roestbruin in de lucht zich tot een fijne mist. Kennelijk kregen ze het staartje van een stofstorm mee. Van tijd tot tijd ontwaardden ze in de grauwe nevels een spoor van menselijk leven. De laaggespannen tenten van een bedoeïenenkamp. Een weggeworpen jerrycan. Een kudde runderen.

Toen vanuit het niets een vrouw opdoemde brachten ze de wagen tot stilstand. Simon deed een greep in een tas op de achterbank en sprong met een camera gewapend naar buiten. De vrouw was geheel in het zwart gehuld, op een donkerrood met goudkleurige hoofddoek na. Ze droeg een bos brandhout op haar hoofd. Onder geen beding wou ze op de foto. Stampvoetend kwam ze op de fotograaf af.

'Pak de Kodak,' schreeuwde Simon.

Stein bracht hem het toestel en Simon maakte de vrouw duidelijk dat ze de foto zelf mocht houden. Zo kwamen ze tot een akkoord. Simon fotografeerde haar eerst met de Kodak, overhandigde de polaroid en fotografeerde haar vervolgens met zijn gewone apparatuur. 'Werkt altijd,' zei hij voldaan. 'Prachtig, die vrouw in zo'n desolate omgeving. Misschien iets voor World Press Photo. De mens en het milieu.'

'Brandhout, dat schijnt een enorm probleem te zijn,' merkte Stein op. 'Die mensen hebben het nodig om hun potje te koken, maar hoe meer ze weghalen, hoe verder de woestijn oprukt.'

Ze veegden het stof van hun lippen en stapten weer in de Renault. Nu ze Richard Toll naderden veranderde het landschap opnieuw. Er begon zich weer groen tussen het roestbruin te dringen. Rijst en suikerriet. Percelen van een omvang die aan de geesteloze starheid van de Noordoostpolder deed denken.

'Stop,' zei Simon. Hij had zijn oog laten vallen op een ploegje suikerrietarbeiders, dat tegen een aarden wal zat te rusten. De mannen, die opvallend dik gekleed waren, schenen het wel aardig te vinden dat ze bekijks hadden. Ze namen hun doffe kapmessen op en kwamen de twee Hollanders grijnzend tegemoet. Stein gebruikte de Kodak. Opeens werd hij ingesloten door arbeiders die de opname opeisten. Ze zwaaiden wild met hun machetes, zonder kwade bedoelingen waarschijnlijk, maar toch.

'Donne moi un photo, donne moi un photo,' klonk het uit twintig, dertig kelen. Angstig week Stein terug, maar ook langs die kant was de aftocht versperd. Hij kon geen stap verzetten zonder tegen iemand op te botsen.

Simon holde in de tussentijd terug naar de Renault. Hij greep een etui met Hema-viltstiften en schreeuwde uit het autoraam: 'Des stylos!' Aan de buitenkant van de meute die Stein belaagde werd deze kreet overgenomen. 'Des stylos, des stylos!' Stein voelde dat de belegering losser werd. Hij gooide de foto hoog in de lucht en zette het op een lopen. Even later zat hij weer achter het stuur, maar daarmee waren de problemen nog niet voorbij. Aan Simons kant stak een compleet woud van zwarte armen naar binnen, een poliep van graaiende vingers. 'Donne moi un stylo, donne moi un stylo.'

'Start de motor,' gelastte Simon met overslaande stem.

Stein deed wat hem gezegd werd.

Toen nam Simon de laatste viltstiften en smeet ze zo ver mogelijk weg. Met een onaardse brul wierpen de arbeiders zich in het stof.

De 18 scheurde weg.

'Jezus,' zei Simon, 'daar hadden ongelukken van kunnen komen.' Met bevende handen peuterde hij een sigaret uit het pakje.

Het duurde geruime tijd voordat Stein antwoordde. 'Wie werden er nou vernederd,' zei hij toen, 'zij of wij?'

Richard Toll, dat in een enkele atlas met een stip wordt aangegeven, bleek voor de helft uit een suikerfabriek te bestaan en voor de rest uit een paar onverharde straten met redelijk solide winkeltjes en woningen – voor de sloppen moest je waarschijnlijk nog een eindje doorrijden.

'Bij die benzinepomp links aanhouden,' zei Simon terwijl hij Wessels instructies raadpleegde. 'En op dat kruispunt nog eens links. Mooi, dan moet het nu aan onze linkerhand zijn; de eerste poort.'

Omdat de eerste poort dicht was reden ze door naar de tweede. 'Hier woont Morel,' zei Simon.

'Morel?' herhaalde Stein peinzend. Hij trok de handrem aan en pakte zijn gids voor de vogels van westelijk Afrika. Inderdaad: het oranje kaft vermeldde G.J. Morel als samensteller. Weer was het alsof het zo was voorbestemd.

Ze liepen Morels tuin in en werden door een elegant Frans vrouwtje (Morels vrouw?) terugverwezen naar de eerste poort. Simon zei: 'Ga jij maar lopen, dan rij ik de wagen wel even.'

Ietwat wankel liep Stein langs een reeks volières. Voor vogeltjes had hij op dat moment geen oog. Hij omzeilde een grote groene gans met agressieve roze lellen aan zijn kop en kwam via een gat in de heg in de volgende tuin terecht. Omgeven door hoge bomen met tongvormige bladeren stond daar een rechthoekig pand van twee verdiepingen. Dat moest het centrum voor ecologisch onderzoek zijn.

Op de oprit was iemand een Honda Civic aan het wassen. De man zat op zijn hurken en spoot met een tuinslang water achter het rechtervoorwiel. Stein kon alleen maar zijn gebruinde rug, zijn achterhoofd en zijn gespierde bovenarmen zien. Hij was bang dat het een Fransman was.

'Neem me niet kwalijk,' zei hij schuchter.

Het volgende ogenblik keek hij recht in het grijnzende gezicht van Wessel. 'Jij bent het,' stamelde hij.

'En jij ook.' Enthousiast greep Wessel zijn hand.

Simon duwde de neus van de 18 tegen de poort en drukte op de claxon.

Voor zover hij zich kon herinneren zag Stein voor het eerst van zijn leven iemand die breder en hoekiger was dan hijzelf. Hans Lelieveld was werkelijk een beul van een vent. Een luidruchtig type dat ervan hield bevelen uit te delen. Zijn gezicht werd gedomineerd door een paardegebit en een bril met dikke glazen.

Klaas Wormer was daarentegen nogal schriel gebouwd en maakte een terughoudende, melancholieke indruk. Hij glimlachte vaak en nerveus.

Beide mannen waren een stuk ouder dan Stein verwacht had. Hij schatte Wormer van zijn eigen leeftijd en Lelieveld slechts een jaar of tien jonger.

Ze wilden weten hoe het in Nederland was.

'Winter,' zei Stein. 'Begin december een vorstperiode van een dag of tien, daarna dooi en een dag of vier voor Kerstmis opnieuw sneeuw en ijs. Bijna dagelijks trekkende ganzen, nu eens naar het zuidwesten, dan weer naar het noordoosten. Prachtig, die koude luchten en opeens dat aanzwellende gegak...'

De mannen knikten. Dit was de informatie waar ze naar snakten. 'Ganzentrek,' mompelde Wessel weemoedig.

Stein zette een fles whisky en een fles rum op tafel. 'Omdat jullie het zo zwaar hebben.'

'Aha,' riep Lelieveld handenwrijvend. 'Welkom! Welkom!'

'Hij heeft een zwak voor drank,' legde Wessel uit. 'Je kunt het aan zijn bril al zien – die is geslepen uit de bodem van een whiskyfles.'

Ze aten soep met bonen, aardappels, uien en stukken worst. Voor de toespijs maakten ze een blik peren open en omdat dat nogal zuinig bleek voor vijf mannen nog maar een blik mandarijnen ook. Daarna deden Wormer en Stein de afwas. Later op de avond zetten ze onder het genot van een glas wijn de kennismaking voort. Lelieveld stak een korte pijp op, Simon nam een sigaret en Wormer accepteerde een sigaar van Stein. Wessel rookte niet. Stein kon zijn ogen niet van hem afhouden, zo gezond en sterk en soeverein zag hij eruit.

'Zo,' zei Lelieveld op een gegeven moment, 'jullie hebben dus met z'n drieën Turkije onveilig gemaakt?'

'Reken maar,' zei Simon.

'Onvergetelijk,' zei Wessel.

Anekdotes en sterke verhalen vlogen over tafel. Klimpartijen, jagers, vogels, regenbuien. De eigenzinnige Geris en zijn verrukkelijke zuster Leila. En weet je nog, toen in dat eethuis in Arhavi, toen de kok kwam vragen of het naar onze zin was?

O ja, Wessel stak zijn duim op. Het eten was prima. De kok keek van de een naar de ander met een blik alsof hij dacht dat hij in de maling werd genomen. En andermaal stak Wessel zijn duim op. De kok deinsde terug. Ten slotte wreef Wessel onder het slaken van diepe zuchten met beide handen over zijn buik. Nu scheen de kok tevredengesteld. Hij begon trots te grinniken.

De volgende dag waren ze bij de jagers in de bergen en maakten ze Machmut duidelijk dat ze wilden weten wat een opgestoken duim voor Turken betekenden. Het spookachtige ventje had er schik in. Hij boog zijn linkerarm zodat er een diepe gleuf ontstond in het zachte vlees bij zijn elleboog en maakte in die nagebootste schaamspleet pompende bewegingen met zijn wijsvinger. Een goor maar universeel gebaar. Klaarblijkelijk had Wessel de kok voorgesteld samen de liefde te bedrijven.

In het eenvoudige logeervertrek boven het ecologisch centrum te

Richard Toll werd hartelijk gelachen. Lelieveld stak zijn duim op. Goed verhaal.

'Maar het mooiste,' hernam Wessel toen ze waren uitgelachen, 'vond ik toch die nachtclub in Istanboel.'

· 'Welke nachtclub?' vroeg Stein argeloos.

Wessel besefte dat hij zich vergaloppeerd had. Hulpeloos sloeg hij zijn ogen op naar Simon, maar die keek stug de andere kant op.

Die ene avond in Istanboel. Het restaurant aan de Bosporus. Het overvloedige eten en het emotionele gesprek. Stein zei: 'Ik dacht dat Simon straalbezopen was toen we naar het hotel gingen. Hij heeft staan pissen in de asbak naast de lift voordat we hem naar zijn kamer konden krijgen. Ik wist niet beter of we waren alle drie gaan slapen.'

'Hij kon niet in slaap komen,' zei Wessel ongemakkelijk. 'Toen zijn we samen de stad ingegaan.'

'Buikdanseressen gezien?' informeerde Lelieveld gretig.

'Zo zeker,' zei Wormer met een opgestoken duim.

Weer werd er enorm gelachen.

Stein boog zich over zijn schoenen en begon aan zijn veters te frunniken. Er woedden gedachten in zijn hoofd die beter niet naar buiten konden komen.

3

Onbegrijpelijke contrasten.

Bij Richard Toll raasden twintigtonners met suiker over de asfaltweg en honderd meter verderop staken de mensen nog in een holle boomstam de rivier over.

In de rijstvelden ploeterden negers voor een armzalig bestaan, terwijl een stelletje blanken van hot naar her reed om het welzijn van de vogels te bevorderen.

In het mondingsgebied van de Senegalrivier vond je, zonder enige overgang, een complete Biesbosch in een kurkdroge vlakte.

Lelieveld onderbrak zijn monoloog, tuurde in de verte en vroeg: 'Komt daar al wat aan?' Maar het was loos alarm.

Ze stonden op een mirador, een uitkijkpost op palen, aan de oever van een plas in het vogelreservaat Djoudj. Het was vlak voor zonsopgang en behoorlijk koud. Langzaam sloop de schemering weg naar het westen. Over de savanne schalde de roep van een kroonkraanvogel, een vroege minnaar misschien, of een dier dat was opgeschrikt door een jakhals.

De bonkige bioloog intrigeerde Stein. Om te beginnen omdat hij niet kon verheimelijken dat hij een hekel had aan Wessel. Verder omdat hij in al zijn onbehouwenheid de drijvende kracht achter de expeditie was. En in de derde plaats omdat hij een doel had in zijn leven; in tegenstelling tot Stein scheen hij er heilig van overtuigd dat zijn aanwezigheid in Afrika ergens toe diende.

Lelievelds levensdoel was rein en gracieus. Hij beschouwde zich als de ongekroonde koning van de Nederlandse lepelaars. Hij waakte als een kloek over hun broedgebieden en voorzag zijn jonge onderdanen van plastic kleurringen aan de poten, zodat hij ze te allen tijde kon identificeren en overal ter wereld voor hun belangen kon opkomen. Als tegenprestatie verlangde hij slechts dat ze hem een argument verschaften om de bureaustoel te verlaten en het veld in te trekken.

'Je wilt dus weten waar ze overwinteren en of ze daar wel veilig zijn,' resumeerde Stein.

De ander knikte. Hij greep zijn kijker. 'Daar zijn ze!'

Aan de overkant van de plas scheerde een formatie grote witte vogels over het riet. Ze stoeiden met het prille zonlicht. Nu eens zag je ze als nauwelijks waarneembare silhouetten, dan plotseling in hun volle glorie, alsof ze door het schijnsel van een vuurtoren vlogen. Nadat ze de landingsplaats in orde hadden bevonden, streken ze neer achter een rietkraag.

Stein blies zijn handen warm.

Lelieveld zei: 'Ze komen dus uit het noordoosten. Waarschijnlijk zijn ze wezen foerageren in het Grand Lac. Heb je wel eens lepelaars zien foerageren?'

'Nee,' zei Stein.

'Ze lopen niet, nee, ze schríjden door het water en roeien almaar heen en weer met die rare platte snavels. Het is een wijdverbreid misverstand dat ze microscopisch voedsel uit het water zeven.'

Lelievelds stem kreeg nu iets triomfantelijks. 'Ze eten vis! En het wonderlijke is: ze jagen niet op het gezicht, zoals reigers, maar op de tast. Daarom kunnen ze ook 's nachts foerageren. Soms vormen ze een linie, zodat de een kan profiteren van de visjes die de ander opjaagt. Dan zie je er een heel stel naast elkaar, als soldaten die een vermist kind zoeken. Ze vormen een flauwe boog, zodat elke lepelaar alle andere in het oog kan houden. Begint er een te rennen omdat ie op vis is gestuit, dan vliegen ze er van alle kanten op af. Vaak gaat het om visjes die in scholen leven en gezamenlijk heb je natuurlijk meer kans om zo'n school op te sporen.'

De bioloog keek Stein door zijn gelaagde bril vorsend aan om te controleren of zijn passie wel goed besteed was. 'Dat is dus een heel efficiënte vorm van samenwerking.'

Daarna, met klem: 'Maar ze vissen ook wel alleen en hoe ze dat voor elkaar krijgen, dát begrijp ik niet. Met de snavel moeten ze hun prooi zowel opsporen als grijpen. Zo'n visje schiet als hij wordt aangeraakt in één ruk wel een meter weg en toch krijgt de lepelaar hem te pakken. Hoe ze dat doen, dát zou ik toch zo graag willen weten!' Geen twijfel mogelijk: deze wandelende kolos was smoorverliefd op de fragiele lepelaars.

Ondertussen waren er zo veel lepelaars neergestreken dat een deel van de groep langs de rietkraag zichtbaar was. Ze poetsten hun blinkende verenkleed en verdrongen elkaar van de beste plekjes voor een welverdiende dagrust.

'We moeten daar links een schuilhut bouwen,' besloot Lelieveld.

Stein was geïmponeerd. Die laat zich zijn lepelaars door niemand afnemen, dacht hij afgunstig.

Op de terugweg zagen ze een troep roodbruine apen (waarvan de grootste zich oprichtten op hun achterpoten om de vlakte af te speuren naar mogelijke gevaren) en een varaan van een meter of twee (het monster liet de Honda ongeïnteresseerd voorbijgaan, het leerachtige vel hing in diepe plooien tussen zijn onderkaak en zijn borst).

De dam door de Djoudj, een dode rivierarm, werd bewaakt door een soldaat. Bij hun nadering deed hij de slagboom omhoog. Hij salueerde en wendde zijn gezicht af voor het stof.

Tot zijn schrik merkte Stein dat ze niet linksaf sloegen naar het kamp, maar rechtdoor de negorij ingingen. Het was alsof hij ontvoerd werd. De onverdraaglijke gedachte dat Simon vrij spel had met Wessel…

De rest van de dag brachten ze zoek met een speurtocht naar rietmatten. De onderhandelingen met de dungezaaide bevolking verliepen bizar maar bevredigend.

Aan de zuidkant van het reservaat was een kleine nederzetting gesticht voor de huisvesting van de bewakers en de opvang van de toeristen die mondjesmaat hun opwachting maakten. Op last van de centrale overheid had de expeditie hier de beschikking gekregen over een ronde betonnen hut met primitieve schilderingen op de buitenwand. Daar verzamelden ze zich gewoonlijk aan het eind van de middag en brachten ze de avonden door met huishoudelijke karweitjes en gesprekken die eindeloos voortkabbelden zolang de sfeer relaxed bleef, wat niet altijd het geval was want onder het vernis van de wellevendheid blonk een ingewikkeld netwerk van spanningen. Voor zover ze betrekking hadden op de expeditie concentreerden deze spanningen zich op Lelieveld, voor de rest gewoonlijk op Stein.

Lelieveld had zijn klapstoeltje en zijn korte pijp. Wormer sleepte een veldbed naar buiten en nam er zijn gemak van. De overige drie zaten met hun rug tegen de hut op een houten bank – Wessel sneed uien, Simon poetste zijn lenzen en Stein schilde aardappels.

Wormer wees naar de purperen hemel. 'Pelikanen,' zei hij dromerig. 'Het zijn net bommenwerpers.'

Stein keek op, liet de statige glijvlucht van de buikige vogels op zich inwerken en kwam tot de slotsom dat Wormer gelijk had. 'Zo verschrikkelijk mooi kunnen bommenwerpers ook zijn,' beaamde hij. 'Je kunt er je ogen niet van afhouden. Je weet dat ze dood en verderf zaaien, maar desondanks, of misschien wel juist daarom, zijn ze mooi.'

'Hij heeft het bombardement op Rotterdam meegemaakt,' zei Wessel sniffend. Hij wipte zijn bril op en veegde de uietranen uit zijn ooghoeken. 'Hij is ervan overtuigd dat de eerste bom eigenlijk voor hem bestemd was.'

Simon haalde misprijzend zijn neus op.

'En jij,' zei Stein met een eigenaardige mengeling van waardering en verwijt, 'hebt die gedachte uitgediept met je theorie over die ene seconde. God, daarmee heb je me de stuipen op het lijf gejaagd, weet je dat? Ik heb nachtmerries waarin mijn hele leven is samengebald in één seconde.'

Wessel maakte een gebaar alsof hij een compliment van de hand wees. 'Daar moet je niet zo zwaar aan tillen,' zei hij. 'Je hebt een idee en probeert het zo suggestief mogelijk onder woorden te brengen om te zien of het stand houdt. Vingeroefeningen. 't Heeft niets te betekenen.'

'Hij is een dichter,' bracht Wormer in herinnering.

'Ik droom voortdurend over klokken die stilstaan op 13.28 uur en dat ik maar een seconde te leven heb,' hield Stein vol. Hij liet zich dit geschenk van Wessel niet zonder slag of stoot afhandig maken.

Lelieveld zei: 'Het moet een hel zijn geweest, dat bombardement.'

En Wessel: 'Kom je nog wel eens in de buurten die toen zijn platgegooid?'

'Nooit,' zei Stein.

Wessel knikte. 'Het lijkt me onvoorstelbaar dat de omgeving waarin je bent opgegroeid en waaraan je talloze herinneringen hebt, zomaar van de aardbodem wordt weggevaagd; ze gooien geen huizen plat, maar je jeugd.'

'Wat is het verschil met een renovatie?' vroeg Simon.

'Dit lijkt me toch anders,' zei Wessel.

En Stein zei: 'Je moet het je niet al te romantisch voorstellen. Het is geen heimwee die je uit die buurten weghoudt, het is angst, pure angst. Je wordt doodsbang bij de herinnering alleen al. Je probeert situaties waarin het allemaal weer boven komt zoveel mogelijk te mijden.'

'Maar het achtervolgt je over de hele wereld,' veronderstelde Wessel. 'Ben je nú ook bang?'

Vannacht misschien, dacht Stein, vannacht zal de overeenkomst tussen pelikanen en bommenwerpers misschien niet langer een woordenspel zijn. 'Nu niet,' zei hij.

Lelieveld scheen zijn gedachtengang aan te voelen en begon te grinniken. 'Pelikanen bombarderen je hoogstens met stront. Smerige, stinkende stront, dat wel.'

'Bovendien heeft hij in de oorlog zijn vader verloren,' zei Wessel.

Stein verdiepte zich in de aardappelschillen die tussen zijn voeten op een krant neerkronkelden. Het leek waarachtig wel alsof hij een hondje was dat in één keer al zijn kunstjes moest vertonen.

'Gefusilleerd?' vroeg Wormer.

'Nee,' zei Stein. 'Op transport gesteld en nooit... eh... teruggekomen.'

'Je doet net alsof je vader een verzetsheld was,' zei Simon schamper.

'Ik? Ik doe niks net alsof.' Stein voelde dat hij een kleur kreeg.

'Hoho,' zei Simon, 'je hoeft me niet meteen op te vreten, ik wou je niet beledigen hoor.'

'Je weet niet waar je over praat.'

'Over mijn grootvader zou ik zeggen.'

'Nee – nee! Je hebt het over de oorlog en wat weet jij nou van de oorlog!'

'Neem me niet kwalijk,' zei Simon, maar in feite zei hij: zie je nou wat een gifkikker hij is?

Stein ging razend verder: 'In de oorlog had je het niet voor het kiezen. Je maakte zelf niet uit of je een verzetsheld werd of niet, dat maakten de Duitsers uit.'

'Maar als je nou een kraai...' wierp Simon tegen.

'Ja, maak die zin maar af.'

'Als je nou een kraai leert zeggen dat Hitler dood is, zit je dan meteen bij het verzet?'

'Precies! Je leert een kraai zeggen dat Hitler dood is en de Duitsers beslissen dat dat een verzetsdaad is, daar draait het om!'

'Je vader is opgepakt omdat hij een kraai had leren zeggen dat Hitler dood was?' vroeg Wessel ontgoocheld.

'Evenzogoed een hele kunst,' zei Lelieveld.

'Ja,' zei Stein tegen Wessel. Hij sloeg zijn ogen weer neer. Zijn gezicht gloeide. Hij kon onmogelijk accepteren dat er onderscheid werd gemaakt tussen iemand die een blaadje drukt en iemand die een kraai leert zeggen dat Hitler dood is. Heel gewone dingen – in vredestijd.

Hij dacht aan de miskende kleermaker die zich in zijn eenzaamheid het lot van een jonge kraai aantrok. Hij nam het hulpeloze dier uit de dakgoot, voedde het met brood en vleesafval en leerde het een paar woorden zeggen. Hitler is dood – een toverspreuk, je weet nooit of het helpt, misschien kun je de magie van de terreur alleen met de magie van de machteloosheid beantwoorden. *Hitler is dood!* En waarschijnlijk was dat op zichzelf nog zo'n ramp niet geweest, als...

Er werd een verjaardag gevierd. De familie kwam met de traditionele luidruchtigheid bijeen en Otto's vader had eindelijk ook eens wat in te brengen. Hij zette de schichtige kraai op tafel en spoorde hem aan tot zijn keel er schor van werd. Eindelijk vatte de zwarte vogel moed.

'Hitler is dood,' fluisterde hij schuchter, waarop de familie zo bulderend begon te lachen dat de kraai hals over kop het raam uitvloog. Nadien verkondigde hij zijn boodschap in de open lucht en liet hij haar steevast uitmonden in een veelstemmige, duivelse lach. En toen trok hij natuurlijk de aandacht van de Duitsers. Collectieve schuld, waarvoor alleen Otto's vader de rekening gepresenteerd kreeg.

'Jezus,' liet Lelieveld zich eerbiedig ontvallen. 'Omdat je een kraai leert praten.'

'Ik bedoel alleen maar dat je vader geen held was,' hield Simon vol.

'Hij was een lafbek,' zei Stein heftig, 'en hij zou zijn hele leven een lafbek gebleven zijn als de Duitsers geen held van hem hadden gemaakt.'

'Kom niet aan Otto's vader,' zei Wessel.

'Hij heeft gelijk,' zei Wormer.

'Hij is de enige niet die in de oorlog zijn vader verloren heeft,' zei Simon.

'Ik ben er niet over begonnen,' merkte Stein vermoeid op.

'Ik sterf van de honger,' zei Lelieveld.

Soep met bonen, aardappels, uien en stukken worst. De meeuwachtige schreeuw van een late Afrikaanse zeearend. Het gerammel van borden en bestek. Het gele schijnsel van de petroleumlamp. De geruisloze, golvende vlucht van de nachtzwaluwen die bij het invallen van de duisternis als uit het niets te voorschijn kwamen en met hun lange staart aan rennende eekhoorns deden denken. 'Jongens,' zei Wormer dan intens tevreden, 'dit is het ware leven.'

Het was tijdens een van deze avonden dat Stein voor het eerst over de Banc d'Arguin hoorde praten. Degenen die dit begrip op hun lippen namen, legden een mysterieuze klank in hun stem. Het legendarische vogelparadijs voor de kust van Mauritanië. Niet eens zo heel ver noordelijk van hier, maar toch meer faam dan werkelijkheid.

4

Op oudejaarsdag verdronk een slangehalsvogel; Stein en Wormer sloegen zijn ondergang gade vanaf de dijk die de Djoudj omringde.

De merkwaardige viseter had in een reflex een prooi gespietst die zijn krachten te boven ging. Hij sloeg met zijn druipende vleugels op het water en haalde geweldige toeren uit met zijn dunne nek. Enkele malen lukte het hem zijn kop boven de waterspiegel te krijgen. Dan verscheen de spartelende vette rug van een karperachtige vis.

Een worsteling op leven en dood.

Geleidelijk kreeg de vis de overhand. De klappen van zijn staart dreunden over de plas. Met machtige kronkelbewegingen vocht hij zich terug naar de diepte. Na een laatste wanhoopspoging om zich los te rukken staakte de slangehalsvogel de strijd. Hij verdween. Het water werd gladgestreken. Nog een paar plotselinge luchtbellen en het was gebeurd.

De wind ritselde in de struiken. Op tenen als heksenklauwen stapte een jassana onverstoorbaar over de modderige oever.

'Moet je je voorstellen,' zei Wormer, 'daar zwemt nu een vis rond met een vogel aan zijn rug.' Hij tuitte zijn lippen voor een schril lachje. Dit lachje was zijn pantser. Je wist nooit wat hij werkelijk wilde zeggen.

Stein rolde de pijpen van zijn tropenbroek op en begon de opgedroogde modder van zijn kuiten te peuteren. De harde korsten kleefden aan de haartjes. Bij tijd en wijle siste hij van pijn.

De dag was in het aardeduister begonnen aan de plas met de lepelaars.

Lelieveld trok de veters van zijn laarzen strak, zodat ze waterdicht om zijn benen sloten. Daarna hees hij een rietmat op zijn schouder en nam hij een telescoop en zijn klapstoeltje onder de arm. 'Kom op,' zei hij tegen niemand in het bijzonder. Ook Wessel laadde een rietmat op zijn schouder. Nu waren er nog een rietmat en een rugzak over. Wormer aarzelde, Wessel haalde zijn neus op.

'Laat mij maar,' bood Stein impulsief aan.

'Weet je het zeker?' vroeg Wormer.

'Daar draai ik mijn hand niet voor om,' zei Stein.

'Ik zou wel mijn broek uitdoen,' adviseerde Wessel.

Stein trok zijn broek uit.

'Je schoenen kun je beter aan houden. Er kunnen scherpe voorwerpen op de bodem liggen.'

Stein trok zijn hoge gymschoenen weer aan en knoopte ze stevig dicht. Vervolgens nam hij de rietmat en de rugzak. Helemaal geen probleem.

'Dan kun je dit er ook nog wel bij hebben,' zei Wessel handig. Hij laadde zijn rietmat over op Steins vrije schouder en deed een stap terug. 'Gaat het?'

Stein knikte. De rietmatten gingen als een wip op en neer en hij verloor bijna zijn evenwicht.

Tussen de bedrijven door maakte Simon foto's. De elektronische flitser bliksemde. Later zou Stein zo in *Deze Week* verschijnen ter illustratie van de werkzaamheden van de expeditie: ietwat wankel ter been en met grote holle paniekogen. Vanuit de ruimte buiten de foto reikte een hand naar zijn elleboog. Wessels hand?

Toen stapte Lelieveld onvervaard het water in. 'Zorg dat je me niet kwijtraakt,' zei hij. Stein zette hem op een sukkeldrafje na. Spoedig vervaagden de stemmen van de achterblijvers. Aan hun linkerhand verrees het rafelige zwarte muurtje van een rietkraag. Zo lang ze daar in de buurt bleven, verzekerde Lelieveld met gedempte stem, zouden ze niet verdwalen.

Plassende geluiden. Stein vroeg zich af of die wel alleen door hun tweeën werden voortgebracht.

Hij probeerde zich het uitzicht van de vorige ochtend te herinneren om een schatting te kunnen maken van de afstand die ze moesten afleggen. Vijfhonderd meter? Vijfhonderd meter, voetje voor voetje, voortdurend bedacht op verraderlijke diepten. De bodem was stevig maar klef en al gauw werd het knap vermoeiend om telkens weer je schoenen los te trekken. Het water reikte tot aan Steins knieën. Soms steeg het tot aan zijn onderbroek en sloeg een kil golfje over zijn geslachtsdelen. Lelieveld hoorde kennelijk aan zijn ademhaling dat hij in paniek dreigde te raken en zei: 'Er kan ons niks gebeuren.'

'Weet je het zeker?' vroeg Stein ademloos.

'Een wandeling door Rotterdam is gevaarlijker.'

'Volgens mij verzuipen we als ratten.'

'Laten we maar even rusten.'

Ze bleven staan. Doodse stilte. Water en riet vloeiden weg in de duisternis. Lelieveld wreef zijn bril schoon aan zijn mouw. 'Ja,' zei hij opgewekt, 'dat gaat je niet in je kouwe kleren zitten.'

'Leren jullie dit ook op de universiteit?' vroeg Stein. De delen van zijn lichaam die nog niet met water in aanraking waren geweest waren kletsnat van het zweet. Zijn kuitspieren begonnen hevig te trillen. Hij zei: 'Laten we alsjeblieft doorlopen. Die matten worden er ook niet lichter op en ik voel me steeds dieper wegzakken in de smurrie.'

Na drie kwartier kwam, hoewel ze voor hun gevoel recht vooruit liepen, opeens de rietkraag dichterbij. Kennelijk hadden ze de bocht in de oever bereikt waar Lelieveld zijn schuilhut wilde opzetten. Ze vonden een open plek waar ze aan land konden en wrongen zich tussen een paar kleine bomen door, waarbij Stein zijn gezicht openhaalde.

'Jezus,' hijgde Lelieveld terwijl hij zijn lading in het soppige gras liet glijden.

Stein kon geen woord uitbrengen. Hij had het gevoel dat het gewicht op zijn schouders aan zijn lijf was vastgegroeid. Lelieveld moest hem ervan verlossen. 'Je kunt het beste maar meteen teruggaan,' zei hij.

'Ik zal je eerst helpen met de hut,' bood Stein aan.

'Beter van niet. Je moet een flink eind uit de buurt zijn voordat de eerste lepelaars verschijnen, anders gaan ze ervandoor en is alles voor niets geweest.' Lelieveld keek om zich heen en mompelde: 'Lekker stekkie; als er maar geen wilde varkens op afkomen.'

Ook Stein keek om zich heen. 'Ben je echt van plan om hier de hele dag te blijven?'

'Zeker! Dit zijn de mooiste dagen van mijn leven.'

'Maar je hebt toch niet de hele dag nodig om dat groepje lepelaars te bekijken?'

'Misschien niet. Toch kan ik niet weg voordat ze zelf weg zijn. Anders zou ik ze verstoren en dat is de bedoeling niet.' Lelieveld rommelde in de rugzak en haalde de whiskyfles te voorschijn, waar door een ongelukkige samenloop van omstandigheden nog maar een kwart uit was. 'Ook een slokje?'

'Dat was voor ons allemaal,' zei Stein verwijtend.

Lelieveld lachte, zacht maar van harte. 'Ik doe vandaag het veldwerk en dat brengt nu eenmaal bepaalde privileges mee.' Hij zette de fles aan zijn mond. 'Echt niet?'

'Nou, dan ga ik maar,' zei Stein met een fatalistisch schouderophalen.

IJsblauw ochtendlicht kroop als een gletsjer over de aarde. De stilte draaide de duimschroeven aan.

Hij was alleen en zijn angstfantasieën werkten op volle toeren. Aalgladde wezens glibberden langs zijn benen – gifslangen? Ieder moment kon het riet uiteenbuigen om een varaan door te laten die soepel in het water gleed. En verder waren er gevaren waarvan hij zich niet eens een voorstelling kon vormen.

Toen zoefde een scheldende nijlgans over zijn hoofd. Van schrik liet hij zich op zijn knieën vallen, waardoor het water plotseling tot aan zijn borst kwam. Dit was het dus: sterven. Hij had gehoopt dat hij er minder bang voor zou zijn. Zijn leven trok in een flits aan hem voorbij en er scheen niets, helemaal niets te zijn voorgevallen dat de moeite van zijn geboorte en dood loonde. Vijftig jaar ploeteren samengebald in dit ene moment. De onvrijwillige bijdrage van een Rotterdamse volksjongen aan de wereldgeschiedenis verdween spoorloos in een Senegalees moeras.

Stein vouwde zijn handen.

Hij meende een stem te horen, sloeg zijn ogen op en ontwaarde de mirador, die in de ochtendschemer wel iets weg had van een wachttoren bij een concentratiekamp.

Wormer, die dacht dat hij in een geul was beland, wenkte dat hij de kant van de rietkraag op moest.

Druipend en klappertandend kwam Stein aan land. Wormer haalde een deken uit de Civic en hing die om zijn schouders. 'Je zou iets aan je conditie moeten doen,' zei hij bezorgd.

'Op mijn leeftijd?'

'Juist op jouw leeftijd.'

'Ik peins er niet over,' zei Stein. Onder geen beding zou hij laten merken dat hij aan het leven gehecht was.

Zwijgend zaten ze naast elkaar op het trapje van de mirador. De zon verwarmde de savanne.

Opeens besefte Stein dat de Renault weg was. 'Waar zijn Simon en Wessel?' vroeg hij.

'Die zijn naar St Louis om te zien of ze vandaag een vliegtuigje konden krijgen. Je vrolijke neef wou luchtfoto's maken.'

Afwezig wreef Stein over zijn voorhoofd. 'O ja.'

'Had je niet mee gewild?'

'Ik wist niet dat ze vandaag zouden gaan.'

Wormer tuitte zijn lippen. 'Maar je bent wel goed genoeg om dat allemaal te betalen?'

'Ach,' zei Stein vaag, 'als de jongens zich maar amuseren.'

Nadat hij was opgedroogd zagen ze de vraag onder ogen hoe ze de dag verder zouden inrichten.

Ze zaten tegen de dijk en keken uit over een kleine, door dicht struikgewas omgeven watertje. Wormer attendeerde Stein op de eigenaardige jachtmethode van de slangehalsvogel. Bij het zwemmen hield het dier alleen zijn kop boven water. Net de periscoop van een onderzeeër. Wanneer hij dook veroorzaakte hij slechts een flauwe rimpeling. Nu en dan bleek hij, als hij weer bovenkwam, een zilveren visje aan zijn naalddunne snavel gespietst te hebben. Hij verorberde zijn prooi door hem omhoog te gooien en in zijn opengesperde bek op te vangen.

Stein masseerde zijn pijnlijke schouder. 'Zijn eigenlijk alle biologen zo reislustig?' vroeg hij.

'Dat moet je mij niet vragen,' zei Wormer.

'Waarom niet?'

'Ik ben geen bioloog. Mijn vak is machinebankwerker, maar ik ben werkloos.'

'Hoe raak je dan in dit werk verzeild?'

'Dat is gauw verteld. Al vanaf mijn jeugd ben ik gek op vogels. Een jaar of wat geleden stond ik aan een plas in Noord-Holland een stelletje lepelaars te bekijken. Achter me stopte een auto. Het raampje ging omlaag en ik zag een grote bril boven een paar enorme tanden. Kijkt u wel eens vaker naar lepelaars, vroeg hij, en houdt u daar aantekening van? Zo is het gekomen.' Wormer pauzeerde even. 'Heb je trouwens die grijze wouw al gezien?'

'Waar?' vroeg Stein.

Wormer wees naar een boom met kale takken, die verlaten in de vlakte stond.

Stein nam zijn kijker. Hij zag een betrekkelijk kleine roofvogel met subtiele grijs-blauwe tinten. De inktzwarte vlek op zijn schouder had de vorm van een uitgelopen komma. Bij een bepaalde stand van de kop fonkelde een robijnrood oog.

'Die zit daar al de hele tijd,' zei Wormer.

Stein herkende de stille, haast religieuze emotie, die hij eerder bij Wessel en Lelieveld had geconstateerd. Brandend van nieuwsgierigheid zei hij: 'Dat doet je echt iets, hè?'

Wormer knikte. 'Ja, dat doet me iets.'

'Maar wat?'

'Dat is moeilijk te zeggen.'

'Ik begrijp niet wat jullie bezielt. Ik kan vogels best mooi vinden, maar ze zijn zo eenzaam… en die eenzaamheid jaagt me angst aan.'

'Eenzaam,' herhaalde Wormer peinzend. 'Ik heb er vaak over nagedacht, maar ik kan het niet onder woorden brengen. Een vogel vertelt me iets over mezelf, misschien is dat het. Ik zie die grijze wouw daar zo zitten en ik denk: ja, zo is het leven en daar word ik heel, hééél rustig van.'

Stein slaakte een zucht. Hij bekeek de grijze wouw en deed zijn uiterste best om meer te zien dan een dodelijk eenzame vogel. Het lukte hem wel om *ja, zo is het leven* te denken. maar daar hield het dan ook mee op.

Even later reeg de slangehalsvogel de laatste prooi aan zijn snavel. Zijn donkere staartveren verdwenen het laatst onder water.

5

Omdat in de hut slechts plaats was voor drie veldbedden, moesten twee mannen buiten slapen. Stein had zich daar meteen voor aangemeld; het leek hem prettiger om wakker te liggen in de open lucht dan in een besloten ruimte. Avond aan avond strekte hij zich uit onder de fijnmazige sluier van zijn klamboe en vouwde hij zijn handen onder zijn hoofd in afwachting van de dingen die komen zouden. De nachten waren helder en vertoonden de ongeëvenaarde sterrenpracht van de tropenhemel. De kosmos gevangen in een netvlies. Wat heet ruimte? Wat is er zo bijzonder aan een lichtjaar?

In de nacht van nieuwjaar mondden zijn mijmeringen uit in een opmerking van Wessel: ze hebben niet jullie huizen platgebombardeerd, maar jullie jeugd!

Deze bewering nam de vorm aan van het vuurtongetje in een glazen stuiter. Je kon hem van alle kanten bekijken, maar er geen vat op krijgen.

Stein wikte en woog en wendde zich uiteindelijk tegen beter weten tot Wouter, zijn oudste broer.

'Larie,' zei Wouter resoluut. 'Gegoochel met woorden. Die bink is een dichter.'

Het werd een heftig dispuut. Disputen met Wouter waren altijd heftig, vooral omdat zelden duidelijk werd waar ze over gingen. Wouter was het nergens mee eens, hij had nog nooit iemand iets verstandigs horen zeggen. En je moest al helemaal niet bij hem aan boord komen met het gezellige oude Rotterdam dat door het bombardement in vlammen was opgegaan.

'Kom nou toch,' riep hij opgewonden uit. 'Het gezellige oude Rotterdam heeft nooit bestaan, het gezellige oude Rotterdam is een uitvinding van de jaren vijftig. Rotterdam stonk als de ziekte, de armoe gilde de deuren uit.'

Hij vouwde zijn kleine, dikke handen op het kussentje van zijn buik en keek je tartend aan.

De vraag of hij soms vond dat de Duitsers goed werk hadden gedaan brandde op je lippen. Maar dat was natuurlijk ondenkbaar, aan Wouters afkeer van de Duitsers mankeerde niets. Hij kon alleen het idee niet zetten dat het leven anders (laat staan beter) was geweest zonder bombardement. Dit was zijn manier om zich te verzetten tegen het dwangbuis van de werkelijkheid, tegen de wreedheid van het blinde toeval.

Dus hield je je vragen maar voor je. Je hoefde eigenlijk ook niks terug te zeggen – Wouter kon een dispuut best op z'n eentje mannen.

'Die steegjes aan de linkerkant van de Goudsesingel,' tierde hij, 'dat was toch de grootste gribus die je je kunt voorstellen. Allemaal gajes. Vullis woonde daar, messetrekkers, pooiers... voor een kwartje kon je een hoer naaien tegen de zuilen van het treinviaduct langs de Binnen Rotte. Voor een kwartje! Staande!'

En zonder af te wachten of je daar van terug had, spuide hij zijn overige grieven tegen het oude Rotterdam:

'Er kwam alleen oud brood in huis, want oud brood was een paar cent goedkoper. Ik eet nou nog het liefst oud brood! Je smaak is voorgoed verpest!

Mijn bloedeigen vader was kleermaker, maar ik heb in mijn jongensjaren nooit anders gedragen dan kleren van de armenzorg. Een manchester broek, een flanellen hemd en zwarte kousjes met een rood of groen bandje – zodat iedereen in een oogopslag kon zien dat je een armoedzaaier was!

Bij de Bijenkorf werd Sintniklaas gevierd, maar wíj kwamen er niet in. De portier draaide de draaideur gewoon door en je stond weer buiten. Omdat ze aan je kleren zagen dat je een armoedzaaier was – kom nou toch!'

Wouter zwaaide zo driftig met zijn korte beentjes dat zijn pantoffels door de kamer vlogen. Zijn gezicht zag rood van verontwaardiging.

Toch is dit de stad waarin ik op avontuur ging met mijn stepje, dacht Otto. De stad waarvan ik een journaal bijhield voor mijn vader. De stad waarvan ik gehouden heb. De rest van mijn leven gaf ik je cadeau als ik nog één dag mocht doorbrengen in het oude Rotterdam, inclusief de stank, de armoede en de hoeren langs de Binnen Rotte.

Wouter streek met zijn hand over zijn trillende wangen en zette zijn aanval voort.

'Toen het ziekenhuis aan de Coolsingel afbrandde kwamen mensen die een auto hadden helpen bij de evacuatie. De auto's werden gestolen terwijl ze met een draaiende motor op de stoep stonden!

Na het bombardement was er een nijpend gebrek aan glas. Die rijke stinkerds aan de Kralingse Plaslaan met hun dubbele ramen voor en achter, denk je dat die ook maar een splintertje glas hebben ingeleverd? Nee meneer!

Het is allemaal van hetzelfde sop overgoten, voor de oorlog, tijdens de oorlog en na de oorlog. Het waren precies dezelfde vuilakken die je bleven koeioneren. Bedriegers. Doodgravers. Ze hebben geen rust voordat ze ons allemaal naar de sodemieter hebben geholpen.

De oweeërs die de bunkers hadden gebouwd verdienden nog eens dik geld toen ze weer gesloopt moesten worden; firma's die vandaag de dag te goeder naam en faam bekend staan – kom nou toch!

Je herinnert je Willemientje, die in Crooswijk naast ons woonde? Haar vader kreeg in '50 een rekening voor het schoolgeld van haar broer – die door de Moffen vergast was! In Amsterdam kwamen boeken op de veiling waar die jongen z'n naam in stond, maar de veilingmeester mocht niet zeggen waar hij die vandaan had; dan wisten ze namelijk ook wie die jongen had opgepakt. Nee broer, één en al vuiligheid, altijd geweest en het zal altijd zo blijven!'

Otto dronk een pilsje en keek uit het raam. Op een keurig gerenoveerd pleintje speelden kinderen op helgele klimtoestellen.

Het ongerijmde aan Wouters filippica was dat je er op je gemak een pilsje bij kon drinken. Otto tikte de as van zijn sigaartje en dacht aan de bommenwerpers.

Wat probeerde Wouter hem in godsnaam duidelijk te maken? Dat het bombardement geen grilligheid van het lot was geweest, maar in de logische samenhang der dingen besloten had gelegen?

Meestal voelde hij zich door de heftigheid van zijn broer in het nauw gedreven of op zijn nummer gezet, maar deze keer gloorde een begin van begrip. Wouter schreeuwde niet tegen hem, hij schreeuwde tegen zichzelf. Hij schreeuwde het uit om zijn redeloze verdriet te overstemmen. In deze van Goerings vergeven wereld was niets van minder betekenis dan verdriet. Verdriet – of angst!

Wouter was ondertussen enigszins tot bedaren gekomen. Hij trommelde met zijn nagels tegen de spijlen van de kanariekooi en floot een paar maten met het vogeltje mee.

'We zijn ziek Otto,' hernam hij op een rustige, constaterende toon. 'Iedereen die de oorlog heeft meegemaakt is ziek. Het ligt achter je, maar je weet dat het je ieder moment kan inhalen. Je draagt het altijd met je mee.' Hierbij tikte hij tegen zijn schedel.

'Je kijkt in de keukenkast, je ziet drie pakken suiker staan en je denkt: hoe lang zingen we het daarmee uit als we weer een hongerwinter krijgen? Je loopt door het centrum, je ziet dat alle hoeken en gaten weer zijn volgebouwd en je denkt: alles is klaar voor het volgende bombardement. Je gaat naar Feyenoord, je ziet al die mensen om je heen en je denkt: het lachen zal jullie nog wel eens vergaan. Maar je vindt geen gehoor. Je praat tegen een muur. Je bent een zeikerd.'

'Ze zijn bang voor het verleden,' zei Otto.

'Ze zijn bang voor de toekomst,' verbeterde Wouter. 'Ze denken: als we toch onze ondergang tegemoet gaan, dan maar liever met de ogen dicht.' Hij schudde zijn grote hoofd en bood op dat moment zo'n mistroostige aanblik dat Otto wilde opstaan om hem te omhelzen –

Toen loeide een bloedstollend gejank door het kamp, een geluid alsof je rondom was ingesloten door gillende sirenes.

Wormer hoorde Steins ademhaling stokken en zei zacht: 'Jakhalzen.'

Met kloppend hart wachtte Stein of het geluid zich zou herhalen, maar dat was niet het geval.

'Ze hebben ons kennelijk gehoord en zijn er alweer vandoor,' zei Wormer.

Het lemen wasbord beproefde de wielophanging van de Renault en de nieren van de inzittenden. Op de snikhete achterbank vroeg Stein zich af waarom hij zo met zich liet sollen.

Langs de piste stond een kleine jeep, een Citroën Mehari. Wessel, die de 18 bestuurde, nam gas terug om de stofproduktie te verminderen. In het voorbijgaan meenden ze onder de mensen, die bij de Mehari een praatje stonden te maken, iemand te herkennen. Ze keken elkaar eens aan en trokken hun wenkbrauwen op. Ja waarachtig, dat was de frêle Française waarmee ze op oudejaarsavond zo uitbundig hadden gedanst. De herinnering deed hen grinniken.

'Zouden ze pech hebben?' vroeg Simon.

'Welnee,' zei Wessel. 'Dan hadden ze ons wel laten stoppen.' Voor alle zekerheid keek hij nog even in het spiegeltje.

Simon bleef onrustig en besloot plotseling dat hij een paar vogels moest fotograferen. Hij draaide een nieuwe film in zijn camera en tuurde de piste af om te zien of de Mehari er al aankwam. Daarna ging hij aan het werk.

In een poeltje stonden enkele kleine, blauwzwarte reigers. Ze hielden hun vleugels zo gespreid dat het leek alsof ze een paraplu hadden opgestoken. Vermoedelijk hielp de schaduwwerking bij het verschalken van vis.

Simon fotografeerde, wierp een blik over zijn schouder, fotografeerde weer, wierp opnieuw een blik over zijn schouder, enzovoort.

Stein zei dat de kleur van de reigers hem aan bosbessen deed denken.

'Zou je alsjeblieft die smerige rook niet langer in mijn gezicht willen blazen?' antwoordde Wessel geïrriteerd.

Stein wierp zijn sigaar ogenblikkelijk weg. Op hetzelfde moment stapte Wessel uit. Stein volgde zijn voorbeeld en keek spijtig naar de sigaar die walmend in het stof lag.

'Zie je die grutto's?' hervatte Wessel verzoenend. Hij wees naar de ranke steltlopers aan de rand van de poel. Ze wroetten met hun lange snavels in de modder. Je kon je moeilijk voorstellen dat deze vogels in de loop van het voorjaar een Nederlands weiland zouden bevolken.

'Het is aannemelijk,' doceerde Wessel, 'dat zulke vogels steekproeven nemen om erachter te komen waar ze in de kortste tijd het meeste kunnen eten. Dat wil dus zeggen dat ze zich een beeld vormen van de dichtheid waarin hun prooidiertjes in de bodem voorkomen en aan de hand daarvan beslissen waar ze het beste kunnen fourageren. Ze nemen kortom beslissingen waartoe dieren tot voor kort helemaal niet in staat werden geacht.'

Stein bekeek de grutto's met iets meer belangstelling. Hun snavels waren aan de basis vleeskleurig en werden naar de punt toe zwart. Was dat de natuurlijke kleur of kwam het door de modder?

'Ik had in mijn tuin een pindasnoer opgehangen,' zei hij, 'en ik zag dat de huismussen rustig gingen zitten wachten tot een koolmees een nootje te voorschijn had gehaald – dan joegen ze hem op tot hij de pinda moest laten vallen. Dat vond ik ook al heel slim.'

'Dat gedrag is al eerder beschreven,' reageerde Wessel. 'Heb je ooit van een energiebalans gehoord?'

'Nee,' zei Stein.

'Energie is voor alle levende wezens het centrale probleem,' legde Wessel uit. 'Je inspanningen moeten per saldo meer energie opleveren dan kosten, anders is het gauw met je gebeurd. Door de voedselstrategie van vogels vanuit deze gezichtshoek te benaderen, beginnen we ze veel beter te begrijpen.'

'Hoe ziet zo'n energiebalans er dan uit?'

'Vrij simpel: uitgaven en inkomsten, uitgedrukt in joules.'

'Maar zoiets kunnen vogels toch niet bijhouden?'

'Dat houden ze bij door in leven te blijven,' zei Wessel.

'Ik snap er niks van,' verzuchtte Stein.

'Nee,' sneerde Wessel, 'zo'n benadering zegt natuurlijk niet alleen iets over hun intelligentie, maar ook over de onze.'

'Daar heb je ze,' riep Simon.

Over de roestbruine vlakte naderde een stofwolk. Ze sprongen hals over kop in de wagen en draaide de raampjes dicht. De Mehari hotste luid toeterend voorbij. De frêle Française zat aan het stuur en zwaaide uitgelaten. Wessel en Simon zwaaiden terug. Stein was benieuwd wat er verder zou gebeuren. Het vooruitzicht van een lange, zinloze achtervolging over de savanne trok hem niet aan, maar hij was bereid zich te schikken. Tot zijn verbazing lieten de jongens het echter bij zwaaien, claxonneren en *ha, ha, ha* roepen. Dat was blijkbaar al opwindend genoeg. Welbeschouwd zaten mensen toch wonderlijker in elkaar dan paraplureigers en grutto's.

Bij de lagunes van Gandiol, ten zuiden van St Louis, ontpopten Lelieveld en Wormer zich als de meest onbehouwen lepelaars die de natuur had voortgebracht.

Het was zeldzaam heet die dag. De wind kwam rechtstreeks uit een gloeiende oven. De trillende lucht lag als een verstikkende deken over het land. Bomen en struiken beefden alsof ze waren aangetast door de ziekte van Parkinson.

Lelieveld overzag het landschap met een veldheersblik en zei: 'Sinds we hier voor het laatst geweest zijn is het water al aardig gezakt.'

Hij en Wormer kleedden zich uit tot op hun onderbroek. Ze namen een net tussen zich in en waadden voorzichtig naar het midden van de lagune. Daar lieten ze het net in het water zakken. Op een teken van Lelieveld begonnen ze te rennen. In gebukte houding stormden ze voorwaarts. Het water spatte hoog op om hun stampende benen. Ze joelden als pootjebadende kinderen aan het Noordzeestrand.

Stein deed zijn ogen dicht. Het plassen en joelen leek nu niet meer van buiten af zijn trommelvliezen te bereiken, maar midden uit zijn hoofd te komen.

Toen hij zijn ogen weer opendeed stonden Lelieveld en Wormer hijgend voor hem. Ze spreidden het net uit als een tafellaken en schudden de inhoud op een hoop: een dertigtal blinkende visjes, waarvan de meeste niet langer dan een vinger.

'Lepelarenvoedsel,' zei Lelieveld voldaan.

'We hebben het er niet slecht afgebracht,' vond Wormer, terwijl hij met duim en wijsvinger de waterdruppels uit zijn snorretje wreef.

'Dat gaan we thuis eens op ons gemak bekijken,' zei Lelieveld. 'Zijn deze visjes bedreigd, dan worden ook de lepelaars bedreigd.'

De vissen protesteerden met hun lippen, hun kieuwen en hun staartvinnen. Ze snakten naar water. Weldra kwam aan hun lijden een eind in een pot formol.

Dit had Simon moeten fotograferen, dacht Stein. Maar Simon en Wessel waren er niet bij.

De plaatselijke bevolking viste fijnzinniger.

Een negerjongen met een grappig wollen mutsje op zijn hoofd stond roerloos in het water. Hij hield een opgevouwen werpnet ter hoogte van zijn schouder en keek spiedend rond. Met het geduld van een reiger wachtte hij tot zich een school vis onder zijn bereik bevond. Hij draaide langzaam zijn bovenlijf naar rechts, spande zijn armspieren en ontplooide met een machtige zwaai de volle boog van het net.

Dat zondoorschoten, over het water neerdalende net.

Zo is het leven, dacht Stein, althans: zo zou het kunnen zijn.

Met een tersluikse, trotse blik op de toekijkende blanken begon de jongen het net op te halen.

Lelieveld stak zijn duim op.

Wormer demonstreerde dat de wind niet alleen krachtig, maar ook buitengewoon constant was. Hij nam zijn strohoed en plakte hem tegen een roestig (en overbodig) verkeersbord. De wind woei recht in de holle kant en duwde de bol tegen het bord. De hoed bleef nagenoeg bewegingloos hangen.

'De vernietiging van biotopen is een rare manier van uitroeien,' zei Wormer met een raadselachtige glimlach. 'Het ziet er niet zo bloederig uit als uitroeien met een jachtgeweer, maar het is zeker zo effectief.'

Het was niet pluis in de delta. Er was nog veel moois te zien, maar achter die façade was het verval in volle gang.

'Water is hier een schaars artikel,' zei Lelieveld. 'Het regent vrijwel nooit...'

'We hebben één bui gehad,' interrumpeerde Wormer, 'en dat was meer stof dan water, gadverdamme wat een kliederboel!'

'...het enige zoete water wordt dus aangevoerd door de rivier,' zei Lelieveld.

De Senegalrivier ontsprong in het zuiden, in het middelgebergte van Guinée. De watertoevoer was onregelmatig. De zuidelijke regentijd veroorzaakte in het najaar grote overstromingen in het mondingsgebied. Tussen Richard Toll en St Louis was het dan een en al plas en dras, een weelderig milieu voor inheemse en overwinterende vogels. Precies als de overstroomde gebieden droogvielen, bliezen de overwinteraars de aftocht naar het noorden. Het zat allemaal mooi in elkaar, als je het goed bekeek.

Van oudsher was het bestaan van de mensen in deze regionen afgestemd op de hartslag van de rivier. Ze hielden hun vee en bedreven hun landbouw in harmonie met het wassende en verdampende water. Toenemende bevolkingsdruk en de infiltratie van westerse opvattingen over de economie, leidden echter tot plannen en maatregelen om de rivier te temmen. Met stuwen, dammen en dijken zouden de bewegingen van het water worden onderworpen aan de belangen van scheepvaart, landbouw en drinkwatervoorziening.

'Kortom,' zei Wormer, 'wat wij in tweeduizend jaar met de Rijn hebben gedaan, proberen ze in vijftig jaar met de Senegalrivier te doen.'

'Wij hebben dus het voorbeeld gegeven,' zei Stein. 'En bij ons denkt niemand erover om de dijken af te breken.'

'Hou ook even rekening met de verwoestingen die zijn aangericht,' verzocht Lelieveld.

'Maar als dat nou de enige manier is om de mensen hier te eten te geven?' zei Stein.

Lelieveld bestreed dat de ontwikkelingsplannen werkelijk op de noden van de plaatselijke bevolking waren geënt. Volgens hem vloeiden ze veeleer voort uit de westerse behoefte aan export van technologie. 'Het is niet eenvoudig een keus tussen mensen en vogels,' concludeerde hij.

'Maar hoe dan ook,' zei Stein, 'ze moeten met hun poten van jouw lepelaars afblijven!'

'Dat in ieder geval,' bevestigde Lelieveld grif.

'Je maakt mij niet wijs dat jullie nog geloven in een verzoening tussen de mensen en de natuur.'

'De mensen zullen wel moeten, want op den duur zal de natuur toch de sterkste blijken te zijn. Dan verdwijnt de mens, net als de dinosaurus.'

'Ik denk,' zei Stein, 'dat jullie je daar allang bij hebben neergelegd en dat jullie alleen nog maar bezig zijn om de boel zo netjes mogelijk achter te laten.'

Lelieveld begon hinnikend te lachen, maar Stein meende het. Hij was nieuw op dit terrein, maar telkens als hij zich in de natuur verdiepte, maakte zich een treurig afscheidsgevoel van hem meester. Alsof je al met een voet op de loopplank stond en voor het laatst de gelaatstrekken van je lieve minnares opnam alvorens vaarwel te zeggen.

Op de balie van Hotel de la Poste in St Louis stond een rekje met ansichtkaarten. Stein raakte in verlegenheid omdat hij niemand kon bedenken die hij een plezier zou doen met zijn hartelijke groeten. Chaotisch zelfberaad bracht hem tot het besluit dan maar een kaart aan zijn personeel te sturen. Dat werd er tenslotte voor betaald om zo'n gebaar op prijs te stellen.

Ze begaven zich naar hun kamers, namen een warm bad en probeerden alvast uit hoe zacht de bedden waren. Daarna troffen ze elkaar in het restaurant, waar op kosten van Stein voortreffelijke visgerechten werden geserveerd. Tot diep in de nacht zaten ze te drinken en te kletsen.

'Dit is het ware leven,' zei Wormer tot slot.

Stein probeerde zich een klein bivak voor te stellen aan het Grand Lac in de Djoudj – daar brachten Simon en Wessel de nacht door.

8

'Gewoon geen sjoege geven,' adviseerde Wormer. Hij besmeerde een warme croissant met boter, likte zijn vingers af en reikte Stein het mes aan.

Ze zaten op het overdekte terras van Hotel de la Poste, dat permanent belegerd werd door handelaars met primitief houtsnijwerk. Het viel niet makkelijk je tegenover deze agressieve sappelaars een houding te geven. Als je ze negeerde reageerden ze gekrenkt, maar zodra je ze een vriendelijke blik schonk deden ze alsof je je moreel al tot een aankoop verplicht had.

Afgezien van dit ongemak was het een ochtend uit duizenden. Door een zacht briesje werden frisse bloesemgeuren aangevoerd.

Het terras lag aan een plein en bood uitzicht op de rivier. Stein probeerde zich te concentreren op de verkeersstroom die traag maar ononderbroken voortkroop over de lange stalen brug. Verlangend keek hij uit naar een witte Renault 18.

Hij had ten aanzien van Wessel de laatste dagen een nieuwe gedragslijn aangehouden. Geconfronteerd met de averechtse effecten besloot hij niet langer actief te werven om zijn sympathie. Hij wou alleen nog maar een beetje bij de briljante dichter/bioloog in de buurt blijven om van tijd tot tijd getuige te mogen zijn van diens grootse verrichtingen. Helaas bleek zelfs dat 'in de buurt blijven' nog te hoog gegrepen. Wessel en Simon profiteerden gretig van zijn terughoudendheid. Hij werd uit de comfortabele Renault verbannen naar de benauwde Honda, moest toestaan dat hun vliegtocht over de delta buiten hem om (zij het niet buiten zijn portemonnee om) werd georganiseerd en werd uiteraard ook niet betrokken bij hun overnachting aan het Grand Lac. Maar hoe slecht zijn onbaatzuchtigheid ook werd beloond, hij liet de hoop niet varen.

Hij staarde naar het verkeer in het grauwe netwerk van de brug tot het hem begon te duizelen. Toen schudde hij zijn hoofd.

Nadat hij een slok koffie had genomen zei hij: 'Ik had me een expeditie eerlijk gezegd heel anders voorgesteld – veel spannender.'

'Gevechten met wilde dieren,' raadde Wormer, 'levensgevaarlijke capriolen boven diepe ravijnen, vergeefse worstelingen met de gele koorts.'

Stein knikte. 'Maar het is voornamelijk... taai.'

'Dat zou je niet zeggen als je wist wat wij allemaal achter de rug hebben,' zei Wormer. Hij plukte de gouden korst van zijn croissant. 'Het grootste gevaar van deze expeditie is haar samenstelling. Jullie kwamen precies op tijd. We stonden net op het punt elkaar de strot af te bijten, maar nu we gasten hebben tomen we ons natuurlijk een beetje in. Nee, als je met Lelieveld op stap gaat kun je de wilde dieren, de diepe ravijnen en de gele koortsen met een gerust hart thuislaten.'

'Hij is niet makkelijk, hè?'

'Hij is een beul.'

'Maar toch... ik ben een ochtend met hem de Djoudj in geweest en toen heeft hij over lepelaars staan praten. Ik kan het niet navertellen, maar ik was behoorlijk onder de indruk. Je zou zelf zo'n liefhebberij willen hebben; het was ontroerend.'

'Hij wou van jongs af aan ornitholoog worden. Rond zijn zestiende begon zijn gezichtsvermogen dramatisch achteruit te gaan en leek het erop dat hij zijn droom zou moeten opgeven. Toen heeft hij besloten zich te specialiseren op grote witte vogels, omdat hij grote witte vogels het langst kon blijven zien.'

'Dat is dus ook een kant van Lelieveld.'

'En de andere kant is die van een ongelikte beer. Ik ken hem langer dan vandaag, dus ik wist waaraan ik begon. Ik brul hem af en toe in zijn gezicht dat ik nog veel harder kan vloeken dan hij en dan kunnen we weer een tijdje vooruit, maar met Wessel was het voortdurend donderjagen. Je hebt toch wel gemerkt dat die twee als honden om elkaar heen draaien?'

'Wessel laat zich de kaas niet van het brood eten,' zei Stein vergenoegd.

'Dat hangt er maar van af hoe je het bekijkt. Het is natuurlijk wel aardig om Lelieveld de waarheid te zeggen, maar het is ook aardig als de expeditie een succes wordt – en als die twee dingen elkaar niet verdragen, kies ik voor het slagen van de expeditie. Ik heb namelijk ook een zwak voor lepelaars, snap je?'

Nadat ze opnieuw koffie met croissants hadden besteld hervatte Wormer: 'We waren hier, in St Louis, om dollarcheques in te wisselen. Wessel en ik gaan de bank binnen en zeggen tegen Lelieveld dat we daarna een biertje gaan drinken. Op een of andere manier dringt dat niet tot onze nukkige leider door; hij zit drie kwartier lang in een kokende Honda op ons te wachten. Ontdekt hij eindelijk dat we hier, op dit terras, achter een heerlijke koele pils zitten. Razen en tieren, de honden lustten er geen brood van! Het scheelde weinig of er was een handgemeen van gekomen. Maar goed, hij kalmeert en er volgt een bijna serieus gesprek over hoe je met een expeditie te werk gaat. Niet lullen maar werken, zegt Lelieveld. Je programma bekijken en in gezamenlijk overleg duidelijke afspraken maken, houdt Wessel vol.'

'Twee dagen later,' zei Wormer, 'proberen we een plek te bereiken waar lepelaars zouden kunnen zitten. Eindeloos lopen, moeizame onderhandelingen met dorpsbewoners die ons over het riviertje de Lampsar moeten zetten, eindeloos lopen, tot aan je borst in het water door een irrigatiekanaal waden, eindeloos lopen. Dat was dus behoorlijk afzien. Eindelijk bereiken we een prachtige plas. Geen lepelaars. Wel twee zwarte ooievaars en een zadelbekooievaar, maar geen lepelaars! Dan leidt Wessel de terugtocht. Hij houdt een verdomd hoog tempo aan. Niet lullen, maar werken. Ik kan hem redelijk bijbenen, maar Lelieveld zit finaal kapot en komt uitgeput bij de auto aan. Wessel lacht fijntjes voor zich uit. Zo wordt dat geregeld door mannen onder elkaar! Vanaf dat moment durft Lelieveld tegen Wessel zijn muil niet meer open te trekken, hij weet nu dat hem dan een afstraffing te wachten staat, maar daar worden de spanningen natuurlijk niet minder door. Of zoals ik al zei: het gevaar van deze expeditie is gelegen in haar samenstelling – misschien geldt dat trouwens wel voor elke expeditie.'

'Ik had gedacht dat Lelieveld van jullie drieën de sterkste was,' zei Stein terwijl hij peinzend naar de brug staarde. Zijn ogen brandden door het slaapgebrek. Zijn wangen gloeiden en hij had een raar, tintelend gevoel in zijn linkerarm.

'Hebben jullie het over mij?' vroeg Lelieveld met een brede grijns. Hij was naar de bibliotheek geweest om wat na te vlooien over de geschiedenis van de streek. Hij zette een fles shampoo, die hij kennelijk onderweg gekocht had, op tafel en ging zitten.

'We hadden het over jou,' gaf Wormer toe. 'Je moet het ergens over hebben niet waar?'

'Koffie jongens,' zei Lelieveld handenwrijvend.

Wessel en Simon arriveerden pas tegen de middag. Ze zaten van top tot teen onder het stof en hun gezichten stonden strak van vermoeidheid. Desondanks probeerde Wessel een grapje te maken. 'Is er nog wat over voor ons?' vroeg hij, terwijl hij de fles shampoo in zijn hand nam.

Stein grinnikte.

'Hoe is het gegaan?' informeerde Lelieveld.

Wessel zette zijn bril af en Stein stelde vast dat zijn ogen scheel stonden. Hij haastte zich koffie te bestellen.

'Wij wisten niet beter of jullie waren in het kamp bij de Djoudj,' zei Wessel scherp.

'Er hing toch een briefje aan de deur van de hut,' zei Lelieveld.

'Leuke verrassingen zijn dat.'

'We zijn gistermiddag naar Gandiol gegaan en hebben nuttig werk gedaan.'

'Wat een anarchie!'

'Maak je niet druk man; jullie hebben ons toch gevonden?'

Toen de ober koffie bracht gaf Wessel humeurig te kennen dat hij de voorkeur gaf aan mineraalwater. Dat had hij ook wel eerder kunnen zeggen, dacht Stein ontredderd. Wormer gaf hem een knipoog.

Lelieveld informeerde nog eens hoe het gegaan was en Simon legde zijn arm op tafel, zodat ze konden zien hoe de muggen hem te grazen hadden genomen. Op de mirador aan het Grand Lac was net genoeg ruimte geweest voor twee veldbedden, klamboes konden er niet meer bij. Hun slaapzakken waren doordrenkt met bloed en hun missie was mislukt. Die ochtend waren ze voor dag en dauw naar beneden geslopen, waar ze met behulp van rietmatten tussen de palen van de mirador een schuilhut hadden ingericht. De zon kwam op en het daglicht greep om zich heen, maar wat er ook verscheen, geen pijlstaart, zomertaling of slobeend, niet één!

'Mooi klote,' gromde Simon, 'zonder beeld van deze overwinteraars is mijn reportage niet compleet.'

Hij neemt zijn werk bloedserieus, dacht Stein.

'Da's zeker klote,' beaamde Lelieveld. 'Ik had er zelf ook graag een plaatje van willen hebben. Ik begrijp er trouwens niks van; twee weken terug zijn we daar nog geweest en toen zaten er tienduizenden Europese eenden om die mirador heen.'

'Ze zaten wel op het water,' zei Wessel, 'maar mijlenver weg. Het probleem was dat ze niet aan land kwamen.'

Stein wierp een steelse blik op de handelaartjes met houtsnijwerk die lusteloos tegen een geparkeerde auto hingen. Ze hadden hem meteen in de gaten en drongen op naar de afrastering van siersstenen muurtjes met bloembakken. Zwaaiende zwarte armen met slordig gefabriceerde olifanten en kano's. Haastig wendde Stein zijn gezicht af.

'Waar hadden jullie de auto gelaten?' vroeg Lelieveld plotseling.

Daarover hadden ze zich uitvoerig beraden, antwoordde Wessel. Uiteindelijk hadden ze besloten de wagen te gebruiken om de open kant van de schuilhut af te schermen.

Lelievelds gezicht klaarde op. Hij toonde zijn enorme tanden en riep: 'Stommelingen! Je weet toch dat die vogels tijdens de trek intensief bejaagd worden! Dus die zien een auto staan en denken: er zijn jagers in de buurt. Ja, als je de zaak op die manier verkloot...'

Wessel bloosde.

Het terras en het achterliggende café waren met elkaar verbonden door middel van klapdeurtjes. Binnen stond een juke-box. Wanneer de klapdeurtjes openzwaaiden golfden flarden muziek mee. Jungle-kreten. 'Nina Hagen,' mompelde Simon aangenaam verrast. Met zijn wijsvingers gaf hij een roffel op de tafelrand.

Stein deed zijn ogen dicht en voelde zich wegzinken in een diepe put. Zo realistisch was deze gewaarwording dat hij zijn armen uitsloeg om zich vast te klampen. Toen hij geschrokken zijn ogen weer opendeed, merkte hij dat Wormer hem verbaasd aanstaarde.

Wessel en Lelieveld onderhandelden nog steeds over de factoren die de onderneming aan het Grand Lac hadden doen mislukken. Na verloop van tijd spraken ze af dat Lelieveld de volgende nacht een nieuwe poging zou wagen; Simon zou hem een camera meegeven. De lepelarenfanaat zou met het Hondaatje de Djoudj ingaan en de andere vier gingen naar het ecologisch centrum in Richard Toll. Daar kon de Renault worden schoongemaakt voordat Stein en Simon de terugreis aanvaardden naar Dakar. Het afscheid stond voor de deur. Stein besefte dat hij de vraag onder ogen zou moeten zien wat deze reis hem nou eigenlijk had opgeleverd – en kreeg buikpijn.

'Neem jij de shampoo mee,' zei Lelieveld tegen Wessel.

De duisternis was ingevallen en ze moesten voorzichtig rijden in verband met de moordende kuilen in het asfalt. Simon zat achter het stuur.

Op de splitsing naar het Mauritaanse grensplaatsje Rosso stond een politiepatrouille. Ze werden aangehouden omdat hun linkerachterlicht kapot was. Normaal gesproken betekende dat een week gevangenis, zeiden de politiemannen luchtig.

Ze maakten zich vrolijk over het wufte roze kleurtje van Simons rijbewijs en de onuitsprekelijke namen die erop waren ingevuld. Toen ze ontdekten dat het een Nederlands rijbewijs was, maakte de hilariteit echter plaats voor respect. Ze vroegen: 'Kunnen jullie ons nou eens eindelijk uitleggen waarom Cruyff niet wou meedoen aan de wereldkampioenschappen in Argentinië?'

Stein voldeed de boete ter plaatse.

In het gastenverblijf boven het ecologisch centrum maakte Simon de volgende morgen zijn apparatuur schoon. Hij blies zijn adem over de kostbare lenzen en poetste ze voorzichtig op met een zeemleren lap. Wormer was op zoek naar petroleum om een wespennest uit te roeien, dat in de luchtkoker van de badkamer zat. Wessel maakte aantekeningen in een boekje met een hardkartonnen kaft, hij zat met gebogen hoofd aan de tafel. Boven die tafel hing een gebarsten spiegel.

Stein kreeg in de gaten dat hij zichzelf in de spiegel zat aan te staren en ging zo zitten dat hij zich niet meer kon zien. Waardevolle stille minuten.

Geklos op de trap en daar kwam Lelieveld binnen stampen. Hij keek woest om zich heen en blafte: 'Wat hebben jullie de hele morgen uitgevreten?'

'Ik heb mijn administratie bijgewerkt,' zei Wessel.

'Ik heb boodschappen gedaan,' zei Wormer.

Stein en Simon vielen onder een andere discipline en gaven geen krimp.

'Is het niet gelukt?' vroeg Wessel zoetsappig.

'Jullie hadden gelijk: ze komen niet aan land.'

'Waar had je de auto gezet?'

'Wel een kilometer weg. Godverdomme!' Lelieveld beende heen en weer tussen het woonvertrek en de slaapkamer. Iedere keer als hij op de drempel verscheen droeg hij een kledingstuk minder. Ten slotte was hij zo goed als naakt.

'Ik ga me douchen,' kondigde hij aan, 'waar is de shampoo?'

'O Jezus,' zuchtte Wessel verblekend.

'Waar is de shampoo, verdomme?'

'Ik vrees…'

'Vooruit hè!'

'… dat ik de shampoo in St Louis op het tafeltje heb laten staan.'

'Wel godverdegodver, jij was verantwoordelijk voor de shampoo, Wessel!' Het speeksel vloog Lelieveld van de lippen. Hij stond op het punt Wessel aan te vliegen. Zijn vuisten waren al gebald. Telkens kwam hij een paar passen op Wessel af, maar vooralsnog scheen een onzichtbare muur hem op het kritieke moment tegen te houden.

Stein voelde een heftige emotie in zich opwellen. Elke vezel van zijn lichaam verzette zich tegen deze walgelijke confrontatie. Hij wou opspringen en zich op de schuimbekkende bruut werpen.

'Ik ben in het veld geweest,' brulde Lelieveld. 'Ik wil me douchen en mijn haar wassen. Jij was verantwoordelijk voor de shampoo, Wessel!'

'Dat weet ik,' zei Wessel. 'Maar de shampoo is er nu eenmaal niet en je weet dat je in dit gat geen shampoo kunt kopen.'

Wormer onttrok zich aan het schouwspel door stilletjes de kamer te verlaten. Hij zou later vertellen dat hij een wandeling langs de rivier had gemaakt en een hamerkopreiger had gezien.

'Ik kom uit het veld…'

'Ik kan geen shampoo uit mijn mouw toveren.'

'… ik heb me te barsten gewerkt en nou wil ik mijn haar wassen en als jij daar koud onder blijft, Wessel, dan vind ik jou een LUL!' Lelieveld brak door de onzichtbare muur heen en duwde zijn reusachtige vuist onder Wessels neus.

Stein drukte zijn opwellingen de kop in. Je hebt vaak genoeg laten merken dat je aan mijn vriendschap geen behoefte hebt, voegde hij Wessel in gedachten toe, dan moet je je ook maar alleen zien te redden.

'Ik ben een lul,' gaf Wessel rustig toe.

Lelieveld verstijfde. Vervolgens draaide hij met een droge snik van Wessel weg.

Steins spieren ontspanden zich.

5 *Iouik*

I

Hij staarde naar Simons dikke nek en besefte hoe vitaal en tegelijkertijd broos de halswervels van een mens waren. Opeens had hij intens medelijden met Wessel. Sinds de reis naar Spanje was een jaar verstreken en gedurende dat jaar had hij het ongeluk voornamelijk op zichzelf betrokken. Ben ík schuldig? Had ik moeten ingrijpen om het te voorkomen? Wat mankeert er aan mij, dát ik in zoiets de hand heb gehad? Een explosief mengsel van woede en zelfverwijt.

Nu zag hij het ongeluk eindelijk als een gebeurtenis die in de eerste plaats Wessel was overkomen. Zíjn toekomst was verwoest, zíjn leven vernield. Arme, arme man in je rolstoel, wat is het een wonderlijke gewaarwording om medelijden met je te hebben. Het geeft je bijna iets menselijks.

Hij staarde dus naar Simons dikke nek en vroeg zich voor het eerst af waarom hij zijn neef eigenlijk niet zou vermoorden. Hij haatte die nek, dat stond vast. Het zou hem geen moment spijten als een rukwind het portier wegsloeg en die nek meezoog de diepte in. Waarom zou uitgerekend Simon de dans ontspringen?

Dit waren overigens slechts vluchtige gedachtenspinsels. De nukken van de Cherokee kwamen de helderheid van zijn denkwerk niet ten goede.

Boven het Ile d'Arguin, een verlaten zandbak zonder ook maar een potloodstreepje schaduw, gooide Jules het toestel op zijn kant. Hij wees naar beneden en zei: 'Daar hebben de Hollanders een fort gehad om de slavenhandel te beschermen.' Zijn enige woorden tussen Nouadhibou en Iouik. Ze schenen niet echt als verwijt bedoeld. Simon maakte foto's, Stein greep zijn handdoek.

Met een frivool wipje richtte het vliegtuig zich weer op de horizon. Boven en onder werden weer hanteerbare begrippen. De motor raasde monotoon, de propeller tolde rond in een doorzichtige cirkel, het zonlicht werd duizendvoudig weerkaatst op het plexiglas van de benauwde cockpit. Een onmetelijke ruimte suggereerde het eeuwige leven. In het oosten woestijn tot aan Cairo, in het westen oceaan tot aan Puerto Rico. Ze waren zo alleen als kosmonauten.

Lang keken ze uit naar een teken van menselijk leven en toen ze eindelijk iets in het oog kregen dat erop leek, was het zo nietig en teer, dat je hart ineenkromp van deernis. Een dorpje op de poreuze punt van een landtong. Een armzalige verzameling hutten. Enkele op het strand getrokken bootjes. Een paar rondlopende mensen, net mieren die het spoor bijster waren. Eenzaam Iouik, de poort naar de blinkende Banc d'Arguin.

Evenwijdig aan de oever van de inham draaiden ze terug naar het noorden. Naarmate het vliegtuigje en de grond dichter bij elkaar kwamen scheen hun snelheid toe te nemen. Ze scheerden over twee okerkleurige barakken, die in de vlammende gele vlakte lagen alsof ze daar in het voorbijgaan door een reus waren neergekwakt.

De Cherokee landde op de shebka, een door ingedroogd zeewater gladgestreken en hard geworden strook woestijngrond. Steins handdoek was doorweekt. Hij hield hem als een vuile luier voor zich uit toen hij naar buiten kroop.

Jules beduidde dat ze hem moesten volgen. Gehoorzaam drukten ze hun voetstappen in een bodem die zelden door een schoenzool werd beroerd. Weldra ging de shebka over in rul zand en was het ploeteren geblazen. Hier slibden hun sporen onmiddellijk weer dicht. Sissend stroomden de kuiltjes vol. Als je over je schouder keek kon je niet zien waar je vandaan kwam.

De zon stond loodrecht boven een duin met een rood-wit gestreepte windzak. Om dat duin heen kwamen hen vier mannen tegemoet.

Stein hield zijn hand boven zijn ogen. Op hetzelfde moment kreeg hij het gevoel dat hij dit al eens eerder had meegemaakt. Hij liep langs de rand van de wereld, een tas in zijn ene en een ondergekotste handdoek in zijn andere hand. Hij werd geflankeerd door een fotograaf en een piloot en stond op het punt vier andere mannen te ontmoeten aan de voet van een duin met een gerafelde windzak in top. Een ontmoeting op het strand bij Iouik, zoiets verzon je niet, dat moest echt gebeurd zijn.

Ja, het klopte allemaal perfect, maar hoe ging het verder?

Als dit al eens eerder was gebeurd, moest hij nu een blik in de toekomst kunnen werpen. Was hij na deze ontmoeting gelukkig geworden? Of was alles bij het oude gebleven?

Hij deed zijn uiterste best om het déjà-vu vast te houden en zich te herinneren wat erop gevolgd was, maar het ontglipte hem voordat hij goed en wel besefte wat hem overkwam. Het was vluchtiger dan het vleugelgedruis van een wolk spreeuwen. Wilde hij zijn bestemming achterhalen, dan zat er niets anders op dan zijn tijd uit te dienen.

Hij verkeerde nog geheel in de ban van deze ongrijpbare maar intense ervaring toen hij Sibe Bouma een hand gaf. Zijn houding drukte ontreddering uit en spijt.

'Hoi,' zei Sibe.

'Daar zijn we dan,' zei Stein. 'Het is niet te geloven.'

Sibe werd vergezeld door Jelle, een potige knaap die Stein niet eerder had ontmoet en die een prettige, enthousiaste indruk op hem maakte. De twee anderen waren Tony, een overjarige Engelse hippie met een telescoop op zijn schouder, en Andrieux, de Franse bioloog over wie ze in Nouadhibou zoveel hadden gehoord, dat het een verrassing was om vast te stellen dat hij werkelijk bestond. De gebruikelijke slappe handjes. Ça va? Ça va!

Na een minimum aan plichtplegingen splitste het gezelschap zich weer in tweeën. De Hollanders ploegden verder in de richting van de okeren barakken. Ze bleven staan toen de Cherokee overvloog en zwaaiden.

Simon vatte samen wat ze in Nouadhibou zoal hadden meegemaakt, hoe ze in de klauwen van de heer Vignard waren terechtgekomen en hoe deze zich met hen had geamuseerd. Uit zijn mond klonk het allemaal heel avontuurlijk en vermakelijk. Sibe en Jelle lachten. *C'est l'Afrique*, daar hadden ook zij hun portie van gehad. Aan de opgetreden vertraging tilden ze niet zo zwaar, maar dat er levensmiddelen waren achtergebleven in het clubhuis van de aëroclub vonden ze heel erg. Het water liep hun in de mond bij de gedachte aan vers fruit en verse groenten. 'We zitten een beetje knijp,' zeiden ze. 'Vooral het water is een probleem.'

'Je wilt me toch niet vertellen dat we dat hele pokke-eind zijn gekomen om hier te sterven van de dorst,' zei Stein.

Een rondleiding door het biologisch station nam weinig tijd in beslag. Het was ook nog niet helemaal voltooid. De ene barak diende als opslagplaats voor bouwmateriaal en bood onderdak aan een paar werklui. Er was een diepe put geslagen met drabbig brak water op de bodem. Er was een ontziltingsinstallatie, een kunstmatig watervalletje onder een glasplaat, maar die functioneerde niet omdat het glas onherstelbaar smerig was. Er zou nog een windmolen komen voor de opwekking van elektriciteit. Binnen stond een radiozender waarmee contact had kunnen worden opgenomen met Nouadhibou als de accu niet kapot was geweest. Ze namen plaats aan een tafel op schragen. Het was verkwikkend koel in de barak. Stein stak een Balmoral op.

Herinneringen aan het vaderland. Aan de muur hing een vlag met het vignet van de Vereniging tot Behoud van de Waddenzee en de oproep *Wees wijs met de Waddenzee*. Er hing ook een poster uit *Deze Week,* een foto van een wedstrijd met hondensleden in Alaska – ontberingen in de sneeuw. Simon beweerde dat hij het was geweest die deze foto gemaakt had. Het eerste sterke verhaal.

Slordig weggepropt beddegoed in een hoek. Emmers met een bodempje schilferig, loodkleurig water. Borden en pannen met aangekoekte etensresten. En talloze vliegen. Ze vochten om een plaatsje op je handen, wangen, lippen en oogleden.

Sibe zag hun blikken ronddwalen en werd er onrustig van. Kennelijk vroeg hij zich af of hij zich moest verontschuldigen voor de rotzooi. De moeder van de compagnie.

Ondertussen zette Jelle theewater op. Simon, die als de dood was voor onhygiënische toestanden, zei dat hij het water minstens tien minuten moest laten koken en belastte zich persoonlijk met het omspoelen van de kroezen.

Ze waren toch met z'n vieren? bedacht Stein. Zouden ze de andere twee al hebben opgegeten?

'Zo,' zei Sibe, 'en hoe is het in Nederland?'

'Nederland?' herhaalde Stein quasi verbouwereerd. 'Daarover durf ik geen uitspraak te doen.' Hij bewoog zijn arm om de vliegen te verjagen.

'Die vliegen wennen wel,' verzekerde Jelle goedhartig.

'Kom nou, zo lang zijn jullie nog niet onderweg,' zei Sibe.

'Een jaar of drie als ik op mijn gevoel afga,' zei Stein. 'Toen wij vertrokken leek alles nog in orde, maar intussen kan het land wel verwoest zijn door een kernoorlog.'

Simon zei: 'De hele Randstad is nu één grote watervlakte, met hier en daar een torenflat erbovenuit. Een paradijs voor vogels.'

Sibe en Jelle wisselden een blik van verstandhouding. Nu hadden ze even een komisch duo op hun dak gekregen!

'Verdorie,' zei Sibe, 'je kunt ook niet even weg of ze maken er een puinhoop van. En we dachten nog wel dat we het land veilig hadden achtergelaten onder de hoede van onze vredelievende politici.'

'Wélke politici?' vroeg Stein.

'Onze vredelievende politici,' herhaalde Sibe.

'Die bestaan niet,' zei Stein. 'Het zijn allemaal bedriegers en dood-gravers. Ze hebben de wereld allang opgegeven, maar weten nog niet precies hoe ze er een punt achter zullen zetten.' Hij slaakte een zucht. 'Nee jongens, het was nog niet zo gek bekeken om weg te kruipen in deze negorij. Je bent hier betrekkelijk veilig voor de beschaving.'

'Verdomd,' zei Jelle getroffen. 'Toen ik in Nouadhibou uit het vlieg-tuig stapte was mijn eerste gedachte: nu ben je ergens waar geen raket-ten op je staan gericht. In Nederland denk ik nooit dat er wél raketten op me staan gericht, maar toch... het houdt je bezig.'

Stein rommelde in zijn tas en haalde de brieven te voorschijn die op zijn adres waren binnengekomen met het verzoek ze aan de jongens door te geven.

Merkwaardig, maar hij had werkelijk het gevoel dat het land waar hij geleefd had van de aardbodem was weggevaagd. De mensen waar-mee hij zijn bestaan had gedeeld waren voorgoed verdwenen. De laat-ste representanten van het geuzenvolk hadden zich verzameld in een okerkleurige barak op de kust van de Sahara, waar ze zich laafden aan gloeiende thee en elkaar moed inspraken, opdat ze in staat zouden zijn nog iets goeds te verrichten in de hun resterende tijd.

Onthechting. Je arriveerde niet in Iouik zonder achterlating van je bagage, zonder beschadiging van je werkelijkheidsbesef.

Zijn benen waren bloot en nat. Tussen de haartjes parelden water-druppels. Herfst in een struikgewas.

Hij zat met zijn rug tegen de stugge drijver van een rubberboot, die in een wolk van opstuivend water over de zee joeg. Met harde klappen sloeg het bootje op de golven. De buitenboordmotor brulde als een oordeel. Aan de gashendel zat een jonge Fries, die zich voorover boog tegen de wind. Zijn ogen straalden en zijn blonde krullen wapperden.

Niet alleen Stein, maar ook Simon zat in zijn onderbroek. Ze hadden hun lange broeken, de enige die ze bij zich hadden, uitgetrokken toen ze aan boord gingen.

Iemand keek op zijn horloge en spoorde aan tot grotere haast. De botsingen tussen de boot en het zeewater plantten zich voort door je lichaam en schokten je ruggegraat. Zich realiserend dat hij zich – eindelijk! – op de legendarische Banc d'Arguin bevond, probeerde Stein een glimp op te vangen van de omgeving, maar de wind vulde zijn ogen met tranen.

'...' schreeuwde iemand boven het loeien van de motor en de wind uit. Simon wierp een mistroostige blik op zijn camera en schudde zijn hoofd; onder deze omstandigheden viel aan fotograferen niet te denken. Pas toen ze al weer honderden meters verder waren, drong het tot Stein door dat hij *dolfijnen* had horen roepen.

Vluchtende vogels. De geheimzinnige kromming van een wit schuimspoor tussen de banken en eilandjes. Het glinsterende groen van zeegras.

Toen werd het gebrul van de buitenboordmotor plotseling gesmoord. De rubberboot duwde zijn neus omlaag en gleed langzaam tegen een slikplaat aan. Vlak en dun als een scheermes lag het slik op de zeespiegel. Nauwelijks meer land dan water. De plons van het anker en daarna stilte, doodse stilte. Stein kon zich niet herinneren ooit zo'n doordringende stilte te hebben gehoord.

Jelle ging van boord en zakte tot over zijn kuiten in de modder. Hij liet een spoor achter dat sputterde en blies en de plaat tot een levend wezen verhief. Wadend door de kleffe blubber werkte hij zich in de richting van twee jongens, die moederziel alleen tegen de horizon leunden. Bonestaken in een leeg landschap.

Simon vingerde de krulletjes van zijn baard. 'Waarom noemen jullie dit nou een paradijs?' vroeg hij aan Sibe.

Alles waar we nog geen hel van hebben gemaakt noemen we een paradijs, zei of dacht Stein.

'Ik ben wel eens ergens geweest waar het mooier was,' zei Simon. 'Het is hier nogal eentonig.'

Sibe draaide zijn hoofd rond alsof het op een statief stond. 'Een van de laatste ongestoorde milieus ter wereld,' zei hij. 'Jullie zijn in Turkije, in Senegal en in Spanje geweest en steeds ging het over verval en ondergang... maar dit is werkelijk een natuurlijk milieu. De rijkdom aan vissen die je hier aantreft...' Hij vestigde hun aandacht op de zwevende pijlstaartroggen en lenige kleine haaien in het ondiepe water rond de boot. 'De rijkdom aan vogels ook...' hij sloeg zijn ogen op naar de hemel. 'En dat allemaal op een steenworp van de Sahara...' Hij wees naar de trillende gele streep op de einder. 'Je kunt er soms met je verstand niet bij dat je maar een paar stappen hoeft te doen om die barre woestenij te verlaten en een ongehoord rijke biotoop binnen te gaan... het is zo onwerkelijk, net een droom.'

'Dit hier,' reageerde Stein met een weids gebaar, 'bestaat natuurlijk niet ondanks, maar juist dank zij de Sahara. Als de woestijn er niet was, zou het strand daar vol staan met hotels.'

Sibe keek hem oplettend aan en begon bijna onmerkbaar te knikken. 'Je hebt gelijk, alleen in zo'n volstrekte uithoek heeft de natuur zich nog kunnen handhaven.'

'Eigenlijk zou je het bestaan van de Banc d'Arguin geheim moeten houden,' zei Stein.

Sibe bleef knikken.

'Straks trekt jullie verslag zo veel aandacht dat die hotels er toch nog komen.'

'Dan verhang ik me,' beloofde Sibe.

Simon zei: 'Let maar niet op mijn oom, hij is een geboren zwartkijker.'

Dat slaat nergens op, dacht Stein kwaad, hij kan gewoon niet hebben dat ik iets verstandigs zeg.

Drie jongens baggerden, zonder zich om roggen of haaien te bekommeren, op de boot af. Ze zeulden met telescopen en klapstoeltjes. Stein geneerde zich dat hij in onderbroek zou moeten kennis maken. Hij droeg zulk ouderwets ondergoed.

Nog voordat ze aan boord kwamen gaf de langste (hij heette Bouke en had een markant gezicht met ingevallen wangen en een enigszins dweepzieke oogopslag) lucht aan zijn verontwaardiging. 'Waarom zo op het nippertje?' foeterde hij. 'Nog een kwartier en we hadden in het water gestaan.'

'Sorry,' zei Sibe. 'Het vliegtuig kwam zo laat en we moesten even wat eten en we konden de motor niet aan de gang krijgen en al met al zijn we toch nog op tijd.'

'Levensgevaarlijk,' hield Bouke vol. 'Je hoeft je niet te verontschuldigen, je moet je aan de afspraken houden.'

'Het zal niet meer gebeuren,' verzekerde Sibe.

De vierde van het stel was Yep en hield zich op de achtergrond. Stein vroeg zich af of hij ze later in zijn herinnering uit elkaar zou kunnen houden. Ze waren alle vier jong, energiek, openhartig en door en door Fries.

Het rubberbootje was nu afgeladen. Jelle verschafte zich armslag en rukte aan het koord van de buitenboordmotor.

Stel je voor: de vloed komt op en in de verste verte is geen land te bespeuren. Bij het biologisch station wordt koortsachtig maar vergeefs geprobeerd de buitenboordmotor te repareren die door Stein ongemerkt in het ongerede is gebracht. Wanhopig roept Simon om hulp. Huilend vraagt hij zich af hoe hij zich door zijn oom heeft kunnen laten wijsmaken dat het verblijf op zo'n godverlaten slikplaat unieke mogelijkheden bood om vogels te fotograferen. Ja, de tranen stromen over zijn wangen. Een trage, wrede, romantische dood. Er kraait geen haan naar.

Stein wierp een steelse blik op Simon, die vooraan op de steigerende boot zat en zich krampachtig vastklampte aan het gladde rubber. Het visioen, dat zojuist voor zijn ogen had geschemerd, stemde hem tot nadenken. Misschien, overwoog hij, had hij deze reis niet ondernomen om zijn neef een paar welverdiende onaangename ogenblikken te bezorgen, maar om erachter te komen of hij in staat was tot moord. Dat wist hij namelijk niet en dat zou hij moeten weten om met zichzelf in het reine te komen over het ongeluk van Wessel.

Ben ik een moordenaar of alleen maar een stoethaspel?

Simon kreeg in de gaten dat Stein hem fixeerde en fronste zijn donkere wenkbrauwen.

2

Stein had de hele tijd al het gevoel dat het uitgemergelde martelaarsgezicht van Bouke hem aan iemand deed denken en opeens ging hem een licht op: de Fries leek als twee druppels water op de Here Jezus uit de kinderbijbel van zijn oma. Het lam Gods dat de zonden der wereld wegneemt.

Jezus knikte hem nors toe. Hij droeg zijn doornenkroon, het bloed parelde op zijn voorhoofd. 'Jij zult het paradijs niet binnengaan,' verkondigde hij terwijl zijn wijsvinger als een metronoom heen en weer ging. 'De boom des levens wordt bewaakt door cherubs met een flikkerend zwaard.'

'Ik dacht al dat we elkaar nog eens zouden tegenkomen,' zei Stein om tijd te winnen.

'Je hebt mij verloochend,' stelde Jezus treurig vast.

'Zonder boze opzet Heer.'

'En hou er rekening mee: wie mij verloochent zal ik verloochenen.'

'Is dat alles wat u mij te zeggen hebt?'

'Dit is het belangrijkste, sukkel. Dit gaat over de eeuwigheid.'

Daar heb je dus ook niks aan, dacht Stein ontmoedigd. 'Hoe kan ik u verloochenen als ik niet in u geloof?' vroeg hij voor alle zekerheid.

Jezus stapte op een passerende wolk en verdween zonder om te kijken.

Dit voorvalletje vond plaats tijdens de maaltijd van soep uit blik, waaraan op voorstel van Simon aardappels, uien en stukken worst waren toegevoegd.

Tijdens dezelfde maaltijd van junglesoep ontvouwde Simon enkele plannen voor zichzelf en de wereld.

Hij zou een boek maken met foto's van alle in Europa voorkomende vogelsoorten. Van de opbrengst zou hij een catamaran kopen en de Afrikaanse kust bevaren van Tanger tot Kaapstad. Daarvan zou hij weer verslag doen in een fotoboek, dat hem voldoende zou opleveren voor de aanschaf van een zeewaardig jacht en de oversteek naar Zuid-Amerika.

De vier Friezen meenden met concrete voornemens van doen te hebben. Ze hingen aan Simons lippen en de fotograaf werd steeds driester.

Nou ja, ze zijn nog jong, bedacht Stein vergoelijkend. Hij schoof zijn bord weg, beklopte zijn buikje en begon op zijn nagels te bijten. Achteloos blies hij stukjes nagels en opperhuid over de tafel. Hij wist dat Simon daar onpasselijk van werd. Je hoefde helemaal niet zo hoog te grijpen om elkaar het leven zuur te maken.

Toen het eten gedaan was, zonderden Jelle, Bouke en Yep zich af met de brieven van thuis. Een gave, weemoedige sfeer vulde de barak.

Sibe zette een emmer putwater op een krukje en kleedde zich uit. In de warme oranje gloed van de petroleumvergassers gaf hij zijn mooie, gespierde lichaam een grondige wasbeurt, waarbij hij speciale zorg besteedde aan de hygiëne van zijn lid. Tussen de bedrijven door gaf hij een beschouwing ten beste over de betekenis van Darwin voor het zelfonderzoek van de mensheid.

'Het bijzondere van Darwin,' verklaarde hij, 'was niet dat hij verwantschap ontdekte tussen allerlei levensvormen. Het bijzondere van Darwin was ook niet dat hij het mechanisme beschreef waardoor de soorten uit elkaar evolueren. Als hij het daarbij gelaten had, was Darwin nauwelijks in conflict gekomen met de heersende opvattingen over de schepping en de moraal. Daar was nog wel een mouw aan te passen geweest.'

Sibe harkte met zijn vingers zijn schaamhaar aan. 'Het bijzondere van Darwin was dus zijn onthulling dat de natuur met volstrekte willekeur te werk gaat. Er is geen plan voor de ontwikkeling van lagere organismen naar hogere, laat staan dat de mens bedoeld zou zijn als een soort kroon op deze ontwikkeling. Toeval, dat is alles. Toeval, een chaos zonder oorsprong of doel. Ja, dát was een schok voor de menselijke eigendunk.'

Hij stroopte zijn voorhuid op en poetste zijn eikel. 'Mineralen, planten en dieren hebben geen geschiedenis. Dus heeft de wereld geen geschiedenis. De geschiedenis is een uitvinding van de mens, die in de loop van de evolutie om een of andere duistere reden begrip kreeg toegemeten van verleden en toekomst, goed en kwaad.'

Hij trok het vel van zijn scrotum strak om te verhinderen dat er ongerechtigheden achterbleven in de rimpels. 'De mens is niet hoger ontwikkeld dan de vlieg die neerstrijkt op zijn hand. Ze staan allebei op hetzelfde niveau, want ze zijn allebei zodanig aangepast aan de eisen van het leven, dat ze gelijktijdig bestaan. Dat is alles.'

Nu begon Sibe zijn geslachtsdelen driftig te bewerken met een handdoek. 'Ik vind dit een stimulerende gedachte. Het relativeert de rampen die we veroorzaken.'

Stein had aandachtig geluisterd. Hij knikte. De wetenschappelijke verdiensten van deze theorie kon hij niet beoordelen, maar ze sloot wonderwel aan op zijn ervaringswereld en zou dus wel juist zijn. Opluchting. Het idee dat hij de kroon op de schepping was zou hem hebben verpletterd.

Als hij zijn bagage niet in Nouadhibou had hoeven achterlaten, had hij zich nu kunnen scheren. Of de jongens op drop kunnen trakteren. Of een boek kunnen lezen. Piekerend plukte hij aan de grijze krulletjes die als een heksenkring om zijn schedel waren geschaard.

Simon haalde herinneringen op aan een van de wonderlijkste nachten in zijn wonderlijke leven: de nieuwjaarsnacht in Senegal.

Lelieveld keerde tegen de avond terug van de lepelaarsplas. De whiskyfles, 's morgens nog voor driekwart gevuld, was nu leeg. Kalm glimlachend liet de hoekige bioloog de verwijten en schimpscheuten van zijn reisgenoten over zich heen gaan. Hij was in het veld geweest, zijn geweten was zuiver en bovendien had hij de aanwezigheid van Nederlandse lepelaars vastgesteld. Hij verfriste zich en hulde zich in een casha-bia, een lang Tunesisch gewaad van grove katoen.

De nachtzwaluwen vlogen uit, de sterren begonnen te stralen. Urenlang zaten ze voor hun hut. Ze knaagden op hun verhalen alsof ze van kauwgom waren en herinnerden elkaar regelmatig aan het feit dat het oudejaarsavond was, waardoor de stemming op den duur wat onrustig werd.

Een parkwachter kwam voorbij met een stapel grammofoonplaten onder zijn arm.

'Ze gaan muziek maken,' zei Wormer.

'En dansen,' zei Lelieveld. 'Ze kunnen fantastisch dansen, die lui. Laten we gaan kijken.'

Ze ruimden hun spullen op, sloten de hut af en slenterden naar het restaurant waar ongeveer eens per week een handvol toeristen kwam eten. Er werden inderdaad platen gedraaid, maar verder was het een saaie bedoening. Vier of vijf negers stonden aan weerszijden van de bar tegen elkaar aan te kijken.

'Laten we een rondje geven,' stelde Lelieveld voor. Hij bedoelde: Stein, geef jij eens een rondje.

Na een haastig achterover geslagen cognacje begonnen ze op een bonkend Afrikaans ritme te dansen. Stampen was misschien een beter woord. Ze beukten de vloer en lachten en schreeuwden en langzaam werd de situatie rijp voor het vuurwerk dat op een gegeven moment verscheen in de gedaante van een frêle Française. Het popperige dametje sloeg haar handen voor haar mond toen ze de als zombies rondhossende mannen gewaar werd. Met een charmant kreetje wierp ze zich in de kring. En stampen maar!

De negers aan de bar keken stomverwonderd toe. Zo'n logge spontaniteit hadden ze vermoedelijk nooit eerder aanschouwd. Zelf hoefden ze slechts hun pink te bewegen om hun gratie te demonstreren.

'Joechei,' brulde Lelieveld. Hij trok zijn casha-bia op tot aan zijn knie en onthulde de dikste kuit van het noordelijk halfrond. De Française wist niet of ze in zwijm moest vallen of toegrijpen. Haar ogen puilden uit hun kassen bij de aanblik van deze behaarde en roodverbrande bundel spieren. Ten slotte tilde ook zij haar jurk op. Haar kuit was superslank en vertoonde een bronzen glans. Het Fransje popje giechelde.

Zonder zijn gestamp te onderbreken ging Lelieveld een duel aan. Hoger en hoger kwam de zoom van zijn casha-bia. De Française wist nu precies wat ze weten wilde en diende hem van repliek met de zoom van haar jurk. Wormer, Wessel en Simon deden hun uiterste best, maar slaagden er niet in haar aandacht af te leiden. De negers lachten beleefd om deze hitsige westerse folklore.

Toen Lelieveld bewees dat hij wel degelijk ondergoed onder zijn gewaad droeg, werd het plezier de frêle Française bijna te machtig. Zelf droeg ze een schattig roomkleurig slipje dat in haar kruis zachtjes opbolde.

Stein keek toe met een mengeling van weerzin en opwinding. Eenzaamheid en verdriet woelden in zijn borst. Hij vroeg zich af waar dit in vredesnaam op moest uitdraaien.

Plotseling kwam een blanke man binnen. Hij greep het vrouwtje met een onmiskenbaar bezitters-air bij haar arm en sleurde haar mee naar buiten —

'Dat was me een nacht,' zei Simon. Met een zweem van teleurstelling over zijn gezicht staarde hij voor zich uit. Het verhaal was kennelijk niet zo sterk als hij vermoedde voor hij eraan begon. Toch hadden de Friezen geboeid geluisterd. Ze kenden Lelieveld, Wormer en Wessel; het vogelaarswereldje was klein.

Ook Stein verzonk in gedachten. Hij vond het opmerkelijk dat zijn neef zo dicht bij de werkelijkheid was gebleven. Nog opmerkelijker was echter dat Simon deed alsof alleen hij die nacht in Senegal had meegemaakt. Niet een keer deed hij een beroep op Stein om zijn relaas te bevestigen of aan te vullen. Het tegenoffensief was dus begonnen.

In hun eenzaamheid te Nouadhibou had Simon zijn oom proberen te vermurwen met de larmoyante dromen, die als in opdracht van een hogere macht zijn huwelijk met Anneke hadden vernietigd. Nu ze zich weer in gezelschap van derden bevonden, verviel hij in zijn oude gewoonte en probeerde hij zijn oom te isoleren door de gevierde bink uit te hangen.

Zo heb je Wessel ook ingepalmd, dacht Stein bitter. Waarom in godsnaam? Jij hebt vrienden bij de vleet en ik heb er niet één.

Met een rol wc-papier onder zijn arm ging hij naar buiten, waar de nacht zich liefdevol over hem ontfermde. Een zilte wind streelde zijn wangen. Zijn zintuigen registreerden nieuwe geuren en nieuwe geluiden.

Rustig voortwandelend bereikte hij de plaats waar ritselende stroken wc-papier als vaantjes uit het zand staken. Hij deed zijn broek omlaag, hurkte neer en sloeg zijn armen om zijn knieën. En uitgerekend in deze ongemakkelijke houding werd hij door Wessel overvallen met een oude kwestie. 'Hoe stel jij je de dood voor?' vroeg hij met een besmuikt lachje.

Ze zaten in een cafeetje in Mérida, dat van plint tot plafond was volgehangen met affiches voor stieregevechten. Op tafel stonden een fles rode wijn, een mandje met brood en een schaaltje met gebakken varkensoortjes.

'Niets heeft minder met de dood te maken dan praten over de dood,' zei Wessel, 'maar ik wil toch wel eens weten: hoe stel jij je de dood voor?'

Stein doopte een stukje varkensoor in een sausje. Hij vermoedde een valstrik en zei: 'Ik stel me bij de dood absoluut niets voor.'

'Jij kunt je *niets* voorstellen?' vroeg Wessel.

'Eenvoudig, de wereld zonder Stein. Zoals het vroeger ook is geweest. Het herstel van de situatie zoals hij was voordat ik geboren werd.'

Wessel sperde zijn neusvleugels. 'Dus als jij doodgaat zijn we terug in 1930? De hele bliksemse boel begint weer van voren af aan en we moeten zelfs ernstig rekening houden met het risico dat jij opnieuw geboren wordt.'

Stein keek verrast op. Zo diep had hij zijn opvattingen over de dood nooit doordacht.

'En zo verzint iedereen wel wat,' vervolgde Wessel misprijzend. 'Ze proberen allemaal iets te bedenken om zich met de dood te verzoenen. Waarom geloof je eigenlijk niet gewoon in God?'

'Geef eens een goede reden om in God te geloven.'

'Over God is de prachtigste poëzie geschreven. God is de meest kernachtige omschrijving van onze angsten, verlangens en machteloosheid.'

'Geloof jij dan in God?'

'Ik geloof in de poëzie,' verklaarde Wessel plechtig. 'De huidige opgang van het ongeloof is geen overwinning van het verstand, maar een nederlaag van de verbeelding.'

Zo, daar kon Stein het weer mee doen. Eens te meer verwonderde hij zich over Wessels talent om doodgemoedereerd de vreselijkste dingen te zeggen.

Nu oordeelde Simon de tijd rijp voor een interventie. Aldoor was Stein zich bewust geweest van de onderzoekende en honende blikken die zijn neef hem toewierp. Manmoedig had hij getracht er geen acht op te slaan.

Simon likte zijn vingers af en zei: 'Er is aan jou een goed christen verloren gegaan, Otto.'

'Daar weet jij niets van,' zei Stein scherp.

'Weinig,' gaf Simon toe, 'maar ik neem aan dat de verhalen van mijn moeder niet uit de lucht gegrepen zijn.'

'Dit is het bloed van Mijn verbond, dat voor velen vergoten wordt,' spotte Wessel terwijl hij het wijnglas hief. Hij nam een slok, keek Stein uitdagend aan en zei: 'Verklaar je nader, Otto. Voor de draad ermee.'

Met een binnensmondse verwensing wendde Stein zijn hoofd af. Ondanks alles bewaarde hij tedere herinneringen aan zijn religieuze zijsprongen. Onder geen beding zou hij die prijsgeven aan het sarcasme van zijn tafelgenoten.

In de tragische periode waarin hij op straat wildvreemde mannen achterna liep, was hij in aanraking gekomen met de evangelisatie-gemeente Maranatha. Op een avond volgde hij een man (zomaar een man, ze hoefden niet per se op zijn vader te lijken) tot voor de groene deuren van een oud pakhuis aan de Westerkade. Het zou niet in zijn hoofd zijn opgekomen die deuren te openen, als hij niet kort na elkaar verschillende personen naar binnen had zien gaan, waardoor hij de indruk kreeg dat ze toegang gaven tot een openbare gelegenheid.

Beschroomd betrad hij een kil zaaltje met klapstoelen. Amechtig orgelspel. In hun jassen weggedoken gelovigen zetten een lied in: 'Zalig hij die in dit leven een vergevend Vader heeft...' Op een provisorische kansel begon een voorganger galmend te preken. De hosanna's, halleluja's en is-dat-niet-wonderbaars waren niet van de lucht.

Na de dienst posteerde de evangelist, de destijds vermaarde Herman Kleppe, zich bij de uitgang. Zijn hand was zijdezacht. Zijn ogen draaiden weg onder de bovenste oogleden en hij zei: 'U bent een vreemde in dit huis broeder?'

'Ja,' zei Stein bedremmeld.

'Heeft Gods Woord u vertroosting geschonken?'

Kleppes belangstelling voor zijn welzijn was onbaatzuchtig, hij wist toen immers nog niet dat hij iemand tegenover zich had die de middelen kon fourneren voor een nieuwe kansel en een verwarmingsinstallatie.

De eigenaardigheden van de kleine gemeente ontgingen Stein niet. Het zalvende, repeterende gebeuzel van Kleppe. De oproep tot bekering, die nooit succes scheen te hebben aangezien hij wekelijks met de grootste klem herhaald werd. De kleingeestige intriges bij de verkiezing van ouderlingen en collectanten. De toestroom van invaliden en armen van geest, die hun hoop op het Hemelse Rijk vestigden, waar vele laatsten de eersten zouden zijn. En niet te vergeten de valse, kruiperige, elkaar overtreffende openbare belijdenissen van zonden.

Dit alles nam hij op de koop toe tot hij op een goede dag besefte dat de God van Kleppe een bloedeloze plaatsbekleder was voor zijn vader. Bijna was deze God erin geslaagd de ongelukkige kleermaker uit zijn gedachten te verdrijven. Bijna had deze schim hem verzoend met de verdwijning van zijn vader en de oorzaken daarvan: de oorlog en de dood.

Maar het was nog niet te laat om terug te keren van de weg van het verraad. Hij overlaadde de predikant met zijn haat en keerde Maranatha zijn rug toe. Het vermogen op straat wildvreemde mannen achterna te gaan had hij inmiddels echter verloren, en het geloof dat zijn vader ooit zou terugkomen ook.

Het verlies van deze illusies maakte zijn leven grauwer dan het ooit geweest was.

'Hij acht ons zijn vertrouwen niet waardig,' zei Wessel in het stierenvechterscafé te Mérida.

'Hij denkt: barsten jullie maar,' vulde Simon aan.

Inderdaad, dacht Stein vol wrok.

Op het strand bij Iouik veegde hij zijn kont af. Zijn benen waren als verlamd toen hij overeind kwam. Er flitsten zwarte vlekken over zijn netvlies en hij schudde zijn hoofd als een aangeschoten olifant.

3

De Friezen vonden dat de dag een feestelijk besluit verdiende en toverden een half litertje Bokma op tafel. Nadat hij van deze jenever een meer dan evenredig deel voor zijn rekening had genomen, gaf Simon een geslaagde imitatie ten beste van kapitein Haddock. Hij deed alsof zijn benen in de knoop raakten, priemde zijn wijsvinger in de lucht en riep hikkend: 'Duizend bommen en granaten! Kuifje, ik weet wie de juwelen van de gravin gestolen heeft.'

Vervolgens struikelde hij over zijn slaapzak. 'Drommels,' mompelde hij verbluft. 'Wie legt er nou een giraf op de grond!'

Hij was ontwapenend in deze rol. Heel even zag Stein hem als de zoon van zijn zuster, een nauwe verwant van zichzelf.

Er waren slechts vier schuimrubber matrassen beschikbaar en natuurlijk hadden de Friezen de oudste rechten: Stein en zijn neef legden hun slaapzakken op het harde beton. De lichten gingen uit en na een paar onvermijdelijke slaapzaalgrappen werd het stil. Simon boerde zachtjes en begon te snurken.

Vergeefs probeerde Stein het beton te bewegen zich naar het profiel van zijn rug te voegen. Hij durfde zich nauwelijks te bewegen uit angst dat het gekraak van de slaapzak zijn nood zou verraden. Bijzondere zorg besteedde hij aan zijn ademhaling; door die te reguleren dacht hij de anderen – en op den duur misschien ook zichzelf – te doen geloven dat hij sliep. Alsof het een schande was om wakker te liggen.

Hij dacht aan (of droomde van) Crooswijk in de oorlogsjaren. Treurige straten, wantrouwige gesprekken. Praten was zo gevaarlijk geworden dat een kraai zich kon opwerpen als politieke woordvoerder van de buurt. Het zwarte dier klapwiekte over de daken en liet zijn leus schallen: 'Hitler is dood, hahaha!' De mensen vonden het prachtig.

Een mager jongetje met schrikachtige ogen ging prat op zijn vader. Tegen iedereen die het maar horen wilde, zei hij: 'Het is de kraai van mijn vader, hij heeft het hem geleerd.'

'Stil toch,' zeiden de meeste mensen, maar er waren er ook die van deze bewering zwijgend notitie namen.

Steins hart beukte tegen het beton. Het leek uit zijn lichaam te willen wegvluchten. Nee, kreunde hij.

De wrede, onbekommerde ademhaling van de slapenden benadrukte zijn wanhoop.

Het werd een nacht vol bloedvergieten, onbegrepen liefdes en gruwelijke achtervolgingen. De laconieke voortgang van de tijd hielp hem ten slotte uit het slop. Toen het ochtendlicht gloorde wurmde hij zich uit zijn slaapzak. De overige vijf, zag hij terwijl hij zich aankleedde, lagen in alle denkbare houdingen te slapen. Simon hield zijn arm onder zijn hoofd. Zijn linkeroog was niet helemaal dicht, tussen de wimpers kierde de kleur van een visseblaas. Aandoenlijk.

Uit de kledingstukken die bij de deur aan een haak hingen koos hij een slobbertrui.

Het was een sprankelende ochtend. De woestijn had het nachtelijk duister nog niet helemaal afgelegd. De zee leek paars. Een nieuw begin. Alle mogelijkheden lagen open.

Waarheen? Op grond waarvan ging je links of rechts?

Langs de krans van verdord zeegras die door het water op het strand was gelegd toog hij zuidwaarts. Ik draai me niet meer om, nam hij zich voor, ik loop net zo lang door tot ik de wereld zonder Stein bereik. Dan is het weer 1930 en dan zien we wel verder.

Korte tijd later stuitte hij op een twaalftal lepelaars. De vogels loerden over hun schouder, stomverbaasd waarschijnlijk hier een blanke te zien. Bij iedere stap die hij naderbij kwam schoven ze een eindje op, zodat per saldo de afstand gelijk bleef.

Hij ging dus op zijn knieën zitten en gebruikte de Leitz op de manier van Wessel. Waarachtig, kleurringen! Onderdanen van Lelieveld! Een vleugje voorbestemming dus. Sedert de aarde woest was en ledig, was het de bedoeling geweest dat hij op een zekere ochtend lepelaars zou observeren op het strand bij Iouik.

Met stijve vingers noteerde hij: *links geel/wit, rechts wit.* 'We houden jullie in de gaten,' zei hij grinnikend.

Omdat hij niet verder naar het zuiden kon zonder de lepelaars te verjagen keerde hij op zijn schreden terug. Nu viel zijn oog op een gedeeltelijk in het zand verzonken bolvormig voorwerp. Het had het formaat van een kloeke voetbal en de kleur van lood. Een kogel uit een antiek scheepskanon, veronderstelde hij. Per slot van rekening hadden zijn voorouders onder deze kust gevaren voor de slavenhandel. Hij schopte het ding los en ontdekte dat het een schelp was. Nadat hij met zeewater was schoongespoeld, vertoonde hij zijn kunstig gedraaide paarlemoeren binnenzijde. Stein zou er plaats voor maken op zijn wrakke bureautje in Rotterdam.

Hij richtte zich op en zette zijn voettocht voort. Op zee dobberde een vissersbootje met een eenvoudig driehoekig zeil. Er was niet meer dan een simpele gedachtensprong voor nodig om Simon aan boord van dit bootje te brengen.

De onfortuinlijke fotograaf zat schrijlings op de reling en duikelde achterover. Je hoefde hem niet eens te duwen, een onverhoedse slinger van de boot was voldoende. Simon had immers altijd pech.

Een hapje voor de haaien. Armen, benen, kop en romp – vaarwel Simon! Opwolkend bloed, altijd aardig om te zien. Eens zou een haai worden gevangen met een kapitaal aan foto-apparatuur in zijn maag.

Ja, het was in een handomdraai geregeld. Je hoefde Simon alleen maar over te halen om te gaan varen. En er kraaide geen haan naar. Rechercheurs met arglistige vragen waren hier ver te zoeken.

Neuriënd liep Stein verder. Zonder dat hij er erg in had humde hij een melodietje van Johannes de Heer. *Tel uw zegeningen, tel ze een voor een.*

Het was hier mooi, zo godvergeten mooi. Wat had hij hier eigenlijk te zoeken?

Daar kwam een visarend aanvliegen met een vis in zijn klauwen. Hij streek neer op een paaltje aan de overkant van de geul en poetste met bedachtzame bewegingen zijn vleugelveren voordat hij begon te eten.

'Jezus,' kreunde Stein.

Er waren vier paaltjes en op twee andere ervan zat ook al een visarend. Dat maakte drie in totaal. Drie ongenaakbare vogels met witte kuifjes, gespierde borstkassen en onverschrokken ogen. Ze zaten daar zonder enig besef van verleden en toekomst, goed en kwaad.

Stein was ontroerd. Meer dan drie visarenden tegelijk kon je van het leven niet verlangen.

Door de Leitz zag hij de laatst aangekomen visarend zijn prooi verwerken. Met zijn haaksnavel trok hij het elastiek van de ingewanden uit de vissebuik.

'Niet gering,' zei Sibe terwijl hij naast Stein kwam zitten en zijn kijker instelde.

Nadat ze ongeveer een eeuw hadden gezwegen zei Stein: 'Hoe komen die paaltjes daar eigenlijk?'

'Dat hebben wij gedaan.'

'Aha!'

'We hebben netten uitgezet om harders te vangen.'

'Milieuvervalsing,' oordeelde Stein met een strengheid die hij aan zijn oude makker Wessel ontleende. 'Anders hadden die visarenden op het strand moeten zitten en zo hoort het hier ook.'

Sibe knikte schuldbewust.

Tijdens een tweede onderbreking kreeg Stein te kampen met een denkbeeld dat hij zichzelf op de hals had gehaald. Simon verdween tussen de haaietanden, de film werd teruggespoeld, Simon spartelde opnieuw in de haaiemuil, de film werd nogmaals teruggespoeld en zo ging het maar door!

Hij zei: 'Kijk eens wat ik gevonden heb,' en liet de schelp zien.

'Die liggen hier bij bosjes,' zei Sibe. 'We hebben er allemaal een. Moet je je voorstellen wat een brok vreten daar in gezeten heeft.'

De stilte liet zich weer gelden. Simon ging naar de haaien. Ook Wessel, die vervloekte bemoeial, gaf nu een teken van leven. Herhaaldelijk tuimelde hij met hulpeloos gespreide armen van een rots af. Ze vielen dwars door elkaar heen, het leek wel een circusvoorstelling. En ieder moment kon een kraai verschijnen om de chaos te vervolmaken met mededelingen over de dood van Hitler.

Jullie willen me kapotmaken, dacht Stein. Daar zijn jullie altijd al opuit geweest, maar ik zweer dat het jullie niet zal lukken.

Hij zei: 'Ik heb in de haven van Nouadhibou dunbekmeeuwen gezien, maar die bink met dat rooie baardje…'

'Faucon,' raadde Sibe.

'Vooskont ja, die wou me niet geloven. Er kwamen daar nooit dunbekmeeuwen, beweerde hij.'

'Ach Ernest… geen kwaaie jongen, maar hij ligt een beetje met zichzelf overhoop… wij dachten in het begin ook nog dat we hem serieus moesten nemen… tot we in de gaten kregen dat ie van vogels geen kaas gegeten heeft – hij heeft op een bosbouwschool gezeten of iets dergelijks.'

'Dat dacht ik al,' zei Stein content.

Met krachtige slagen van zijn lange vleugels kwam een vierde visarend aanvliegen om zich op het laatste paaltje te posteren. Het rijtje had nu wel iets weg van gebeeldhouwde ornamenten bij een kathedraal.

'Ze kennen de visarenden hier,' zei Stein, wie er alles aan gelegen was een nieuwe stilte te vermijden.

'Hoe bedoel je?' vroeg Sibe behulpzaam.

'Als op onze Wadden een visarend overvliegt, wat maar een doodenkele keer gebeurt, zie je hele wolken kleine vogeltjes opstijgen om te vluchten. Dan is het groot alarm. Maar hier merk je bij de kleintjes niets van paniek. Het kan dus haast niet anders of ze zijn hier aan visarenden gewend en weten dat ze alleen vis eten.'

'Verdraaid,' zei Sibe verrast, 'je hebt gelijk, dat was ons nog niet eens opgevallen.'

'Noteren voor je verslag,' zei Stein triomfantelijk. Hij trok een gezicht alsof hij iemand een geweldige poets had gebakken.

Laag over het strand tornde een kluitje boerenzwaluwen tegen de krachtige noordenwind in. Op weg naar Europa, waar ze als lenteboden zouden worden verwelkomd. Geleid door een half vingerhoedje hersenen, voortgestuwd door een half vingerhoedje lichaamsvet. Logisch dat je ze niet ziet passeren zonder een warm gevoel van solidariteit.

Het zou tot half maart duren, bedacht Stein met voorbarige weemoed, voordat hij in de weilanden buiten Rotterdam de eerste zwaluw zou noteren.

'En dan te bedenken,' zei Sibe, 'dat ze niet zomaar op goed geluk

naar het noorden vliegen, maar onderweg zijn naar die ene boeren-
schuur op Texel, of die ene hooizolder bij Franeker waar ze verleden
jaar ook hebben gebroed.'

'Laten we het hopen,' verzuchtte Stein. 'In Amerika hebben ze ontdekt dat moderne radarinstallaties het oriëntatievermogen van trekvogels aantasten. Straks zijn hun overwinteringsgebieden én hun
broedgebieden én hun trekroutes beschermd, maar dan kunnen ze de
weg niet meer vinden.'

Weer was het alsof hij met de stem van Wessel sprak.

Sibe reageerde ongelovig. Stein wist hem echter te overtuigen met
de details van het artikel dat hij gelezen had. De moed scheen de jonge
Fries in de schoenen te zinken. Zou het verval dan zelfs de Banc d'Arguin aantasten?

Hij vloekte hel en verdoemenis en zei: 'We halen onze achterstand
op de milieuvernietiging nooit meer in!'

Nadat ze hadden ontbeten, zette Sibe zich aan de schoonmaak van de
ontziltingsinstallatie. Hij poetste met zoutzuur de glasplaat tot het
zweet uit zijn poriën spatte. Het watergebrek werd nijpend.

4

Een klein half uur gaans van het biologisch station lag het eigenlijke
Iouik. Het dorpje werd bewoond door Imraguens, een zwerflustig vis-
sersvolk, waarvan de etnische herkomst wat vaag was. Hun aanwezigheid op de Sahariaanse kust dateerde in ieder geval al uit prehistorische
tijden. Het gehele volk omvatte niet meer dan zeshonderd mensen en
leefde in feodale onderworpenheid aan enkele maraboes, islamitische
priesters. Door Jacques Yves Cousteau was beschreven hoe deze Imraguens bij de visvangst samenwerkten met dolfijnen. Ze zouden met
stokken op het water slaan om de dolfijnen naar het strand te lokken,
waardoor dan enorme scholen vluchtende harders in hun netten werden gedreven.

'We hebben dat helaas niet meegemaakt,' zei Sibe. 'We kunnen er
ook niet achter komen of die traditie nog bestaat. Dolfijnen schijnen een
rol te spelen in hun godsdienst en daarover krijg je ze niet makkelijk aan
het praten.'

Oeld Hassan was de eerste Imraguen die Stein en Simon te zien kregen. Een kleine man van onbestemde leeftijd, met een witte ringbaard en een krassend stemgeluid. Hij had een dochtertje van een jaar of negen, dat als gevolg van een verwaarloosde verwonding aan haar voet bijna niet kon lopen.

Op een middag kwamen ze samen de barak binnen, het strompelende meisje achter haar vader. Ze droeg haar beste jurk en een strakke halsketting van schelpen. Terwijl Jelle de verbandtrommel pakte, schoof Sibe haar een kruk toe. Oeld Hassan ging ondertussen op zijn hurken zitten en bracht zijn hand aan zijn gekloofde voorhoofd. Af en toe zei hij iets in gebrekkig Frans.

Toen het oude verband verwijderd was werd een stinkende wond zichtbaar. Een diepe, tot op het bot doorgevreten rozet met een vuurrood hart en uitwaaierende witte en gele draden. Jelle schudde moedeloos zijn hoofd. Het stuitte hem tegen de borst om voor toverdokter te spelen. Zo goed en zo kwaad als het ging maakte hij de wond schoon. 'Volgens mij is die voet verloren,' zei hij.

Het meisje was op een aandoenlijke manier verlegen. Ze hield haar wijsvinger op haar lip en keek niet op of om.

Stein herinnerde zich de vooroorlogse kleermakersnaald in zijn voet. Hij verbaasde zich over de dingen die je een heel leven vrijwel ongemerkt met je meesleept. En langer zelfs. Na zijn dood zou dat stalen fragment van het oude Rotterdam nog deel uitmaken van zijn beendergestel.

Sibe zei: 'Je kunt het je niet voorstellen, maar dit kind is al getrouwd.'

'Nou, echt getrouwd nog niet,' verbeterde Jelle, terwijl hij een zwachtel aanbracht. 'Maar wel uitgehuwelijkt. Dat wordt geregeld door de maraboe, zoals alles trouwens. We zijn verschillende keren met Hassan en zijn boot de zee op geweest en dan wordt er een contract opgemaakt met het reisdoel, het aantal dagen dat je denkt nodig te hebben, en de prijs natuurlijk. Al dat geld steekt de maraboe in zijn zak. Als je Hassan zelf een voordeeltje gunt, moet je het hem stiekem toestoppen.'

Stein dacht aan de maraboes die hij in Senegal had gezien: wanstaltige vogels met rimpelige kale koppen en een gigantisch penisvormig aanhangsel aan de keel.

Sibe zei: 'We zouden hem kunnen vragen om met jullie naar Arel te gaan.'

'Potverdomme,' zei Jelle bij wijze van adhesie. 'Dan krijg je in drie dagen alles voorgeschoteld wat de Banc d'Arguin te bieden heeft.'

'Hm,' zei Stein.

'Dat lijkt me wel wat,' zei Simon, die zich steeds onbehaaglijker begon te voelen onder het gebrek aan hygiëne in de barak. 'Ik wil nou wel eens actie.'

Oeld Hassan nam zijn dochtertje op zijn rug en vertrok. 'Au revoir,' kraste hij.

Een hele tijd zaten ze na te praten over de Imraguens en hun toekomst. Je kon nauwelijks een volk bedenken dat minder te lijden zou hebben onder de crisis in de wereldeconomie en een eventuele kernoorlog. Misschien waren het uitgerekend de Imraguens die de fakkel van de menselijke evolutie zouden overnemen. Maar aan de andere kant: ze hoefden maar een ontsteking aan de voet te krijgen of hun levenskansen daalden aanzienlijk.

De behoefte aan een slok helder water werd tot een obsessie, je kon nergens anders meer aan denken.

Dank zij de inspanningen van Sibe was de ontziltingsinstallatie weer enigszins bruikbaar. Urenlang sleepten ze emmers putwater aan om een jerrycan gevuld te krijgen met zoet water. Op aandringen van Simon stelden ze hun feestelijke dronk vervolgens nog eens zes uur uit om het water grondig te ontsmetten met zuiveringstabletten. Maar toen was het dan toch zover. Stein en Sibe hieven een kroes en brachten een toost uit op het welslagen van de expeditie.

Het water kwam sneller naar buiten dan het naar binnen was gegaan. Het glazuur sprong van hun tanden. Kort beraad leidde tot de slotsom dat het zoutzuur, waarmee de glasplaat gereinigd was, in het ontzilte water was gedropen.

Ontdaan staarde Sibe naar het resterende vocht in zijn kroes. 'Tien dagen geleden zouden we al nieuwe voorraden hebben gekregen,' zei hij.

'Met wie had je dat afgesproken?' vroeg Stein.

'Met de directeur van het park,' antwoordde Jelle.

'Dan kun je het wel vergeten,' zei Simon, 'want die ís er helemaal niet. Het kantoor in Nouadhibou was van God en iedereen verlaten.'

'Shit,' zei Bouke.

'Dan moeten we water proberen te kopen van de Imraguens,' opperde Yep.

'Nooit,' zei Sibe.

En Jelle was het met hem eens: 'Die mensen weten zelf bijna niet hoe ze aan drinkwater moeten komen.'

'We moeten ons maar zien te redden,' besloot Sibe. Hij zou bij de werklui, die onzichtbare arbeid verrichtten ter voltooiing van het station, informeren wanneer er een landrover naar Nouadhibou vertrok en dan proberen mee te rijden.

Het was een ietwat gênant probleem. Ze konden slechts gissen op welk punt gebrek overging in nood. In ieder geval konden ze zich niet voorstellen dat ze van dorst zouden omkomen. Friezen overkwam dat niet.

De laatste restjes water uit Nouadhibou waren vervuild met olie. Met veel theebladeren, citroensap en suiker was het enigszins drinkbaar te maken, maar de geur van afgewerkte motorolie bleef.

De Friezen hielden niet van flauwekul, ze wisten exact wat hun hier te doen stond en daar hielden ze zich aan. Hun geestdrift was verbluffend.

Ze hadden anderhalf miljoen vogels geteld en ze waren nog lang niet klaar; het konden er wel een miljoen meer worden.

Als buffels hadden ze gewerkt. Langdurige speurtochten naar de plaatsen waar de vogels zich verzamelden bij hoog water. Intensieve tellingen. Observaties van het fourageergedrag ten einde na te gaan hoeveel tijd de vogels nodig hadden om voldoende voedsel te vergaren. Het nemen en verwerken van grondmonsters om een beeld te krijgen van de hoeveelheden prooidiertjes in de bodem. Ze hadden kortom bepaald geen tropentempo aangehouden.

'Dat houden jullie nooit vol,' zei Simon deskundig. 'Op die manier werk je je over de kop.'

'Tot nu toe niet,' zei Jelle tevreden.

Hun onderzoek gold steltlopers, vogels die in de winter de warmte en in de zomer de kou opzochten. Deze dieren bevonden zich hier ongeveer tienduizend kilometer verwijderd van hun broedplaatsen, de toendra's onder de poolcirkel. In de nazomer trok het merendeel vanuit het hoge noorden naar de wad-achtige gebieden in West-Europa, waarvan de Nederlandse Waddenzee veruit het belangrijkst was. Nadat ze in de rui waren geweest vlogen ze vervolgens door naar Afrika. Wonderlijke levenslijnen, kriskras over de aarde. Elke aantasting van de Waddenzee zou afbreuk doen aan de Banc d'Arguin, en andersom. De expeditie was dus dichter bij huis dan je op het eerste gezicht zou zeggen.

De aantallen die nu op de Banc d'Arguin werden vastgesteld waren sensationeel. Ze overtroffen namelijk de tot dusver bekende omvang van de wereldpopulaties van de betreffende soorten. Zonder twijfel zouden deze gegevens met scepsis worden ontvangen. De jongens verheugden zich op de wetenschappelijke veldslagen waarin ze straks een heldenrol zouden spelen. Stein sloeg hun bewonderend gade, zijn ontvankelijkheid voor grootse verrichtingen was nog geheel intact.

Sensationeel was ook de voedselsituatie. Steltlopers waren voornamelijk aangewezen op bodemdiertjes en daarvan was het aanbod op de Banc d'Arguin verbazend gering.

'Ze zijn de hele dag in touw met vreten,' zei Jelle.

'Ze zijn ook bar mager,' zei Bouke.

'Het is zo goed als uitgesloten dat ze hier voldoende vet kunnen opslaan voor de terugtocht,' zei Sibe.

Mysteries. Kleine spanningen bij hun uiteenzettingen daarover. Yep die steeds net te laat was om aan het woord te komen. Sibe die de zaken vereenvoudigde om ze begrijpelijk te maken, Jelle die buitengewoon gretig was in zijn conclusies en Bouke die steeds voorzichtigheidshalve inbracht: 'Dat moeten we nog uitzoeken.' Ja, deze raadselachtige biotoop zou nog jaren stof opleveren voor onderzoekingen.

Stein en zijn neef beconcurreerden elkaar met het stellen van vragen, die de jongens de gelegenheid gaven hun kennis en prestaties breed uit te meten. Door zijn ergerlijke gewoonte zich naïever voor te doen dan hij was, won Simon deze slag met gemak. Stein reageerde geprikkeld en hij zag de Friezen denken: wat een sikkeneurige ouwe vent is dat.

Het was nu eenmaal niet anders.

Anderhalf miljoen vogels hadden ze geteld, maar ze hadden de logistieke vereisten van dit soort operaties onderschat en werden nu bezocht door ziektes.

Bouke en Yep voelden zich 's avonds koortsig en voor alle zekerheid werd een tent opgezet, zodat ze de nacht in afzondering konden doorbrengen. De volgende morgen kwam Bouke als een geest de barak binnen. Zijn onderbroek kleefde vochtig en bruin aan zijn billen. Simon kokhalsde.

Het ging niet best, verklaarde Bouke uitgeput. De nacht was een aaneenschakeling geweest van kotsen en schijten.

In de loop van de ochtend werd het te heet in de tent en moesten de zieken toch in de barak worden ondergebracht. Ze waren slap en lusteloos, verkeerden in het onzekere over de medicijnen die ze het best konden gebruiken en vielen na de geringste inspanning in een onrustige slaap. Foeterend begon Sibe het keukentje uit te mesten. 'Ik heb aldoor gezegd dat we de hygiëne niet mochten verwaarlozen. Maar ja, zij vonden alles onzin wat niet direct met vogels te maken had.' Simon bleef zoveel mogelijk buiten.

Halverwege de middag werd ook Jelle onwel.

Hij zag al wat grauw, maar wilde zich niet laten kennen. Samen met Sibe was hij bezig met het verpakken van gedroogde slakjes en wormen, die uit de bodemmonsters waren achtergebleven. Ze gebruikten een omgebouwde fietspomp om plastic zakjes vacuüm te zuigen en schroeiden deze vervolgens dicht met een gloeiende ijzeren staaf.

Plotseling trok Jelle wit weg. Uit zijn buik trokken golvende schokken omhoog. Hij rende de barak uit en het duurde geruime tijd voordat hij terugkwam. Er zat braaksel aan zijn kin en zijn broek stond open, zodat hij zijn hand op zijn buik kon houden. Rillend kroop hij in de hoek bij Bouke en Yep, die hem met een flets grapje verwelkomden.

Sibe, Stein en Simon keken elkaar beurtelings aan. In hun ogen lag de onuitgesproken vraag: wie is de volgende?

'Ik vertrek morgenvroeg naar Nouadhibou,' kondigde Sibe aan. 'Het lijkt me het beste dat ik voor jullie een boottocht organiseer met Oeld Hassan, anders gaat het dagen duren voordat jullie de Banc d'Arguin op kunnen.'

'En hun hier onverzorgd achterlaten?' vroeg Stein. Een sterk onheilsgevoel waarschuwde hem de Banc d'Arguin te mijden. Niet voor niets was hij herinnerd aan het flikkerend zwaard van de cherubs die het paradijs bewaakten.

Zijn visioen van Simon en de haaien zou een stapje dichter bij de werkelijkheid komen en daar schrok hij als het erop aankwam voor terug. Maar dat was nog niet eens het belangrijkste. Hij had er gewoon niets te zoeken. Het vogelparadijs zou er geen grein minder paradijselijk om zijn als hij met de eerste de beste gelegenheid naar Rotterdam vertrok. En wat hem zelf betrof: hij geloofde het nu wel. Waarom zou hij proberen nog dieper door te dringen in het onbekende? Wat rechtvaardigde zijn hoop iets te vinden dat zijn leven een nieuwe wending zou geven? En wat zou de tol zijn die daarvoor geheven werd? Zenuwkrampen geselden zijn maag.

'Zij redden zich wel,' zei Sibe. 'Je kunt toch niks voor ze doen. Met een beetje geluk ben ik over drie dagen terug.'

Simon, die zich ernstig bedreigd voelde door ziektekiemen, wilde zo snel mogelijk weg uit het biologisch station en zei: 'Ik wil nou eindelijk wel eens aan het werk – godverdomme.'

'Maar we hebben niets bij ons,' wierp Stein tegen. 'Geen kleren of niks. Alles ligt op het vliegveld van Nouadhibou. We moeten op z'n minst wachten tot Jules onze bagage brengt.'

'Die komt niet,' zei Sibe beslist.

'Hoe weet je dat?'

'Te veel stof in de lucht, te weinig benzine voor het vliegtuig, te veel werk voor de mijnbouwmaatschappij – die komt echt niet!'

Nu was het Steins beurt om te vloeken.

'Neem gerust kleren van ons mee,' bood Sibe aan.

'Weinig kans dat ze passen,' zei Stein.

'Truien, ondergoed, dat zal toch wel gaan?' meende Sibe.

'Dank je feestelijk,' zei Simon.

'Nou ja,' zei Sibe, 'dat zoeken jullie zelf maar uit. In ieder geval ga ik straks even naar Oeld Hassan.' Manmoedig probeerde hij een vrolijke toets aan te slaan: 'Met een echte lanche de zee op, jongens geloof me, het is alsof je een uitstapje maakt naar bijbelse tijden.'

Simon zei: 'Regel die boot nou maar en laat de rest maar zitten.'

Stein ging akkoord omdat hij geen argumenten had om niet akkoord te gaan. Vechten voor je leven was een ding, een discussie winnen een ander. Hij hielp Sibe met de rest van de bodemmonsters, een karwei met de primitieve knusheid van het ware ambacht. Na een tijdje voelde hij zich bijna gerustgesteld.

De stille maar onmiskenbare aanwezigheid van de drie zieken veroorzaakte een miezerige stemming onder het eten. Stein verwachtte dat
ze zouden protesteren tegen het feit dat ze de volgende dag alleen gelaten zouden worden.

Na de afwas trof ieder zijn voorbereidingen voor het aanstaande
vertrek. Sibe telde zijn geld na en stelde een lijst op van noodzakelijke
inkopen. Simon controleerde zijn fotospullen en deelde de tassen opnieuw in. Stein grasduinde in de klerenberg bij de deur en stuitte op een
stapel drukwerk.

Feilloos viel zijn oog op een flinterdun boekje, weggemoffeld tussen
Maarten 't Hart — Ik had een wapenbroeder en *Stephen Jay Gould —
Honderd jaar na Darwin*.

'Kijk nou eens,' mompelde hij verbluft. '*November in mei.*' Met zijn
onhandige dikke vingers peuterde hij het boekje te voorschijn. Op de
achterflap stond een foto van de auteur zoals hij de eeuwen zou trotse-
ren: een ovaal jongensgezicht met een spottende blik achter ronde brilleglazen en een superieure glimlach om zijn lippen. Voor deze Wessel
had Stein nog altijd een zwak.

Als in een droom liep hij naar de tafel. Zijn handen zetten koffiebe-
kers aan de kant, veegden suikerkorrels weg en vlijden het boekje neer.
Gedichten dus. Duistere woorden met hier en daar een bliksemflits van
helderheid. *Oh Leila, hazelnoten, kokosnoten — jouw handen zijn als koli-
bries.*

En evenmin waren haar borsten als kokosnoten, dacht Stein. Geamuseerd bladerde hij verder. Als het niet van Wessel was geweest had
hij het vermoedelijk wartaal gevonden.

Otto's oorlog, zag hij bovenaan een pagina staan. De adem stokte in
zijn keel, zijn hart ging tekeer als een paukenist. In zijn haast struikelde
hij over de brokkelige tekst. Hij las, herlas en herlas nog eens.

Het gedicht scheen betrekking te hebben op een lome, praatzieke
avond in Arhavi. Het maakte gewag van schimmen in een moskee en
schimmen op een balkon. *Otto blijft een handelaar*, herhaalde het keer
op keer, *de oorlog is zijn handelswaar.*

Steins ogen werden vochtig van ontroering. Er was maar één ervaring in zijn leven waarmee hij dit kon vergelijken: de aaiende hand van

zijn vader op zijn kruin. Hij boog zijn hoofd, zodat niemand zijn tranen zou zien.

Ondertussen sloeg Sibe hem bezorgd gade. Hij interpreteerde Steins emotie verkeerd en zei: 'Het is niet erg flatteus – en als je het mij vraagt ook niet erg rechtvaardig. Ik heb nooit gemerkt dat jij met de oorlog te koop loopt.'

'Maak alsjeblieft geen slapende honden wakker,' verzocht Simon droog.

Stein schudde zijn hoofd. Het was allemaal niet van belang. Wat telde was dat Wessel zijn gedachten over hem had laten gaan. *Otto's oorlog*, voor altijd vastgekoppeld aan het talent van de dichter.

'Ergens anders verwijst hij ook naar jou,' zei Sibe. 'In *Een maan vol engelen* geloof ik. Die bundel heb ik niet bij me. Het gaat over een dag waarop de mist vastvriest aan de bomen. Een schitterende beschrijving van het winterlandschap. De ik-persoon vindt een stuiptrekkende kikker op het ijs. Hij filosofeert wat over de onafwendbaarheid van de dood en de geheimzinnige krachten van de natuur, die het arme dier ontijdig uit zijn winterslaap hebben gewekt. Hij besluit dan met de woorden: *ik noem hem Otto, hij is mijn ottomaat*.'

'Dat klinkt al een stuk vriendelijker,' spotte Simon.

'Mooi?' vroeg Stein terwijl hij de vraag naar de overeenkomst tussen hem en een op het ijs verstijvende kikker naar een later tijdstip verschoof.

'Erg mooi,' verzekerde Sibe. 'Ik vind zijn gedichten prachtig. Ze tonen hem van een kant die je in het dagelijks leven niet te zien kreeg; ze getuigen van een gevoeligheid waarvan hij in de omgang weinig liet merken. Hij deed zich gewoonlijk nogal arrogant voor, niet waar? En terecht misschien. Ik kan me indenken dat hij zijn gevoeligheid moest reserveren voor de dichtkunst. Ja, hij was een groot talent.'

Ja, hij wás.

Sibe pompte de petroleumvergasser op totdat hij een verblindend wit schijnsel verspreidde en vervolgde: 'Ook in de ornithologie behoorde hij tot de besten. Altijd op de hoogte van de nieuwste publikaties, voortdurend bezig nieuwe inzichten te toetsen op zijn eigen werkterrein, handig, vindingrijk en onvermoeibaar in het veldwerk. Qua leeftijd was hij van onze generatie, nou ja, iets ouder misschien, maar qua kennis was hij een eind verder. Ja, hij had het in zich om de nieuwe Tinbergen te worden.'

Ja, hij hád.

Sibe zuchtte. 'Je zou haast zeggen: was hij maar doodgevallen. Een vroege dood heeft nog iets glorieus, zeker voor een kunstenaar, maar het vegeteren in een rolstoel is alleen maar onwaardig.'

Ze zwegen. Ze vertoefden alle drie met hun gedachten bij de val die Wessel van zijn toekomst had beroofd en hem zelfs de necrologieën die hij verdiende onthield. Sibe vouwde zijn handen, liet zijn vingers kraken en zei met gepaste behoedzaamheid: 'Jullie waren erbij, hè?'

'Ik heb er zelfs een dag voor vastgezeten,' zei Stein heftig. 'Ze dachten dat ik hem een zet had gegeven.'

Hij had deze woorden nog niet uitgesproken of hij dacht: was het maar wáár! Had ik hem maar een zet gegeven, dan had ik tenminste zekerheid gehad, dan wist ik dat ik hem haatte en zijn ongeluk gewild heb.

'Kan het ook wat zachter?' vroeg een onvaste stem vanuit de ziekenboeg.

Stein zei: 'Die lul daar moest zo nodig tegen de politie vertellen dat ik moeilijkheden met hem had gehad.'

En Simon: 'Dat was toch ook zo?'

'Jezus,' zei Stein, 'moeilijkheden! Dat is toch doodnormaal als je met een paar man onderweg bent? Hebben jullie nooit moeilijkheden?'

'Ach ja,' zei Sibe ongemakkelijk. Hij vond het kennelijk maar een matig voorrecht om als getuige te worden opgeroepen in een zaak die hij niet kon overzien.

'Over de hygiëne bijvoorbeeld,' drong Stein aan.

'Geen echte conflicten,' zei Sibe.

'Er moet toch wel heel wat aan de hand zijn voordat je elkaar vermoordt, niet?'

'Dat neem ik aan ja.'

'Nou, die lul daar dacht dat ik hem vermoord had. Of in ieder geval dat dat mijn bedoeling was geweest.'

Simon verdedigde zich: 'Ik heb geen woord te veel gezegd; ik vond dat de politie het moest uitzoeken.'

'Gelukkig waren er wegarbeiders, die hadden gezien dat ik niet bij Wessel in de buurt was toen het gebeurde,' zei Stein. 'Ik zat beneden in de auto, hij stond hoog boven op de rotsen. Als die wegarbeiders er niet waren geweest had ik nu misschien nog wel vastgezeten. Dank zij mijn neef.'

'Hij was hartstikke jaloers,' legde Simon uit. 'We konden die nacht in Plasencia maar twee kamers krijgen en hij kon gewoon niet hebben dat Wessel liever bij mij op de kamer lag dan bij hem. Snap je?'

'Nee,' zei Sibe vastbesloten.

'Dan denk je er nog maar eens over na,' zei Simon.

Stein bloosde. Dit was een nieuw element in Simons verdenking en overrompelde hem volkomen. Later zou hij bedenken dat er een koffie-pot bij de hand was geweest om zijn neef naar het hoofd te slingeren. Dat had hij moeten doen. Blozen was als verweer ontoereikend.

'Ik kan het natuurlijk niet beoordelen,' zei Sibe. 'Ik ben er niet bij geweest. Gelukkig.'

Stein haalde adem, bedacht zich, haalde weer adem, bedacht zich nog een keer en flapte er toen uit: 'Als een van ons tweeën een flikker is ben jij dat Simon!'

'Ha!' riep Simon verheugd uit. 'Zie je nou wel? Ouwe gek!'

'Stil nou,' klaagde iemand vanuit de hoek. 'Ik heb toch al zo'n pijn in m'n harses.'

'Ja jongens,' zei Sibe, 'ik zie hier het nut ook niet van in. Jullie zitten elkaar gewoon vliegen af te vangen. Bovendien: het staat toch vast dat Otto geen schuld heeft aan... eh... wat er met Wessel is gebeurd? Godverdomme, dat iemand hem een duw zou hebben gegeven, alleen het idee al, walgelijk!'

'Zo denkt mijn bloedeigen neef over mij,' merkte Stein nog gauw even op.

'En daar heb ik alle reden voor,' zei Simon.

'Ik snap er niks van,' verzuchtte Sibe. 'Hoe bestaat het nou... als hij beneden zat en Wessel stond boven... hoe kan hij dan... eh, ja!'

'Dat snap ik ook niet,' zei Simon. 'Maar hij doet er zo raadselachtig over... hij wíl gewoon dat ik geloof dat hij er toch de hand in heeft gehad.'

'Je hoort het,' zei Stein, 'hij verdenkt mij nog steeds.'

'En nou is het afgelopen!' riep Bouke. Hij stond recht overeind. Zijn magere ribbenkast zwoegde. Zijn vuisten bungelden gebald maar krachteloos langs zijn dijen. 'Stelletje asocialen! Wij zijn ziek, wij zijn beroerd, wij willen slapen!'

De rest van zijn woorden ging verloren in een gekwelde snik. Als een losgelaten marionet knakte hij in elkaar op zijn matras. Bibberend kroop hij in zijn slaapzak.

'Ja jongens, dit is werkelijk te gek,' zei Sibe zacht. Hij ging naar buiten om te pissen. Simon draaide Stein zijn rug toe en rommelde wat in zijn fototas.

Stein glimlachte. Hij kon er niets aan doen, die glimlach was er gewoon. Het besef dat hij als enige ter wereld op de hoogte was van de ware toedracht van Wessels ongeluk gaf hem kracht. Natuurlijk, hij (Stein) had gefaald in zijn toewijding, maar evenzeer had hij (Wessel) gefaald in zijn soevereiniteit. Wie sprak hier van schuld? En maar glimlachen.

Ook het verloop van de woordenwisseling zojuist stemde hem voldaan. Het aardige was dat hij zijn neef gedwongen had het achterste van zijn tong te laten zien en dat deze zichzelf daardoor in diskrediet had gebracht. Mochten de rollen ook eens omgedraaid zijn?

Hij zette zijn kiezen op elkaar en scheurde voorzichtig de bladzijde met *Otto's oorlog* uit de bundel. Hij vouwde het gedicht op en stak het in zijn borstzak. Dat kon niemand hem afnemen! Stilletjes wrikte hij het boekje terug in de stapel.

Hij duwde zijn rug hard tegen het beton, hield zijn hoofd scheef en concentreerde zich op zijn halswervels. Zo probeerde hij zich voor te stellen hoe het was om een gebroken nek te hebben. Deed het pijn? Of was er alleen maar het verlammende besef dat je geen gevoel meer had?

Hij opende en sloot zijn mond als een goudvis en fantaseerde er ezelachtige geluiden bij. Als klap op de vuurpijl bekeek hij zichzelf even door de ogen van een ander, waardoor hij tot de slotsom kwam dat hij een tamelijk komische aanblik bood.

Misschien was het de bedoeling dat hij Wessels plaats innam.

Die nacht werd hij op zijn huid gezeten door Goering en Hitler samen.

Hij bevond zich in een kamp. Onverbiddelijke zoeklichten, blaffende bloedhonden, Germaanse commando's.

Ga nou maar, zei zijn vader. Nooit, zwoer hij, hoewel hij wist dat hij zou gaan.

Zijn vader stonk naar zweren.

En hij ging. Langs doodse barakken, over knarsende pleinen, door bodemloze weteringen. De jacht was geopend. Een vuurstoot. Een kreet die opsteeg en als een wolk voor de maan schoof.

'Vader,' mompelde hij.

Hij wist dat hij het niet zou halen. Je kon het in je eentje niet bol-werken tegen het Derde Rijk. Angst. De weerzinwekkende keuze tus-sen hoop en berusting. Een uil die medelijden met hem had en mis-schien kon helpen. De vage gedachte dat het maar een droom was. De zekerheid dat het verraad aan zijn vader geen droom kon zijn – dat was werkelijkheid.

Prikkeldraad scheurde zijn hemd open en beschadigde het papier dat hij op zijn borst bewaarde. Glimmende laarzen en krakende leren jas op het pad. Hij verborg zich ijlings onder een struik, die er zoëven niet was geweest en dus ieder moment ook weer verdwijnen kon.

'Volgens mij ligt hij onder die struik daar,' zei Goering listig.

Hitler keek op zijn horloge en Goering lichtte hem bij met een knijp-kat (wat Stein verwonderde, want hij dacht dat leiders van hun postuur wel een staaflantaarn zouden gebruiken). Heel even viel het schijnsel op het smalle snorretje. De beide idealisten verdiepten zich in Hitlers hor-loge.

'Die komt niet ver,' zei de Führer rustig. Met een vlakke hand maak-te hij een gebaar over zijn keel.

Ze stonden zo dichtbij dat Stein hun schoeisel kon aanraken. Hij wou dat hij wist hoe laat Hitler het had.

Het zweet gutste van zijn lijf. Hij ritste zijn slaapzak open en ging, meer dood dan levend, rechtop zitten.

'O Jezus, ze hebben me gevonden!'

Handenwringend zat hij in het donker. Pijnscheuten alsof er een mes in zijn borst gestoken was.

Wanhopig zocht hij troost bij de gedachte hoe onwaarschijnlijk het was dat Hitler en Goering ooit de naam van de Banc d'Arguin op hun lippen hadden genomen.

6 *Montfragüe*

De Extremadura, de bakermat van de conquistadores, een van de rijkste natuurgebieden van Europa. Binnen drie dagen ben je er zo overvoerd met indrukken, dat je amper nog opkijkt voor een blauwe ekster, een hop, een raaf of een rode wouw. En dan val je vanzelf terug op de beproefde vormen van amusement.

'Je kunt het zo gek niet bedenken of het is geprobeerd,' zei Simon om de rit te bekorten. 'Ik heb een zwager die chirurg is en af en toe dienst doet op de eerste hulp. Laatst kreeg hij een pater te behandelen met een gloeilamp in zijn anus.'

'Dokter mijn lamp is kapot, wilt u er even een nieuwe indraaien,' zei Wessel.

'Het arme patertje had een heel ingewikkeld verhaal. Dat ie op een tafel geklommen was om een lamp te vervangen en toen gevallen was. Of zoiets. Maar dat was nog niets vergeleken bij het verhaal van de man die zijn pik in een motorblok stak en hem er niet meer uit kon krijgen doordat hij was opgezwollen.'

'Wat doe je in zo'n geval? Eigenlijk moet je dan naar een garage, lijkt me.'

'Je hijst het hele handeltje op een kruiwagen en wandelt op je gemak naar het ziekenhuis.'

'Ik heb eens gelezen over een feestje in Hollywood in de jaren dertig. Toen hebben ze bij een jonge actrice een fles in haar vagina gewrongen. Die fles is gebroken en het meisje doodgebloed. Het schijnt dat John Wayne daarbij aanwezig is geweest en dat ze het daarom jarenlang stil hebben gehouden.' Wessel pauzeerde even, maar zijn verbeeldingskracht werkte door. 'Je moet in een vagina aardig wringen om een fles kapot te krijgen,' zei hij.

'Misschien zat er al een motorblok in haar kut,' zei Simon.

Stein beperkte zich tot het besturen van de Chrysler. Hij had zich voor deze reis een toeschouwersrol toegemeten. Hij zou aanwezig zijn, verder niets. Het zou volstaan Wessel te zien en te horen.

'Chagrijnig?' informeerde Simon.

'Helemaal niet,' antwoordde Stein.

'Je zegt niks.'

'Wat moet ik zeggen dan?'

'Ja, dat zou ik ook niet weten,' zei Simon bits.

Stein besefte dat je in een toeschouwersrol slechts werd geduld als je van tijd tot tijd applaudisseerde.

Ten zuiden van Medellin, de geboorteplaats van Hernando Cortez, strekte zich een lieflijk glooiend landschap uit, waarin het donkergroen van weelderige steeneiken fraai harmonieerde met het bruin van geploegde akkers.

Ze verlieten de asfaltweg en volgden een uitgedroogd karrespoor het land in. Toen de bodem van de Chrysler op de rug van het pad klapte, bracht Stein de wagen tot staan. 'In dit terrein heb je een landrover nodig,' zei hij.

'Laat mij maar rijden,' zei Wessel.

Terwijl ze van plaats verwisselden zag Stein tegen een heuvel de rode schicht van een vos, maar hij zei niets.

Langzaam gingen ze verder. De Chrysler protesteerde kermend tegen de bokkesprongen die hij moest maken. Stein noteerde op de balans dat Wessel geen indrukwekkend terreinrijder was.

Zodra Simon *halt* riep, trapte Wessel op de rem. Simon ging dan met zijn camera uit het raam hangen of opende het portier en sjokte over de akkers naar een bosje steeneiken. Vanuit de auto werden zijn bezigheden in het veld aandachtig gevolgd. Wessel glimlachte en zei: 'Wat een gozer is het ook!'

Het resultaat was onveranderlijk dat Simon een groep kraanvogels verjoeg. De schuwe, bijna manshoge vogels ontvouwden hun vleugels en gingen aan de haal. Scherp afgetekend tegen de blauwe winterlucht hadden ze het formaat van een tweepersoonsdeken. Hun trompetterende roep kaatste over de heuvels.

'Ze hebben een verlengde luchtpijp,' doceerde Wessel, 'en in het borstbeen zijn holtes uitgespaard, die een krachtige klankkast vormen. Veel vogels die in de vlakte leven hebben een sterke behoefte om elkaar te kunnen horen.'

Als Simon weer instapte vroeg Wessel of het gelukt was en dan reden ze door tot het volgende *halt*. In korte tijd was de hemel bedekt met het grijs van vluchtende kraanvogels.

Stein schaamde zich. 'Ik dacht,' kon hij niet nalaten te zeggen, 'dat je van plan was een internationale actie te organiseren om de kraanvogels te beschermen.'

'En wat doet je nu denken dat dat niet zo is?' vroeg Wessel.

'Het lijkt me niet dat we het goede voorbeeld geven. We verstoren ze enorm.'

'Godverdomme,' zei Simon, 'hoe wou je ze dan fotograferen? Jij zit daar maar een beetje op je luie reet, maar van mij wordt toevallig wel verwacht dat ik met goed materiaal thuiskom.'

'Gratis kritiek,' zei Wessel. 'Daar kopen we weinig voor.'

'Sorry,' zei Stein, omdat hij van zijn toeschouwersrol was afgeweken.

En de Chrysler zeulde verder. Zo waren ze ongeveer twee uur in de weer toen Simon een ontdekking deed. Hij haalde zwaar adem, wiste het zweet van zijn voorhoofd en boog zich over zijn camera. 'Ik begrijp iets niet,' mompelde hij. 'Ik zit aldoor op een duizendste seconde. Dat kan gewoon niet goed zijn. Misschien is de computer kapot.' Een ruk hier en een mep daar brachten hem tot de slotsom dat de telelens niet deugdelijk op de camerabody bevestigd was. Verslagen liet hij zijn hoofd tegen de deurstijl zakken. 'Misschien is er licht bij gekomen.'

'Alles mislukt?' vroeg Wessel.

'Zelfs dat is niet zeker. Alles kan mislukt zijn, maar het hoeft niet. O God, waarom zit het me altijd zo tegen?'

'O God,' praatte Wessel hem na, 'hoe slaag ik er toch altijd in om zulke mooie reportages te maken?'

'Mooi?' zei Simon schamper. 'Ik heb nog nooit iets moois gemaakt.'

Wat een komediant, dacht Stein. Had Wessel Simon nou maar één keer afgedroogd zoals hij hem altijd afdroogde.

Even de benen strekken, even een hapje eten. De zon was net warm genoeg om zonder jas buiten te zitten.

Wessel vertelde hoeveel moeite het hem had gekost om zich los te maken van zijn vader en de kerk. Het waren smartelijke en destructieve jaren geweest en lang had hij gewanhoopt of de zaken nog ooit ten goede zouden keren.

'Ik begrijp dat niet,' zei Simon. 'Ik was achttien toen ik voor het eerst van Jezus hoorde en ik was stinkend jaloers op de mensen die met al die spannende verhalen zijn grootgebracht.'

'Precies!' Wessel bewasemde zijn brilleglazen en maakte ze schoon met de zeemleren lap die Simon hem aanreikte. 'Jij hebt dus nooit ervaren hoe je door het geloof kunt worden geterroriseerd.'

'Bovendien,' zei Simon, 'heb ik het altijd prima kunnen vinden met mijn vader.'

'Weet je dan wel zeker dat je volwassen bent?'

'Ik denk eerder dat de lui die met hun vader overhoop liggen niet volwassen zijn geworden.'

'Ik heb tegenwoordig een heel goeie verstandhouding met mijn vader. We respecteren elkaar. Hij leest mijn gedichten en beweert dat hij ze mooi vindt. Af en toe gaat hij zelfs met mij mee om vogels te kijken. Maar dat is dus pas van de laatste jaren, sinds ik mijn draai gevonden heb.' Wessel hield zijn bril tegen het zonlicht, wendde zich tot Stein en zei: 'Wanneer begon jouw leven leuk te worden, Otto?'

Stein zat vast aan zijn toeschouwersrol. Bovendien begreep hij best dat deze vraag eerder door beleefdheid dan belangstelling werd ingegeven. Zonde van de moeite om over een antwoord na te denken. En jawel, daar vonden ze alweer iets anders om hun intelligentie aan te toetsen.

Aan een afrastering hing, zoals Simon ontdekte toen hij zich even afzonderde, een dode griel. De geheimzinnige geelbruine vogel had de domheid begaan een van zijn tenen vast te pinnen aan het prikkeldraad en was verhongerd. De kleur van het vlies over zijn ogen was gebroken wit.

Ze bekeken hem van alle kanten en Wessel zei: 'Ik zal een gedicht over hem schrijven, dan is het toch nog ergens goed voor geweest. Jongens, ik kan jullie de poëzie van harte aanbevelen. Als dichter ben je onkwetsbaar. Er is geen betere remedie tegen ellende en narigheid dan de gedachte: ik kan er altijd nog een gedicht over schrijven.'

Wat een komediant, dacht Stein. De dichter/bioloog zou verdomd goed op zijn tellen moeten passen. Zijn voetstuk vertoonde de eerste barsten.

Tegen zonsondergang verlieten ze het gebied met de steeneiken om over te steken naar een steile heuvel, van waar ze een weids uitzicht hadden over de omgeving. Een golvende, vaalbruine vlakte, begrensd door rafelige bergkammen. Een ommuurde boerderij, die al vele generaties had zien komen en gaan. Een geitenhoedershut. Een stofpluim achter een tractor.

Wessel meende ergens een havikarend te zien zitten, maar het bleek een roestig bord te zijn. Stein keek naar de geiten, die over de gevaarlijke helling klauterden en nooit een misstap schenen te begaan.

Simon zei: 'Spaanse mannen stropen de haren van een geiteoog om hun pik als ze neuken.'

'Daar zie ik de lol niet van in,' liet Stein zich ontvallen.

'Jij niet, maar een vrouw wel,' zei Wessel grijnzend.

En Stein vroeg zich af of hij Simons invloed niet moest neutraliseren voordat hij kon nagaan hoe het met het voetstuk van Wessel gesteld was.

Het werd koud. Ze stampten met hun voeten en bliezen in hun handen. Plotseling weerklonk het aanzwellende geschal van kraanvogels. In reusachtige v-formaties doemden ze op uit het laaiende avondrood. Vanuit het dal kregen ze schetterend antwoord van hun soortgenoten die al waren neergestreken voor de nacht. *Hier moet je zijn, hier is het oké.*

Sommige groepen vlogen recht op de heuvelpunt aan, maar zodra ze de drie Hollanders in het oog kregen, weken ze uit. Simon gebruikte een schouderstatief om de lange sluitertijden te ondervangen en bewoog zijn telelens mee in de vliegrichting om bewegingsonscherpte te voorkomen. Hij klaagde dat het zweet uit zijn wenkbrauwen op de zoeker droop

Wessel zei: 'Je hoeft hier maar één weg aan te leggen en hun slaapplaats is verloren. Je hebt vandaag kunnen zien hoe schuw ze zijn.'

Meer dan tweeduizend kraanvogels passeerden die avond het clownsgezicht van de maan. De volle maan van februari was de mooiste volle maan van het jaar.

Laten we weggaan, dacht Stein telkens. Hij wilde zich niet hechten aan taferelen die hoe dan ook weldra tot het verleden zouden behoren. Begrepen ze echt niet dat schoonheid pijn deed?

De muren van zijn cel in de parador, een als hotel in gebruik genomen klooster in Mérida, dreigden hem te verpletteren. Daarom zocht hij zijn toevlucht tot het lot om te bepalen hoe het tussen Wessel en hem zou aflopen.

Als hij op zijn tenen ging staan kon hij door een halfrond raam naar buiten kijken. Daar lag een pleintje met sinaasappelbomen; in het licht van de straatlantaarns leken de vruchten van steen. Als binnen vijf minuten een auto langskwam zou alles goedkomen. Zelfs na tien minuten had zich echter nog geen auto vertoond. Maar misschien was het pleintje afgesloten voor verkeer. Dus verklaarde hij de uitslag ongeldig.

Daarna hield hij een krachtmeting met zijn horloge. Als hij met zijn ogen dicht een minuut kon aftellen was er geen vuiltje aan de lucht. Hoewel hij zichzelf een marge van vijf seconden toestond, gokte hij finaal fout. Proef mislukt door een ongelijke verdeling van kansen.

Kop of munt. Kop bracht geluk, munt niet. Het werd munt en hij vroeg zich af wat hij ook alweer had afgesproken. Nog een keer munt. Allemaal bijgeloof natuurlijk.

Zuchtend trok hij zijn schoenen aan om naar Wessels kamer te gaan.

Ze dronken Spaanse brandy, die beslist niet kwaad was, en haalden herinneringen op aan Turkije en Senegal, waar ze het enorm naar hun zin hadden gehad. Omdat de drank zijn verlangen om erbij te horen aanwakkerde, liet Stein zich niet geheel onbetuigd. Ze hadden een bruin leven met z'n drieën. Ieder speelde zijn rol en voelde de rol van de anderen perfect aan. Een heerlijk stel waren ze.

Het samenzijn werd besloten met een voorbeschouwing op de volgende dag. Ze zouden naar het noorden vertrekken, naar het dal van de Taag waar het miegelde van de arenden en gieren. Jesús Arconáda, de man die hun ook de weg had gewezen naar de kraanvogels, zou ze gidsen.

Stein vond Arconáda een prettige vent. Hij kon je zo verwonderd aankijken als je *Jezus!* riep omdat je iets bijzonders zag.

'Maar jongens,' zei hij, 'we kunnen hem natuurlijk niet in z'n eentje met de jeep vooraan laten rijden en zelf met z'n drieën in de Chrysler kruipen.'

'Waarom niet?' vroeg Wessel, die op zijn bed zat.

'Het lijkt me aardiger als een van ons met hem meerijdt.'

'Ik niet,' zei Simon, die aan de kaptafel zat. 'Ik word stapelgek van die kerel.' Zijn bezwaar was dat Arconáda aanhoudend Spaanse liederen zat te zingen en van tijd tot tijd degene die naast hem zat een mep op zijn schouder gaf.

'Zo eenkennig ben je toch niet?' zei Stein.

'Huh.' Simon trok een vies gezicht.

'Wat verdacht preuts opeens.'

'Ik moet fotograferen, dus ik ga in onze auto.'

'Ik wil ook niet in de jeep,' zei Wessel.

'Ik wil écht niet in de jeep,' zei Simon.

'Ik wil ook écht niet in de jeep.'

'Ik wil écht echt niet in de jeep.'

'Ik wil ook écht echt niet in de jeep.'

Ze lagen krom van het lachen.

'Dan ga ik toch in de jeep,' zei Stein terwijl hij opstond en naar de deur liep. 'Wat een zeikers!' Hij trilde van woede en verontwaardiging.

Later kwam Simon op zijn kamer vragen of hij nou écht boos was en waarom.

'Ik heb nu geen zin om te praten,' zei Stein mokkend.

'Dan praten we er morgen over,' zei Simon. 'Welterusten.'

Nog later was het ochtend en stonden ze klaar om te vertrekken. Toen Stein zijn spullen in de Ebro Comando S zette, nam Wessel hem terzijde en zei: 'We moeten nog afspreken wie er in de jeep gaat.'

'Dat hebben we toch afgesproken?' reageerde Stein.

'Jeetje, dat kun je geen behoorlijke besluitvorming noemen,' vond Wessel.

Stein hield voet bij stuk: hij ging in de jeep. Anders had hij voor niets de hele nacht wakker gelegen.

2

Nadat ze de geit van het imperiaal hadden getild, maakte Jesús Arconáda het touw los waarmee een cementzak over haar kop was gebonden. Nu zagen ze de inkeping in de strot waardoor het dier was gedood. Ze legden het nog warme kadaver op een open plek tussen de struiken en Arconáda zei: 'Ik zal straks de buik opensnijden en de darmen eruit trekken, dat vinden de gieren een prettig gezicht.'

Hij liep naar de schuilhut, trok een oud tafelkleed opzij en liet Simon naar binnen kruipen. Op aanwijzing van de fotograaf versleepten ze de geit een eindje, zodat de gieren niet te dichtbij zouden zijn voor het 600 mm objectief. Ondertussen begon het te schemeren. Volgens Arconáda moesten ze opschieten als ze niet te laat wilden aankomen in Plasencia, de dichtstbijzijnde stad met een hotel. Hij drukte hen op het hart de volgende dag hun tijd niet te verslapen en vouwde het mes open waarmee hij de ingewanden van de geit zou blootleggen.

De drie Nederlanders begaven zich naar de Chrysler. Stein voelde zich wel schuldig tegenover de geit, maar de vreugde over het welslagen van zijn plan overheerste.

Dit plan was geboren in de afzondering die ze hem willens en wetens hadden opgelegd.

Zodra hij die ochtend zijn Ebro startte, hief Arconáda een tango aan. Hij manoeuvreerde de jeep door de smalle straten van het stadscentrum en wees, zonder zijn hartverscheurend gejammer te onderbreken, naar een muur waarop de pijlenbundel van de Falange was gekalkt. Stein ontcijferde de leus: *Vrijheid voor Rudolf Hess.*

Arconáda, bezoldigd medewerker van het Wereldnatuurfonds, had de eeltige handen en de rode gelaatskleur van een boerenzoon. Onder zijn legerjek droeg hij een olijfgroene corduroy broek, waarvan de pijpen te kort waren. Grijsrood geblokte sokken in afgetrapte schoenen. Hij sprak Duits, waarbij hij, anders dan de meeste Duitsers, de moeite nam zijn lippen te bewegen, zodat hij goed te verstaan was. Zijn optreden was doortastend en deskundig.

Zijn grootste zorg betrof de ondergang van de steeneik. Op grote schaal was deze boom ten offer gevallen aan de nieuwe tijd, zoals die zich manifesteerde in een geforceerde omschakeling van veeteelt op landbouw en een grootscheepse aanplant van eucalyptus, die een verwoestende uitwerking had op het milieu, maar een aantrekkelijk rendement opleverde voor de papierindustrie.

Verder was er de droogte. Ze beleefden de droogste winter van de eeuw.

Toen ze Mérida achter zich hadden gelaten vestigde Arconáda Steins aandacht op de verstikkende bruine tinten in het landschap. 'Een ramp,' zei hij. 'De Extremadura zou nu groen moeten zijn en bezaaid met

bloeiende planten, maar alles is dor en doods. Veel boeren kappen de
eiken op hun land om wat extra's te verdienen aan de houtskool.'

Weerloze eiken.

Over zijn schouder kijkend zag Stein de gezichten van Wessel en
Simon achter de voorruit van de Chrysler. Ze schenen zich best te
vermaken. Met groeiende ergernis bedacht hij dat hij ze veel te makkelijk hun zin had gegeven. Waarom moest híj altijd de minste zijn? Die
luxewagen reed daar nota bene op zíjn kosten!

Arconáda zong over een uitzichtloze liefde. Of zoiets.

Op een gegeven moment reed hij de jeep de berm in. Simon en
Wessel deden hetzelfde met de Chrysler en stapten uit. Gevieren liepen
ze het terrein in. Een onafzienbaar veld met gerooide eiken. Overal op
bossen gegooide takken en in mootjes gezaagde stammen. Overal vogeltjes die in deze bomen hun bestaan hadden gevonden en nog niet
begrepen dat ze hun heil maar ergens anders moesten gaan zoeken.
Kruipers, klevers, verschillende mezensoorten. Vedergewichten die
geen mens kwaad doen.

'Het lijkt wel oorlog,' zei Stein, die het vergelijkingsmateriaal voor
zulke beelden altijd bij de hand had. 'Het lijkt wel alsof er een artillerie-
beschieting is geweest.'

'Of een bombardement,' vulde Wessel aan.

Ja, het bombardement op Rotterdam in miniatuur. De ongebreidel-
de agressie tegen elke vorm van leven. De permanente oorlog tegen de
omgeving.

Arconáda raapte een eikel op, spleet hem met zijn duimnagel en zei:
'Proef eens.'

Voorzichtig zette Stein zijn tanden in het zachte vruchtvlees. Hij
werd verrast door de zoete smaak. 'Net een tamme kastanje,' zei hij.
Alleen de nasmaak was wat wrang.

'Deze eikels vormen 's winters het hoofdvoedsel voor de kraanvogels,' zei Arconáda. 'Ze zijn ongelooflijk voedzaam. Vroeger werden
in deze bossen varkens gehouden en hadden de boeren er belang bij de
steeneiken goed te onderhouden. Onze eigen varkensrassen hebben
echter plaatsgemaakt voor Amerikaanse, die gevoerd moeten worden
met Amerikaanse granen. De varkens zijn weg, de eiken gaan weg en
de kraanvogels zullen wel volgen.'

Nadat Simon de nodige foto's had gemaakt gingen ze verder. Stein propte zijn handen in zijn broekzakken en schopte een steentje weg om maar niets te laten merken van de afgunst waarmee hij de jongens in de Chrysler zag stappen.

Naarmate ze het stroomgebied van de Taag naderden werd het landschap ruiger. De eerste gieren en arenden vertoonden zich. Arconáda liet zich niet van de wijs brengen door Steins enthousiasme en somde monotoon op wat er verloren was gegaan: daar had een boom gestaan met het nest van een monniksgier, die struiken waren het jachtgebied geweest van de lynx, hier had de wolf geleefd en ginds de genetkat. Het werd allemaal zonder veel nadruk gezegd, de voltooid verleden tijd was op zichzelf sinister genoeg. Stein popelde om de conversatie een andere draai te geven.

'Dit is toch het gebied waar de beroemde natuurfilms van De la Fuente zijn gemaakt?' zei hij.

Arconáda knikte. 'Zeker! Rodriguez heeft veel goeds gedaan voor de natuurbescherming in ons land. Wat natuurlijk niet wil zeggen dat hij geen kunstgrepen heeft toegepast om zijn dramatische opnamen te kunnen maken. Hij zag bijvoorbeeld een havikarend vliegen en liet een konijn los om te filmen hoe de vogel zijn prooi slaat. Voor alle zekerheid had hij van het konijn wel eerst een poot gebroken.'

'Hm,' zei Stein omdat hij niet onmiddellijk zijn goed- of afkeuring wilde laten blijken.

Arconáda haalde zijn schouders op. 'Wat moet je ervan zeggen? Konijnen genoeg niet waar?'

Het was buitengewoon stil op de weg en de Spanjaard vertelde over een Engelse cameraploeg die de bergen introk om gieren te filmen.

'Ze zouden een ezel gebruiken als aas en omdat ze geen dode ezel konden vervoeren schaften ze een levende aan. Een van de Engelsen ging met het beest naar boven, de anderen zouden met de auto volgen. Na een lange wandeling zijn die ene Engelsman en dat ezeltje boven, maar de auto komt niet. Ik neem hem niet weer mee terug, denkt de Engelsman. Dus hij pakt een steen en slaat de ezel zijn hersens in. Heb je wel eens geprobeerd een ezel de hersens in te slaan? Dat karwei moet je je dus niet al te eenvoudig voorstellen; de Engelsman zat van top tot teen onder het bloed. Goed, hij naar beneden, waar hij hoort dat de anderen pech hebben gehad met de auto. De volgende dag gaan ze natuurlijk weer naar boven, want daar lag de ezel al klaar. Wat denk je?

Met huid en haar door de gieren verslonden en geen gier meer te zien.'
Hij wachtte even alvorens te concluderen: 'Je weet met gieren nooit
wanneer ze komen.'

'Hm,' zei Stein.

Arconáda haalde zijn schouders op. 'Wat moet je ervan zeggen?
Ezels genoeg niet waar? En de gieren zullen er best blij mee geweest
zijn.'

'Hoe staan de kansen hier voor de gieren?'

'Slecht genoeg om ze een handje te helpen.'

'Het vrije veld levert genoeg kadavers op?'

'De herders uit de omgeving beginnen oog te krijgen voor de situatie en als ze een dood schaap of een dode geit hebben, krijg ik een
seintje. Dat aas leg ik uit op vaste plekken. In het reservaat van de
Montfragüe is ook zo'n voederplaats waaraan ik de gieren probeer te
wennen. Daar heb ik een schuilhut bij gebouwd en als ik gasten heb die
me te veel tijd kosten zet ik ze in die hut. Ik kan niet garanderen dat er
gieren verschijnen, maar ik ben ze tenminste een dag kwijt.'

'Krijg je vaak mensen zoals wij?'

'Het Wereldnatuurfonds stuurt nogal eens iemand.'

De jeep rammelde en schudde en stonk. Stein voelde zich gerad-
braakt, hij had last van een schrijnende zure prop onder zijn borstbeen.
Maar elk ongemak verdween toen hij een idee kreeg om Wessel en
Simon van elkaar te scheiden.

'Die schuilhut,' zei hij, 'dat zou iets voor Simon zijn.'

'De fotograaf?' vroeg Arconáda.

'De fotograaf ja. Gieren in actie. Daar zou hij een moord voor doen.'

'Maar het kan dagen duren voordat ik een dode geit te pakken heb.'

'Het kan alleen morgen nog; overmorgen gaan we terug naar Ma-
drid.'

'Dan zou ik vanmiddag nog een dode geit moeten vinden…'

'Of maken,' suggereerde Stein. En omdat hem dit wat al te laconiek
in de oren klonk, voegde hij er vlug aan toe: 'Of is dat niet gebruikelijk?'

'Gebruikelijk of niet, de gieren zullen je eeuwig dankbaar zijn,' verzekerde Arconáda.

Stein keek achterom en stak zijn duim op tegen zijn kameraden.
Simon zwaaide, Wessel knikte.

Langs een steile bergflank dook de weg de kloof van de Taag in. Arconáda stak zijn arm uit het raam en bewoog zijn hand op en neer om te beduiden dat hij ging stoppen. De Chrysler stopte ook. Een schrale wind blies door de pas en maakte het verbijsterend koud.

Aan de andere kant van de modderbruine rivier rees een loodgrijze wand op, waarvan alle richels en uitsteeksels bezet werden door vale gieren. De kale nekken waren opgeborgen in hun witte bontkraagjes. Een van de vogels zat al op het nest en hield met een schuin oog haar soortgenoten in de gaten die moeiteloos rondzeilden op de stijgwinden.

'Verrek,' zei Wessel, 'ik hoor een blauwe rotslijster.'

'Klopt,' zei Arconáda, 'daar zit ie.'

'Ik heb geregeld…' begon Stein, maar Simon had het te druk met fotograferen om te merken dat iemand het woord tot hem richtte.

Nu wees Arconáda omhoog langs de rotswand waar ze min of meer onder stonden. 'Daarboven ligt de ruïne van de Montfragüe,' zei hij. 'Van daaruit heb je het beste uitzicht. Als je nog tijd hebt…'

Morgenvroeg, nam Stein zich voor.

Je moest je hoofd in je nek houden om de gekartelde bovenkant van de rots te kunnen zien. Het was alsof hij linea recta de hemel in priemde.

Duizelig sloeg Stein zijn ogen neer. Hij klampte Simon aan en zei: 'Ik heb een goed idee om gieren te fotograferen: Jesús heeft een voeder-plaats met een schuilhut en als we daar nou een dooie geit neerleggen, dan kun jij…'

Hij was voorbereid op een stortvloed van bezwaren en uitvluchten, maar Simon hapte zonder aarzelen toe. Het vooruitzicht van dramati-sche foto's vormde voor hem een onweerstaanbaar aas.

Ze reden over de dam van een krachtcentrale en vervolgden hun weg langs een stuwmeer. Een eindje verderop lieten ze de Chrysler aan de kant staan.

Over een brokkelig pad hobbelde de jeep een heuvel op. Arconáda zong uit volle borst en tastte naar achteren om Simon in zijn knie te knijpen en te vragen of alles naar zijn zin was. De fotograaf verstijfde. De Spanjaard gaf Stein een knipoog en deze besefte dat hij niet zo argeloos was als hij eruit zag.

Toen de jeep tot stilstand kwam, werden ze omringd door geiten. Van alle kanten kwamen ze op de auto toelopen. Hun gemekker verried een mengeling van nieuwsgierigheid en wantrouwen.

'Jullie blijven zitten,' zei Arconáda voordat hij uitstapte, 'dit handel ik liever alleen af.'

Op de drempel van zijn krot verscheen een schilderachtige oude geitenhoeder. Hij begroette Arconáda met een bruusk handgebaar, accepteerde een sigaret en wierp een blik op de inzittenden van de jeep. Plotseling kwam het Stein volslagen belachelijk voor om een geit op te offeren aan de natuurfotografie. De oude man zou hun voor gek verslijten.

'Achter die voederbak,' zei Wessel, 'bovenop dat struikje – zie je hem?'

'Ja,' zei Simon.

'Ja,' zei Stein. Hij stelde zijn Leitz in, maar werd gehinderd door de slechte optische kwaliteit van de voorruit.

'Wat is het?' vroeg Wessel.

Simon eerst, dacht Stein, maar omdat Simon er het zwijgen toe deed besloot hij de gok toch maar te wagen. 'Een paapje,' zei hij.

'Niet gek,' vond Wessel. 'Het is een roodborsttapuit.'

'Zat ik toch in de buurt.'

'Zoals ik zei: niet gek. Je maakt vorderingen.'

Arconáda rukte het portier open, zette zijn voet op de treeplank en legde zijn hand op zijn knie. 'Vijfentwintighonderd peseta,' zei hij en hij scheen te verwachten dat het plan daarmee van de baan was.

'Vijfenzestig gulden,' berekende Stein terwijl hij het geld uittelde.

Wessel vermoedde iets. Hij zag Arconáda en de oude man achter de hut verdwijnen en begon onrustig heen en weer te schuiven. Opeens stoven de geiten uiteen. Ze hadden de jeep als voorwerp van hun belangstelling verruild voor het gebeuren achter de hut, maar werden daar niet geduld. Drie, vier nijdig blaffende honden joegen de beesten de helling af.

Ze mogen niet zien dat hun herder een moordenaar is, schoot door Stein heen.

'Verdomme,' riep Wessel uit, 'ze gaan er een slachten!'

'Snap je dat nou pas?' vroeg Simon en zijn stem maakte duidelijk dat het ook hem niet lekker zat.

Stein verzekerde dat ze een oude geit hadden uitgezocht, die vandaag of morgen toch naar de slager zou zijn gegaan. Toch had Wessel het er moeilijk mee. Hij vond het een lugubere gedachte dat achter dat wrakke hutje voor hun gerief een levend wezen werd gedood.

Wat kan jou dat schelen, dacht Stein, je kunt er toch een gedicht over schrijven?

Hij schraapte zijn keel. 'Jesús zei dat het heel gewoon was en dat de gieren ons dankbaar zouden zijn.'

'Je moet een kwitantie vragen,' adviseerde Simon, 'dan kun je het aftrekken voor de belasting.'

'Zweer me dat je hierover nooit iets tegen Carla zegt,' eiste Wessel.

Met deze uitlating bevestigde hij Steins vermoeden dat hij en Simon nu ook buiten hun reizen om met elkaar bevriend waren en in Nederland met elkaar omgingen. Jaloers, natuurlijk. Maar hij zou de volgende dag Wessel voor zich alleen hebben, urenlang met hem doorbrengen zonder de destructieve aanwezigheid van zijn neef. Dat vooruitzicht vergrootte zijn incasseringsvermogen.

Arconáda en de oude man kwamen aandragen met de geit, waarvan de kop verpakt was in een cementzak. Ze zouden het boze dode oog pas te zien krijgen op de voederplaats voor de gieren.

3

Het personeel achter de balie van hotel Alfonso VIII was druk in de weer met sleutels, formulieren en telefoontoestellen. Het zag er allemaal heel professioneel uit. Wessels plompverloren vraag of hier Frans gesproken werd had op de bedrijvigheid echter een verlammende uitwerking. Men verstarde, verstomde en sloeg zijn ogen neer. Vervolgens werd uit deze impasse een Babylonische spraakverwarring geboren.

Stein hield zich achteraf. Hij sloeg zijn armen over elkaar en nam de pose aan van iemand die met het bewaken van de koffers is belast.

De aankleding van de lounge was benauwend kitscherig. Het laatste vonkje oorspronkelijkheid was gesmoord in fluweel, boenwas en vergulde ornamenten. Je poriën zouden door deze protserige overdaad verstopt raken.

Wessel draaide zich om en zei: 'Er zijn nog maar twee kamers vrij.'

'Geen probleem,' zei Simon.

'Wat mij betreft ook niet,' zei Wessel.

Het resultaat was dat Stein op de tweede verdieping in z'n eentje uit de lift stapte, terwijl zij samen doorgingen naar de derde.

'We waren eens in een stadje in Zuid-Italië voor een reportage over de hulpverlening na een aardbeving – al het geld was in de zakken van de mafia verdwenen – en er was geen moer te beleven, maar op een avond ontdekten we dan toch een bordeel. In een knusse huiskamer zitten een paar oude mannetjes naar de tv te kijken. We gaan erbij zitten en worden na een tijdje meegenomen door twee hoeren. Ik heb natuurlijk weer eens mazzel, die van mij is één brok chagrijn. In een klam kamertje begin ik me uit te kleden, maar die hoer verbiedt me mijn sokken uit te trekken. De rest kon niet schelen, maar mijn sokken moest ik aan houden! Ik denk *stik de moord*, knoop mijn broek dicht en ga terug naar de huiskamer. No atmosferio hé?, zeggen de oude mannetjes terloops. En we hebben heel gezellig naar de tv zitten kijken.'

Toen ze waren uitgelachen nam Simon een grote slok wijn. Wessels ogen glinsterden achter zijn brilleglazen.

Alles wat de lounge te veel had, kwam het restaurant van het hotel te kort. De sfeer was er niet behaaglijker dan in een gymzaal en de bediening was stug. Dodelijk vermoeide diensters sloften heen en weer op platte zolen. Of het nu vreemdelingenhaat was of gêne over het taalprobleem, ze lieten de Nederlanders links liggen.

Stein ergerde zich aan zijn tafelgenoten. Wat zijn neef te vertellen had liet hem koud, maar Wessels bijdragen toonden de briljante dichter/bioloog van een kant die hem weerzin inboezemde. Hij kon niet verkroppen dat Wessel zich zo liet meeslepen. De platvloersheid. Het was bijna niet te harden.

Aangevreten door woede en teleurstelling verloor hij zich in bespiegelingen over wat hem te doen stond als Wessels voetstuk werkelijk aan diggelen ging. Daardoor miste hij een stuk van het gesprek. Hij nam de draad weer op toen Wessel in een onduidelijke context het cliché aanhaalde van de huisvrouw die geen zin heeft om te vrijen en hoofdpijn als uitvlucht gebruikt.

'Zo'n vrouw ben ik nog nooit tegen het lijf gelopen,' verzuchtte Simon spijtig. 'Ik ken uitsluitend vrouwen die er wel pap van lusten.'

'Maak dat een ander wijs,' zei Wessel weifelend, maar Simon zwoer met de hand op zijn hart dat hij het meende.

'Echt?' vroeg Wessel.

'Echt,' zei Simon. 'Het is zelden de vrouw die *ik ben moe* zegt, het is bijna altijd de man. Ik zelf zeg gewoonlijk *morgen misschien*.'

'Jij bent een uitzondering.'

'Denk je?'

'Jij bent niet normaal.' En dat klonk uit Wessels mond als een compliment.

'Nee hoor,' zei Simon. 'Van mijn vrienden hoor ik precies hetzelfde.'

'Dan verkeer ik kennelijk in andere kringen. Mijn vrienden zijn blij als ze twee keer per maand met hun vrouw naar bed mogen.'

Simon schudde zijn hoofd.

Nadrukkelijk sprak Wessel over kringen en vrienden, zorgvuldig vermeed hij zichzelf erin te betrekken, maar het lag er duimen dik boven op en trof Stein als een mokerslag. Dus daarom was hij zo verzot op Simons bordeelverhalen! Mijn God, wat ordinair, wat zielig, wat klein. En dat was dan een man waartegen hij huizenhoog had opgekeken!

Met de moed der wanhoop ondernam hij een laatste poging om duidelijk te maken wat er op het spel stond.

Hij sprak met een heftigheid die hem zelf verraste. Zelfs op de momenten waarop hij pauzeerde om zijn gedachten te ordenen, was zijn overwicht zo evident, dat niemand anders iets durfde zeggen.

De tastbare wereld vervaagde. De norsheid van de diensters, het geklepper van het doorgeefluik en het geroezemoes van de overige gasten werden niet langer opgemerkt. De sfeer van het restaurant, de smaak van het varkensvlees en de prijs van de wijn hielden op van belang te zijn.

Zo intens klonk zijn stem dat de tijd scheen stil te staan.

Het ging over de oorlog.

Het ging over de oorlog die een doodsbange kleermaker van huis haalde – hij gaf zijn zoon een knipoogje terwijl hij bovenaan de trap schuldbewust zijn jas dichtknoopte.

Het ging over de oorlog die een radeloze knaap in een duister portiek plantte om het hoofdkwartier van de SD in de gaten te houden – toen dit filiaal van de hel was gebombardeerd, vervloekte hij de piloten die – wie weet – zijn vader in gevaar hadden gebracht.

Over de gebrekkige bevrijding en over de onvoltooide terugkeer van doodgewaande mannen uit alle hoeken van Europa. Over het sprookjesachtige tentenkamp van de Canadezen op de Heemraadssingel. Over een rampzalige vergissing tijdens het feestelijk onthaal voor onze jongens uit Indië.

Over de oorlog dus die makkelijk begonnen werd maar nimmer beëindigd.

Het ging zelfs over de tragische periode waarin hij wildvreemde mannen naliep op straat.

Twintig was hij in die tijd. Rotterdam herrees. Bouwputten, modder, schuttingen, kranen. Vrachtwagens reden af en aan, bouwvakkers hadden nauwelijks tijd voor een biertje. Autoriteiten legden eerste stenen, hesen vlaggen en knipten linten door, hun kelen schor van de redevoeringen. Vrijwel dagelijks berichtten de kranten over nieuwe successen bij de wederopbouw. Het hele grondgebied van de stad was doordrenkt met zweet en olie.

Zo werd het fundament gelegd voor een schitterende toekomst. Wie kon daaraan twijfelen?

Otto Stein was in zaken, zijn dagen werden geregeerd door afspraken. Hier was een partij goederen te koop die in de haven was gevonden, daar stond een pandje leeg dat geschikt was als magazijn en weer ergens was een buurtmarkt waar je je spullen kon afzetten. Hij leidde een drukbezet leven, verdiende geld als water en ging door voor een gewiekste jongen. Zijn waagstukken werden echter niet ingegeven door gewiekstheid, maar door zijn overtuiging dat niets van minder belang was dan zakendoen. Zijn gedachten waren altijd bij iets anders.

Hij liep over straat, zijn handen diep in de zakken, zijn schoenneuzen geel van het zand, dat vanuit de bouwputten als lava over het plaveisel uitstroomde. Hij moest naar een havenarbeider, een makelaar of een marktmeester. Maar opeens viel zijn oog, als door een magneet aangetrokken, op een voorbijganger, of beter gezegd: op een hoed, een kraag, een gekromde rug of een slepende tred.

Met de beste wil van de wereld had hij niet kunnen zeggen wat het was dat hem aan zijn vader deed denken, maar dat was de kwestie ook niet. Zijn hartslag versnelde en hij begon een vreemdeling te volgen. Geen enkel zakelijk belang kon hem daarvan weerhouden.

Een hoed, een kraag, een gekromde rug of een slepende tred – als een terriër beet hij zich erin vast. Over stoepen, straten, singels en pleinen. In trams, kroegen, musea en rondvaartboten. Waar het lot hem maar wilde brengen. Zo mogelijk bestudeerde hij het gezicht van de vreemdeling, verdacht op de kleinste aanwijzing voor een wonder.

Hij liep door een stad zonder verleden of toekomst, waadde door de mist van het verkeer, roeide door een zee van menselijke gedaanten. Hij vocht tegen de waanzin die woelde in zijn borst omdat hij wel wist maar niet kon toegeven dat het allemaal op niets zou uitlopen...

De vreemdeling bleef staan voor een deur, diepte een sleutel op en tastte naar het sleutelgat. Het korte, onherroepelijke ogenblik tussen het openen en sluiten van de deur. Als het avond was: een streep licht over de stoeptegels en een schaduw die naar binnen gleed. Soms een abrupt signaal van vrolijke kinderstemmen.

Stein wachtte.

Hij observeerde de deur en de ramen van de bijbehorende woning. Hij weerde zich tegen de gedachte dat het verstandig zou zijn om zo gauw mogelijk naar huis te gaan. Hij koesterde de hoop dat het wonder zou gebeuren als zijn vertrouwen maar sterk genoeg was. En versteende. IJlde ten slotte naar de hoek van de straat om te zien in welk deel van de stad hij verzeild was geraakt. Nam de tram of een taxi en beproefde thuis het scherp van zijn scheermes op zijn pols.

Over deze, eeuwigdurende, oorlog sprak Stein in het kille restaurant van Alfonso VIII.

'Ik heb nooit gedacht dat zo'n man mijn vader was,' zei hij ten besluit. 'En toch moest ik mij telkens realiseren dat hij mijn vader níet was. Razend werd ik dan. Als zo iemand onverwacht weer naar buiten gekomen was, wie weet zou ik hem vermoord hebben!'

Hij vermeed de blikken van Wessel en Simon. Hij keek naar de kuiten van een langslopend dienstertje en dacht: ze kunnen nooit zo pijnlijk zijn als de mijne waren.

Wessel had de maaltijd beëindigd. Met een sjieke zwarte vulpen maakte hij aantekeningen in zijn mysterieuze notitieboekje. Simon propte ondertussen een slablad in zijn mond, kauwde met zijn hele gezicht en zei: 'Jouw vader is de maat voor alle dingen.'

Vermoeid sloeg Stein zijn ogen op. Als het moest zou hij vechten.

'De Engelsen bombarderen het gebouw van de SD,' ging Simon argeloos verder, 'en het enige waaraan jij kunt denken is: als er maar niks met mijn vader is gebeurd. Heel Rotterdam werpt zich op de wederopbouw, maar jij denkt: zolang mijn vader niet terugkomt is het allemaal zinloos.'

'En?' vroeg Stein dreigend.

'Wat ik zeg: jouw vader is de maat voor alle dingen.'

'En wat zou dat?'

'Dat zou niks. Je hoeft me niet meteen op te vreten hoor.'

'Weet jij soms een betere maatstaf?'

'Helemaal niet. Ik heb liever dat iemand jouw maatstaven aanlegt dan politieke of zo. Verdomme Otto, ik meen het serieus – ik zweer het je! Ga nou eens één keer niet meteen op me zitten hakken. Ik ben blij dat je dit verteld hebt. Zo menselijk heb ik je nog nooit meegemaakt.' Simon ademde luidruchtig door zijn neus.

Wessel achtte de tijd gekomen voor een alomvattende waarheid. Hij legde zijn pen neer en zei: 'Je moet verdomd veel van je vader gehouden hebben.'

Het klonk zo overtuigend en definitief dat Stein aanvankelijk overdonderd was.

'Ik sluit me bij Simon aan,' vervolgde Wessel alsof het een vergadering van de Biologische Raad was. 'Ik wou dat je vaker zo openhartig was. Het is alsof ik je nu pas heb leren kennen.'

'Zo,' zei Stein. 'Vind je dat?'

'Dat vind ik, ja. Ik geloof eerlijk gezegd niet dat de vader die jij zocht ooit bestaan heeft, maar het is een mooi ding dat je zo veel van hem houdt.'

'Laat ík dan zeggen dat je er niets van begrepen hebt.' Snel won Steins stem aan volume en tegelijk ging zijn tempo omhoog. 'Je hebt er helemaal niets van begrepen! Jij die godbetert aan de universiteit hebt gestudeerd. Jij met die mooie gedichten van je!'

Simon schoot in de lach. Etensresten spoten spontaan over de tafel.

Wessel bloosde en mompelde: 'Ik begrijp werkelijk niet wat ik miszegd heb.'

'Jij met dat enge brilletje. Jij die overal een mening over hebt,' tierde Stein terwijl hij zich met zijn vuisten op het tafelblad overeind drukte. 'Je verbeeldt je dat je alles doorhebt, dat de wereld een open boek voor je is. Maar in werkelijkheid ben je geen snars beter dan een ander. Je bent gewoon een…'

Het hele restaurant keek toe en luisterde mee. Men verstond natuurlijk niets van deze ordinaire Hollandse scheldpartij, maar dat was ook niet nodig om te kunnen raden wat er zo ongeveer gaande was.

Simon hing bulderend van het lachen achterover, Wessel wist zich met zijn figuur geen raad, Stein herhaalde: 'Je bent gewoon een miezerige, geniepige kleine klootzak!'

Hij wilde weglopen, merkte dat hij iets in zijn hand hield dat daar niet hoorde, ontdekte tot zijn verbazing dat het Wessels vulpen was, smeet het ding op de grond waar hij in tweeën brak, en stormde de zaal uit. Onder de hotelgasten steeg een waarderend gemompel op. Er mankeerde weinig aan of ze waren in applaus uitgebarsten.

Die nacht lag hij als een kind te woelen. Verdriet stak als een verstikkende klont in zijn keel.

Hij had spijt. Niet van zijn uitval tegen Wessel, want dat zou wel weer goedkomen, maar van zijn emotionele relaas over de eeuwige oorlog.

Hij was bang dat hij zich belachelijk had gemaakt. Hij was te ver gegaan. Ze hoefden in zijn biecht de vreemdeling maar te vervangen door Wessel en hij viel genadeloos door de mand.

Bovendien had hij de zaak op de spits gedreven. Alles was gezegd, nu was het buigen of barsten, de middenweg van geheime verlangens en verzwegen bedoelingen was voorgoed versperd. Nee, hierop had hij het niet mogen laten aankomen. Voor zichzelf niet en al helemaal voor Wessel niet.

Hij gooide de dekens van zich af. Hij wilde dat zijn lichaam verstijfde van de kou, zodat misschien ook zijn geest gevoelloos zou worden.

Wreed reutelden de verwarmingsbuizen van Alfonso VIII.

4

De volgende morgen. Wessel zwijgzaam, Simon als een bezetene aan het stuur, Stein voor straf op de achterbank. Als represaille had hij terstond na hun vertrek een sigaartje opgestoken en nu zocht hij een asbak. Hij rukte aan een verchroomd ding, de deur vloog open en hij verloor zijn evenwicht. Zijn hoofd hing buiten de auto, onder zijn ogen zoefde het asfalt.

'Stop,' riep Wessel.

De kracht waarmee de rem werd ingetrapt deed Stein op de vloer tussen de achterbank en de voorstoelen belanden.

'Terug. Voorzichtig. Verder. Nog een eindje…'

De Chrysler stampte als een sloep in de branding. Het asfalt zoefde de andere kant op. Stein raakte het bijna aan met zijn wimpers. De deur sloeg tegen zijn slaap.

'Kalm aan… ja, hier! Zie je 'm? Daar op die telefoondraad. Een grijze wouw! Wat een schoonheid…'

'Zou ik hem kunnen fotograferen?' vroeg Simon zich hardop af. 'Als ik nou voorzichtig uitstap…'

'Je kunt het beter eerst door de voorruit proberen. Hij houdt ons in de gaten, hij zit klaar om ervandoor te gaan.'

In de tussentijd wrikte Stein zijn logge lichaam los uit de beklemming. Hij liet zich op de bank zakken, tastte met zijn ene hand naar zijn voorhoofd en knalde met de andere het portier dicht.

Simon explodeerde. 'Godverdomme – waarom doe je dat nou?'

'Daar gaat ie,' zei Wessel grimmig.

Stein stelde vast dat hij zijn sigaar kwijt was en dat hij niet in de auto lag.

Nu het gevleugelde obstakel uit de weg was geruimd, konden ze hun reis door het onbarmhartige landschap voortzetten. De zon rustte als een ijzige bal op de heuvels. Geen levende ziel te bespeuren, maar je wist dat de prachtige, droevig stemmende strijd om het bestaan in volle gang was. Altijd en overal.

Stein herinnerde zich de grijze wouw die hij in de Djoudj had gezien. Het robijnrode oog dat dingen zag die voor andere ogen verborgen bleven. De opmerking van Wormer dat hij zo rustig werd van het besef *zo is het leven*. Het verdrinken van een impulsieve slangehalsvogel…

De geit was binnenstebuiten gekeerd, de vacht bedolven onder ingewanden. Je moet wel over het oog van een gier beschikken om hier iets smakelijks in te zien.

'Mooie ruime hut,' merkte Wessel op.

'Ik wou alleen dat er iets was om op te zitten,' zei Simon.

'Je kunt er best met z'n tweeën in.'

'Het zal op den duur wel knap pijnlijk zijn voor je knieën.'

'Ik zou je dus gezelschap kunnen houden.'

'Denk je?'

'Als jij nou daar gaat zitten, dan kan ik hier…'

'Laat eens kijken… ja, normaal gesproken zou het gaan, maar ik moet mijn spullen ook nog kwijt.'

'Doe niet zo moeilijk joh. Ik wil het spektakel niet missen.'

'En het probleem is dat ik vrijuit moet kunnen fotograferen, vanuit deze hoek, maar ook vanuit die hoek. Als de gieren eenmaal zijn gearriveerd kunnen we natuurlijk niet over elkaar heen kruipen.'

'Het móet kunnen. Anders loop ik me de hele dag stierlijk te vervelen. Dat kun je me niet aandoen Simon.'

'Sorry, maar ik zie het echt niet zitten. We zouden lawaai maken en dan gaan de gieren pleite; foto's mislukt, geit voor niks geslacht, Arconáda woest omdat we zijn schuilhut verdacht hebben gemaakt.'

'Arconáda is geen argument.'

'Maar de rest wel.'

'Verdomme,' zei Wessel, 'waarom ben je toch zo fanatiek?'

'Het gaat gewoon niet,' zei Simon.

Stein hield zich afzijdig en speurde, om niet naar de geit te hoeven kijken, de lucht af naar stippen die je met behulp van een Leitz in vogels zou kunnen veranderen.

Het laatste stuk van de klim naar de ruïne van de Montfragüe was erg steil en stelde Wessel in de gelegenheid een fikse voorsprong te nemen. Stein vond hem terug in een kapelletje, waar het halfduister hun gelaatstrekken verzachtte. Een afbeelding van een treurende Madonna achter kippegaas. Gewijde stilte.

De doorgang naar de punt van de rots werd bemoeilijkt door een installatie die het midden hield tussen een steunzender en een radarpost. Een grijze mast met schotels werd omheind door een stevig hekwerk, dat nagenoeg de volle breedte van het kleine plateau in beslag nam. Langs de bodemloze afgrond voerde een pad waarop je je voeten niet naast elkaar kon zetten. Stein haalde diep adem, klauwde zich vast aan het gaas en schuifelde over het paadje heen. Toen hij het gehaald had draaide hij zich om. Hij stak Wessel zijn hand toe, maar deze negeerde dat gebaar en passeerde het gevaarlijke punt met losse handen, zwierig als een gems.

Achter een rotsblok vonden ze een plekje waar ze uit de wind zaten. In de diepte vergleed het slibkleurige water van de Taag. Aan de overkant kroop een hoogspanningsleiding omhoog over het domein van de laatste Europese gieren. Meer naar het oosten lagen hellingen waar de oorspronkelijke begroeiing van knoestige eiken en ondoordringbaar struikgewas was vervangen door een steriele aanplant van eucalyptus.

Dit was dus de dag waarop Stein zich mateloos had verheugd. Wessels voorbeeld volgend tastte hij de rots af met zijn kijker. 'Ik tel er zeventig,' mompelde hij. 'Allemaal vale, of zie jij er ook monniksgieren tussen... ben benieuwd wanneer ze het warm genoeg vinden om uit te vliegen.'

Wessel zweeg.

Stein was die ochtend naar hun kamer in het Alfonso VIII gegaan om te zien of ze al op waren en had ontdekt dat Simon door zijn bed was gezakt. Het beeld van de afhangende matras en de verse houtsplinters aan het voeteneinde liet hem niet los. Hij wilde – hij móest weten hoe dat gekomen was, wat ze die nacht hadden uitgespookt, maar hij kon bij God geen manier bedenken om het gesprek daarop te brengen zonder zich te laten betrappen op een kinderachtige achterdocht. Er was trouwens nog niet eens sprake van een gesprek.

'Ik heb gelezen,' zei hij verstrooid, 'dat gieren ongelooflijk zuinig met hun energie omspringen. Ze kennen iedere vierkante meter van hun gebied en maken gebruik van de luchtstromen tussen de bergen. Zo schijnen ze op een dag tientallen kilometers te kunnen vliegen. Ze verliezen elkaar geen moment uit het oog en zien aan de manier waarop een van hen begint te dalen, dat er een kadaver ontdekt is...'

Wessel zweeg.

Stein maakte met zijn tong zijn lippen nat en besloot de proef op de som te nemen. 'Ik zie die ene niet meer die op het nest zat,' zei hij. 'Weet jij nog waar dat was?'

En Wessel zweeg.

'Is er iets?' vroeg Stein toen maar.

'Wat zou er zijn?' antwoordde Wessel zonder hem aan te kijken.

'Ben je kwaad of zo?'

'Raad eens.'

'Wat ís er dan?'

Nijdig haalde Wessel zijn schouders op. 'Wat ís er dan?' herhaalde hij zuur. 'Ja, wat zou er zijn? Je was toch niet bezopen, dat je je niet herinnert dat je mijn vulpen vernield hebt?'

'O dat,' zei Stein zuchtend.

'Onder andere.'

'Hoeveel kostte die pen?'

'Ik was aan die pen gehecht. Heb er mijn beste werk mee geschreven. Een Mont Blanc. Gekocht van het voorschot voor mijn eerste bundel. Honderdzestig gulden – en dat is vijf jaar geleden.'

Stein diepte zijn portefeuille op en vond tussen zijn Spaanse geld twee briefjes van honderd gulden. Achteloos stak Wessel de knisperende bankbiljetten in zijn zak.

Na verloop van tijd gooide Stein het nog maar eens over de boeg van de gieren. 'Raar idee,' zei hij, 'om naar vogels te zitten kijken waarvan je weet dat ze op punt van uitsterven staan. Uitsterven lijkt me een akelige vorm van sterven.'

Maar Wessel zweeg.

Stein keek naar de slanke vingers die vaardig de verrekijker bedienden. Hij besefte dat hij Wessels handen in de zijne wilde nemen en dat dat ook de reden was waarom hij hem zijn hand had toegestoken toen hij langs de afgrond liep. Zijn verwarring deed hem blozen. Hij wendde zijn gezicht af en staarde recht in de gapende muil van het ravijn.

'Dat met die pen,' hervatte hij schuchter, 'dat is nou toch geregeld?'

'Ik wacht,' verklaarde Wessel ijzig.

'Waarop?'

'Ik wacht tot het in dat botte hoofd van jou opkomt om je verontschuldigingen aan te bieden.'

'Op mijn knieën?'

'Als je de moed hebt om mij voor klootzak uit te maken, moet je het ook maar kunnen opbrengen om te zeggen dat je er spijt van hebt.'

'O dat,' zei Stein.

'Ja dat,' bevestigde Wessel. 'Misschien verkeer jij in kringen met andere omgangsvormen, maar ik ben van zulke taal niet gediend.'

'O lieve God.'

'En nu heb ik al meer gezegd dan ik van plan was. Het moet van jou komen, Otto. Ik ben niet te koop voor een vliegticket.'

'Of een plaats in een huurauto,' vulde Stein aan. 'Of gratis overnachtingen in een hotel, inclusief gratis ontbijt, gratis lunches en gratis diners. Jezus, je hebt gelijk: ik heb me verdomd ondankbaar gedragen, ik heb je als een hond behandeld.'

'Ik zei alleen maar dat je veel van je vader gehouden moet hebben. Daar schuilt toch geen kwaad in?'

'En ik heb je uitgescholden! Onvergeeflijk! Weet je wat je doet, beste Wessel, schrijf er maar een gedicht over, dan is het toch nog ergens goed voor geweest. Als dichter sta je immers overal boven?' Stein stond op en liep weg. Het speet hem bitter dat hij zo'n koppige houding aannam in plaats van zich te onderwerpen. Hij hoefde slechts zijn verontschuldigingen aan te bieden, dat was toch niet te veel gevraagd voor iemand waar je om gaf? Waarom was hij zo stom?

Zich vastklampend aan het gaas worstelde hij zich over de voetbrede strook langs het ravijn. Grote stenen en brokken klei gleden onder zijn schoenen weg en stortten tollend de diepte in. Op een gegeven moment hing hij min of meer aan zijn vingers boven de afgrond en het was uitsluitend aan de stevigheid van de afrastering te danken dat hij zich in veiligheid wist te brengen.

Nadat hij de installatie gepasseerd was, stond hij minutenlang uit te hijgen. En terwijl zijn hartslag rustiger werd dacht hij: een gems zou het niet gehaald hebben.

Onder het toeziend oog van een aantal schaftende wegarbeiders ging hij in de Chrysler zitten. Hij draaide het raampje omlaag en verzonk in gepeins.

Wat deed het ertoe of hij al dan niet van zijn vader gehouden had? De kwestie was dat de oorlog hem beroofd had van de mogelijkheid welke gevoelens dan ook voor zijn vader te ontwikkelen. Hij had best onverschillig tegenover zijn vader willen staan (zoals Simon tegenover de zijne) of hem zelfs willen minachten (zoals Wessel), als hij maar een vader gehad had.

Nooit had de kleermaker een eerlijke kans gekregen om een ander gevoel op te wekken dan medelijden. Hij verrichtte slaafs zijn naaiwerk om het gezin te onderhouden, luisterde geduldig naar Otto's journaal van Rotterdam en aaide hem glimlachend over zijn hoofd – maar afgezien daarvan kon Stein zich slechts één voorval herinneren waarbij zijn vader iets voor hem gedaan had.

Tussen de twee hoge ramen in de huiskamer hing een langwerpige spiegel; Otto zat daar onder het eten recht tegenover. Broers en zuster klemden hun vorken vast en keken gespannen toe hoe hun moeder het deksel van de pan lichtte. Een warme etenswalm. Luidruchtig commentaar op de verdeling.

Otto kon zijn ogen niet van de spiegel afhouden. Hij zat daar en hier tegelijk en kauwde afwezig op zijn aardappels. Zijn betoverende dubbelganger reageerde bliksemsnel op al zijn bewegingen. Nooit keek je naar hem zonder dat hij ook naar jou keek.

'Zit niet in de spiegel te gapen,' foeterde zijn moeder dan.

'Nee mam,' beloofde hij braaf, maar hij kon het toch niet laten en de ruzies met zijn moeder laaiden steeds hoger op. Tot zijn vader een heldere ingeving kreeg. Hij slofte naar de keuken, kwam terug met een handdoek en hing die over de spiegel.

'Opgelost,' zei hij tegen zijn vrouw, terwijl hij Otto een stiekem knipoogje gaf.

Otto bleef zich afvragen wat zich in de spiegel afspeelde, maar besefte dat zijn vader voor zijn bestwil had ingegrepen en was hem dankbaar omdat hij zijn kant had gekozen.

Hun geheime ontmoetingen op zolder daargelaten was dit het enige. Een handdoek over de spiegel. Een beetje weinig voor een heel leven. En daar had het genie daarboven dus niets van begrepen.

Terwijl hij deze dingen overdacht was hij zich aldoor bewust van de gevaren boven op de rots.

Toen hij een kreet hoorde, die schril omlaag suisde en vanuit het dal zachtjes opveerde, keek hij onmiddellijk op.

Wessel leunde tegen de hemel. Hij hield zijn handen aan zijn mond en schreeuwde: 'Kom je nog?'

Nu moet je uitstappen en hem waarschuwen, dacht Stein. Hij stapte uit en plantte zijn ellebogen op de daklijst van de Chrysler. Nu moet je net als hij van je handen een toeter maken en hem waarschuwen.

Wessels stem stuiterde, arroganter dan ooit, langs de rotswanden. 'Zal ik dan naar beneden komen?'

Het ging gewoon niet. Zijn handen waren vastgekleefd aan het door de zon verwarmde autodak en zijn keel was dichtgesnoerd door de spanning. Hoewel hij deze gedachte beslist niet wilde toelaten, dacht hij: hij moet maar laten zien wat hij waard is.

Toen liep Wessel op het hek van de grijze installatie af. Kwiek betrad hij het afgetrapte paadje. Profiterend van een perfecte balans versnelde hij zelfs zijn pas. Stein keek toe.

Plotseling draaide Wessel een kwart slag om de lengteas, waardoor hij met zijn gezicht naar de afgrond kwam te staan. De aarde spoot onder zijn zolen vandaan. Het was alsof de berg uit een heel klein mondje begon te kotsen.

Terwijl hij met zijn ene hand zijn Leitz tegen zijn borst drukte, graaide hij met de andere naar het gaas. Eén voet was al met vallen begonnen. Zinloos trok Steins kreet langs het gesteente omhoog.

In zijn val kwam Wessels bovenlichaam naar voren. Hij spreidde zijn armen. Een fel oranje zonnestraal spatte op de bril die met hem mee tuimelde. Onder zijn oksel cirkelde een gier.

7 *Arel*

I

Als een doodskist, zo statig en bedaard voer de lanche weg van de wereld. De mannen aan boord hadden lang geleden de woestijnkust met haar nietige opstallen in het spiegelende water zien zinken en waren nu moederziel alleen binnen de onmetelijke cirkel van de horizon. Alle vijf rookten een Balmoral uit Steins slinkende voorraad. De Imraguens hadden meer waardering voor het cellofaan en de bandjes dan voor de sigaren zelf, maar ze waren beleefd genoeg om stug door te paffen. De blauwe rook van de corona's vermengde zich alvorens te vervluchtigen. Zinderend lag de Banc d'Arguin onder een stolp van ijskristal.

De twee bemanningsleden die Oeld Hassan bijstonden schenen allebei Mohammed te heten en werden daarom door Simon aangeduid als Mo en Hammed. Degene die op zijn hurken aan de helmstok zat was Mo. Hij had een hard, gramstorig gezicht en stak zijn minachting voor de Nederlanders niet onder stoelen of banken. Hammed daarentegen, een jochie nog maar, was razend nieuwsgierig naar hun doen en laten en wierf openlijk om hun sympathie, wat hem herhaaldelijk op een uitbrander van Mo kwam te staan. Je bewees hem dus een slechte dienst door vriendelijk tegen hem te zijn.

Hammeds taak bestond voornamelijk uit het verplaatsen van de schuine giek, die nu eens links, dan weer rechts over de boeg moest worden gehangen. Verder was hij belast met huishoudelijke klusjes. Hij zette thee volgens een tijdrovend procédé, waarbij de thee onophoudelijk werd overgegoten tussen twee kannen, die rijkelijk waren voorzien van suiker. Op den duur ontstond zo een mierzoete drank, die gedronken werd uit borrelglaasjes en heel verfrissend bleek te zijn.

Oeld Hassan zelf hield zich onledig met het draperen van zijn zwarte hoofddoek en het aftasten van de mogelijkheden om zijn passagiers geld en goederen af te troggelen. Stein liet hem wijselijk in de waan dat Simon van hun tweeën de baas was. Telkens als het kraaiende *vous, chef!* weerklonk kromp de fotograaf ineen. Dan werd hem bijvoorbeeld gevraagd om zijn broek weg te geven. Zijn bezwaren maakten weinig indruk, want het Frans dat hem niet zinde verstond Oeld Hassan niet. Het zag er dan ook naar uit dat Simons beproefde tropenbroek te gelegener tijd in handen van de oude ekster zou vallen.

'Mijn bangste dromen worden bewaarheid,' vertrouwde Simon zijn oom toe. 'Ik arriveer vrijwel naakt op Schiphol, waar honderden mensen staan te wachten. De douane vraagt of ik iets heb aan te geven en ik zeg *nee*, maar zij zeggen: *en die onderbroek dan? Dacht u soms dat wij stront in onze ogen hadden?*'

Glimlachend sloot Stein zijn ogen. Om de crematoriumhitte van de zon te vermijden bleef hij zoveel mogelijk in de schaduw die het zeil in het schip wierp. Een verkoelende bries aaide over zijn schedel. De zee deinde in zijn lijf en voerde hem een wereld binnen waar de eeuwen niet geteld werden.

Hij zag een witte stad, de straatstenen waren overwoekerd door mos zodat paardehoeven en karrewielen geen enkel gerucht veroorzaakten.

Dat iemand serieus geïnteresseerd was in vogels wilde er bij de Imraguens niet in. Zo gedegenereerd konden zelfs deze Hollanders niet zijn. Het kon dus gebeuren dat je door je kijker zat te turen en plotseling een mep op je schouder kreeg omdat je het echte spektakel dreigde te missen. Dan zoefde de rugvin van een haai voorbij of trok een formatie dolfijnen haar karakteristieke golfspoor over het water.

Stein zocht in zijn vogelgids de flamingo op en hield die aan Oeld Hassan voor. Beurtelings wees hij op de afbeelding in het boek en de vogels die als havenkranen boven het wad oprezen. Oeld Hassan grinnikte, hij trok het gezicht van iemand die een grapje kan waarderen, maar zich niet voor schut laat zetten.

Bij een hoefijzervormige zandbank, plaatselijk bekend als het eiland Nairr, ging Simon van boord. Hij wilde een groepje pelikanen besluipen. Ze stonden bij elkaar als heren tijdens een receptie.

En als ik nou eens opdracht geef om verder te varen, dacht Stein die zijn zwoegende neef dromerig nakeek.

Ja, deze vraag hield hem nog steeds bezig: kon hij zo intens haten dat hij tot een moord in staat was? Als hij daarover zekerheid verkreeg, zou hij zijn rol in het ongeluk van Wessel misschien beter begrijpen. Het idee, dat hij hem alleen maar een kans had willen geven om te bewijzen dat hij onsterfelijk was, kwam hem soms een beetje ongeloofwaardig voor.

Natuurlijk gaf hij geen opdracht om weg te varen, Oeld Hassan zou hem waarschijnlijk ook niet begrepen of gehoorzaamd hebben, en na enige tijd klom Simon weer in het bootje. De pelikanen waren tijdig opgevlogen. Mo en Hammed hesen het zeil, hun armspieren kronkelden als slangen.

Als een hond die reageert op het commando *dood!*, zo abrupt ging halverwege de middag de wind liggen. Van het ene moment op het andere viel het zeil slap. Het gedruis van het boegwater verflauwde tot een talmend gemurmel. De koers was nog steeds west, maar ze schoten niet harder op dan een wandelaar.

Simon zat badend in het zweet over zijn fototassen gebogen. Woest rukte hij aan zijn baardharen. De batterijen van zijn motor-drives waren leeg en het was maar helemaal de vraag hoe de reservebatterijen de hitte hadden doorstaan. Verder was er een lens blijven liggen op Nairr en had hij met een van zijn camera's zesendertig opnamen gemaakt zonder dat er een film in zat.

'Zit niet te lachen,' zei hij getergd.

'Ik? Lachen?' vroeg Stein met geveinsde onschuld.

'O, je vindt het zo leuk als iemand tegenslag heeft.'

'Jouw tegenslag heeft ook wel iets komisch.'

'Leedvermaak. Je zit gewoon te wachten tot er iets mis gaat.'

'En jij zorgt ervoor dat ik ruim aan mijn trekken kom.'

'Had je ook zo'n schik toen je Wessel zijn nek zag breken?'

'Nu ga je te ver, Simon.'

'Je bent een rat, Otto.'

Ze wandelden over zee. Bijbelse tijden.

Als een eenzame voorpost van het continent gluurde Arel over de zeespiegel. Daar was de drempel waarachter de bodem steil afdaalde naar de angstaanjagende diepte van de oceaan.

Langzaam, langzaam hief het eiland zich zo hoog op dat je zijn vorm kon onderscheiden: een omgekeerde badkuip met een loodrechte, ongeveer twintig meter hoge wand aan de noordoostelijke zijde. Lang niet zo hoog als de rots van de Montfragüe, maar ook niet begroeid met struiken en bomen die een val zouden kunnen breken.

Om het eiland hing een waas van vogels.

Tegen de avond waren ze gevorderd tot bij de slikplaat die Arel omzoomde en gingen ze voor anker. Hammed veegde zijn handen af aan zijn groezelige hemd en begon aan de bereiding van soep met rijst en vissekoppen.

Simon at met tegenzin.

Steins gedachten dwaalden af naar de bakkerswinkel in het oude Rotterdam, waar je voor een paar cent een zak koekkruimels kreeg. Dikwijls had hij in stille aanbidding voor de uitgestalde slagroomtaarten zijn neus platgedrukt tegen de etalageruit. Zo'n taart kopen, mee naar huis nemen, aansnijden en in je mond proppen – geen twijfel mogelijk, dat was het hoogste genot dat het leven te bieden had. Dat wolkachtige witte spul scheen zoeter te zijn dan melk en zachter dan sneeuw.

Hij droomde wel eens van slagroomtaart, maar hij bleef er ook dan van gescheiden door een beslagen ruit, zelfs in zijn droom kon hij zich niet voorstellen hoe zoiets heerlijks smaakte.

Toen brak de dag aan waarop Rotterdam werd omcirkeld op de stafkaarten van Duitse vliegeniers.

De eerste bom, die voor de woning van de Steins bestemd was, viel door een sullige telfout midden op straat en doodde slechts een schillenpaard. De stad sidderde, de klok stond stil, de vrouw in de leren jas leunde tegen de tramhalte. De vader van Otto was doodsbang en zijn oudste broer kwam aandraven met een geratste slagroomtaart.

Otto's ogen werden groot van verrukking. Eindelijk! Hij hoefde zijn hand maar uit te steken om te weten hoe slagroom aanvoelde en dan zou hij zijn vingers naar zijn mond brengen…

Wouter stelde vast dat de taart bezaaid was met glas en gooide hem in de goot, waar hij als stront vertrapt werd.

Stein likte zijn lippen af en proefde vis.

Na het eten knielden de Imraguens neer op het achterschip. Met devote buigingen richting Mekka zeiden ze hun gebeden op. De nacht was inmiddels gevallen en het zwart van de hemel was doorschoten met sterren. Stein deed een wonderlijke ontdekking. Hij stelde zijn kijker scherp op de sterren en merkte dat er nog een mogelijkheid overbleef om scherp te stellen op de ruimte erachter. Met een vooruitziende blik hadden de ingenieurs van Leitz het uitdijen van het heelal ingecalculeerd. Het mysterie van de schepping was een ogenblik tastbaar.

Listig informeerde Oeld Hassan of zij geen gebeden te zeggen hadden. Zijn toon suggereerde dat hij en zijn mannen het achterschip in dat geval best even wilden ontruimen. Simon maakte duidelijk dat ze zich de moeite konden besparen. Of ze in Nederland geen geloof hadden, wilde de grijze schipper toen weten. Jawel, zei Simon, maar niet iedereen deed eraan. Eerst krulde Oeld Hassan meewarig zijn lippen op, maar opeens gaf hij toe dat er ook in Iouik mensen waren die hun Schepper met een korrel zout namen.

Volgende onderwerp: of ze getrouwd waren. Simon knikte, dat leek hem het makkelijkst. Hoe die vrouwen dan wel mochten heten.

Anneke, zei Simon.

'Wat moet ie?' vroeg Stein.

'Hoe je vrouw heet,' zei Simon.

'Zeg maar dat ik niet getrouwd ben.'

'Dat kan niet meer.'

'Ineke,' verzon Stein.

Anneke, Ineke, Anneke, Ineke, herhaalde Oeld Hassan kakelend. Wie had er ooit zulke namen gehoord! Hoeveel mochten die vrouwen wel gekost hebben?

Niks, zei Simon.

Niks? Niks! Nou, dat kon dan niet veel soeps zijn.

Als wij met een vrouw willen slapen, legde Simon uit, wachten we tot ze ook met ons wil slapen en dan hoef je niet te betalen.

De Imraguens amuseerden zich kostelijk en Stein en Simon lachten vrolijk mee. Van deze stemming maakte Oeld Hassan ten slotte gebruik om weer eens een balletje op te gooien over de begeerde broek. Als Simon zijn broek niet wilde geven, kon hij dan die andere Hollander niet dwingen zijn broek af te staan?

'Stik de moord,' zei Simon in het Nederlands. Oeld Hassan knikte bereidwillig.

Nors als hij was zette Mo een lied in. Met trillende uithalen golfde zijn jammerklacht door de duisternis.

'Dat we dit allemaal mogen meemaken,' zei Stein.

Simon huiverde.

Stein vervolgde, alsof hij Mo's tekst vertaalde: 'Dood aan alle blanke heidenen. We snijden ze de keel af. Vannacht als ze in hun goddeloze slaap liggen. Snijden we hun keel af.'

Opmerkzaam gadegeslagen door Hammed, die met duim en wijsvinger voorzichtig aan de stof voelde, spreidden Stein en zijn neef hun
slaapzakken uit. Ze sliepen achter de mast op de bodem van de boot.
Het paste allemaal precies, maar het was bar ongemakkelijk. Omdat
elke beweging hem met Simon in aanraking bracht, bleef Stein doodstil
liggen. Hij bekeek ster voor ster en begon als hij de draad kwijtraakte
van voren af aan.

Daarboven zweefde de transparante adem van de onsterfelijken, de
Hitlers en de Goerings.

Ze waren reddeloos verloren.

Zwaar en taai hing de nacht over de aarde. Het verwarde geknor van
de flamingo's en het vertrouwde maar hulpeloze gefluit van de noordelijke steltlopertjes verdiepten de stilte.

2

Het grijsgroene, slijmerige slik verweerde zich energiek. Het zoog,
kneedde, kleefde en slurpte, het beroofde hen van hun adem, moed en
zweet, maar het kon niet verhinderen dat ze het eiland bereikten.

Zodra ze vaste grond onder de voeten hadden liet Simon zich languit
vallen. Stein stond te kotsen. De eerste tien minuten zeiden ze geen
stom woord. In die tijd werden ze zich bewust van de eigenaardige,
weeë geur die over Arel hing.

Naast een rotsblok lag met gespreide vleugels en een opzij gezakte
kop het gemummificeerde kadaver van een pelikaan. Als een lugubere
kopie lag achter de volwassen vogel in precies dezelfde houding een
donzig bruin jong. En zij waren de eersten niet die hier door de dood
waren overmeesterd. Het hele eiland was bedekt met karkassen en knekels, die in de loop der jaren de poreuze, zachtgele kleur van de bodem
hadden aangenomen. Je kon geen stap verzetten zonder op een bot te
trappen.

'Een kerkhof,' zei Simon met afgrijzen.

'Ze schijnen hier een goeie afvloeiingsregeling te hebben,' zei Stein,
die nu eenmaal nooit in het paradijs geloofd had. 'Zo zo,' mompelde hij,
'dit is dus de wereld zoals hij God voor ogen heeft gestaan voordat zijn
schepping begon te mislukken.'

'Wat zeg je?'

'Nee, laat maar.'

Simon maakte aanstalten om aan het werk te gaan. Hij was van plan Arel rond te lopen. Hij hing twee camera's om zijn nek, stak een paar films op zak en liet de rest van zijn spullen achter onder de hoede van zijn oom. Stein keek hem met gefronste wenkbrauwen na. Toen Simon in een mist van vogels verdween, hing hij de fototas aan zijn schouder. Stapvoets klom hij naar boven. Wanneer hij zich aan de rand van de loodrechte wand posteerde zou zijn neef zich vroeg of laat vanzelf bij hem voegen. Zo simpel was het.

Op het plateau ging een menigte ivoorblanke en blauwzwarte klipreigers als een Schelfzee voor hem open.

Water en wad zo ver het oog reikte. Stein kruiste zijn benen en legde zijn handen op zijn knieën. Zijn besmeurde basketbalschoenen begonnen op te drogen. Op zijn hoofd stond een blauw petje met een lange klep. Om zijn nek had hij een handdoek geknoopt. De stekende pijn in zijn borst meende hij het best te bestrijden door er geen aandacht aan te besteden.

Arel deinde. Arel deinde en stonk naar doodsbeenderen.

Met het verstrijken der uren werd het bijna te heet om adem te halen. Je luchtwegen verschroeiden. Koortsige, als moerasgas opborrelende gedachten.

Hij meende Oeld Hassans lanche te zien wegzeilen en vroeg zich af of er reden was voor paniek.

Simon baande zich onderwijl een weg over de vlakke zuidpunt van het eiland, waar overwinterende steltlopertjes als ijzervijlsel samenklonterden. Voortdurend bleef hij staan om een camera aan zijn oog te brengen. Soms knielde hij neer. De gebedsoefeningen van een fotograaf.

Op zijn buik schoof Stein zo ver naar voren dat hij met zijn hoofd boven de afgrond hing. Hij hield zijn honkbalpetje vast en mat de diepte met zijn laatste speeksel. Absoluut dodelijk. Maar misschien was het niet eens meer nodig. De lanche was immers spoorloos?

Hij kroop terug en nam zijn positie naast de fototas weer in. De kleermakerszit stremde de bloedsomloop in zijn benen. Geduld. Ook aan de eeuwigheid kwam een eind.

Simon was gevorderd tot een reusachtige samenscholing Afrikaanse aalscholvers. De leerachtig glanzende vogels konden aanvankelijk niet geloven dat ze gestoord werden, maar kozen uiteindelijk toch het lucht-ruim, waarbij ze een eskader als bommenwerpers voortglijdende peli-kanen dwongen tot een ontwijkende manoeuvre. Om een of andere reden herinnerde dit tafereel Stein aan *Otto's oorlog*. Hij nam het papier uit zijn borstzak, wierp er een vluchtige blik op, verfrommelde het tot een prop en gaf die prijs aan de wind. Het papier zou in het zeewater oplossen, het gedicht zou blijven bestaan.

Dat was dus geregeld en Simon naderde een dode flamingo. Stein greep zijn kijker. Met een zorgelijk gekromde rug sjokte zijn neef over de scheidslijn tussen zee en land. Een zwaarmoedige dertiger die gedu-rig met zichzelf overhoop lag.

Steins adem stokte in zijn keel toen de flamingo bewoog.

Als een spook kwam de vogel overeind. Hij duwde zijn zware snavel tegen de grond en gebruikte zijn slangenek als derde poot. Zijn buik was besmeurd met groengele drek. Zijn vleugelbewegingen waren krachteloos en dienden waarschijnlijk slechts om het evenwicht te be-waren. Martelend langzaam strompelde het dier het water in, waar het volgens zijn instinct veilig zou zijn voor de fotograaf. Na een meter of vijftien knakte hij in elkaar alsof zijn luciferpoten braken.

Simon deed zijn werk. Stein vervloekte hem. Verdomme, de wereld was er niet alleen om gefotografeerd te worden.

Toen keerde de lanche terug.

Het statige oude zeilschip dook op aan de andere kant van het eiland. De Imraguens trokken een zwembroekje aan en gingen van boord. Terwijl Oeld Hassan en Mo een slenk afgrendelden met een net, begaf Hassan zich met een omtrekkende beweging aan land. Opeens rende hij de slenk in. Hij schreeuwde en liet het water hoog opspatten. De zee begon te bruisen van vluchtende harders. Hun ruggen blonken als zil-ver in het zonlicht.

Nadat de vangst was binnengehaald hief Mo een huiveringwekkend lied aan. Misschien was het een droom. Hoe kon je bewijzen dat het werkelijkheid was?

Later, veel later, was Simon eindelijk gereed om de test te onder-gaan. Uitgeput klom hij omhoog naar het hoogste punt van Arel. Van ver kon je hem al horen hijgen. Pelikanebotten kraakten onder zijn zolen en vielen met kleine explosies van stof uit elkaar.

Stein nam zijn pocketcamera. Op dat moment verheugde hij zich nog op de duw waarmee hij zijn boosaardige neef in de afgrond zou stoten (Wessel achterna, waarom zou Simon een beter lot beschoren zijn dan iemand waarvan hij echt gehouden had?), maar toen de af- gebeulde fotograaf binnen het vage vierkant van de zoeker verscheen, wist hij plotseling zeker dat het niet zou gebeuren.

Hoe kon hij de kleinzoon van zijn vader iets aandoen?

Stel je voor dat zijn vader dit had meegemaakt: zijn zoon een moor- denaar en zijn kleinzoon het slachtoffer. Onmogelijk!

Simon knielde neer.

Het speet Stein dat hij zijn neef ooit onheus bejegend had. Nu de spanning wegvloeide begon zijn lichaam hevig te trillen. Simon hoorde hem klappertanden en keek hem vragend aan. Stein slikte, maar er was niets te slikken. Hij glimlachte moeizaam en zei: 'Wat was er met die flamingo?'

'Ik schrok me de pestpokken,' zei Simon. 'Ik dacht dat hij dood was, maar toen ik dichterbij kwam...'

'Dat heb ik gezien ja.'

'Stervende flamingo. Dramatische serie. Hij had een poot gebroken, vlak boven de tenen.'

'En het was per se nodig hem op te jagen?'

'Jezus,' zei Simon.

'Je had jezelf eens bezig moeten zien. Weerzinwekkend was het.'

'Hij heeft weer eens wat te vitten.'

'In één woord: walgelijk.'

'Bemoei je met je eigen.'

'Walgelijk.'

'Kwal!'

In de schaduw van het honkbalpetje vernauwden Steins ogen zich tot spleetjes.

Simon zei dat hij stierf van de dorst en stelde voor om terug te baggeren naar de boot. Stein stond onmiddellijk op. Duizelingen deden hem wankelen.

Hij was bezig het stof van zijn broek te kloppen toen hij achter zich een knallende vloek hoorde. In zijn onhandigheid had Simon zijn tas over de rand geschopt.

Behoedzaam schuifelden ze naar voren tot ze de fototas konden zien liggen. Hij rustte, ongeveer twee meter onder hun voeten, op een richel.

'Duizenden guldens,' prevelde Simon ontzet. 'Godverdomme, dat kan ik toch niet achterlaten?'

Stein legde zijn hand op zijn schouder.

'Hadden we maar een stok of iets dergelijks,' zei Simon, zo geschokt dat hij de hand op zijn schouder niet opmerkte. 'Misschien heeft Oeld Hassan iets met een haak aan boord.' Maar het vooruitzicht heen en weer te moeten ploeteren over de kleffe slikplaat was ook niet bijster aanlokkelijk en ten einde raad ging hij zitten. Hij slingerde zijn benen over de rand.

Stein zei: 'Laat mij maar. Jij met je eeuwige pech... er zouden nog ongelukken van komen.'

Te verbaasd om dit aanbod af te slaan stond Simon weer op. Nu was het Steins beurt om te gaan zitten en zijn benen over de rand te slingeren. Hij drukte het petje vaster op zijn hoofd en liet zich voorzichtig naar houvast tastend zakken. Alleen zijn armen en zijn pet kwamen nog boven het plateau uit. Hij keek onder zijn oksel door naar de tas en wist dat hij het zou halen.

'Geef eens een hand,' zei hij. Langs zijn arm omhoogkijkend zag hij zijn neef een stap naar voren komen. Een van de laatste indrukken die zijn hersenen verwerkten waren de opflikkerende lichtjes in Simons ogen.

De wereld zonder Stein was in vol bedrijf.

Het wassende water verdreef de vogels van het wad. In zonsverduisterende wolken kwamen ze vanuit alle windrichtingen aanvliegen om op Arel te overtijen. Zelfs de flamingo's, die toch wel een metertje verhoging konden hebben, ontvouwden het scharlaken rood van hun vleugels om het hogerop te zoeken.

Een stervende jonge pelikaan werd door een golfje beroerd en klom op een steen, waar hij met zijn laatste krachten zijn vleugels spreidde om ze te laten drogen.

Een andere pelikaan was nog springlevend en probeerde de kop van een aalscholver af te rukken – het kan ook zijn dat de aalscholver bezig was vis uit de kinzak van de pelikaan te roven.

Boven op de loodrechte wand streek een blonde lannervalk neer. Hij had een krombekstrandloper geslagen en begon zijn prooi met rustige toewijding te plukken. Op de wind wiegden veertjes omlaag. Het duurde een hele tijd voordat ze aan de voet van de rots belandden.

Daar lag Stein.

Zijn hoofd vormde het hart van een bloederige roos. Zijn rug vertoonde een knik die bij levende mensen niet voorkomt. Ook zijn arm was gebroken. De linkerpols was zichtbaar onder de rechteroksel. De zon weerkaatste op zijn horloge, een ouderwets Zwitsers horloge met een vergeelde wijzerplaat. Het stond stil op 13.28 uur.

Otto's seconde was voorbij.

Woerden, 16 maart 1983

Koos van Zomeren

Koos van Zomeren werd geboren op 5 maart 1946 in Arnhem. Zijn vader, die als beroepsmilitair naar het toenmalige Nederlands-Indië vertrok, zag hij pas voor het eerst toen hij 3 was. Bepalend voor zijn jeugd was het Betuwse dorp Herwijnen, waar hij tot zijn achttiende alle schoolvakanties doorbracht bij de pleegouders van zijn vader, Atje en Jantje. Na het eindexamen hbs-b in 1964 werkte Van Zomeren een half jaar bij de Heidemaatschappij. Aan zijn militaire dienst kwam door ziekte voortijdig een einde.

In 1965 debuteerde hij bij De Arbeiderspers met de dichtbundel *De wielerkoers van Hank*. Zijn prozadebuut volgde enkele maanden later met de roman *Terloops te water* (1966). Het bevat de koortsige gedachten en herinneringen van Arthur Terlingen, die na een auto-ongeluk door een nachtelijk polderlandschap dwaalt op zoek naar hulp. Van Zomerens eerste roman werd enthousiast ontvangen. De *Nieuwe Rotterdamsche courant* sprak van 'een ware verademing die direct opvalt bij de kleurloosheid van de meeste debuten'. Een nog datzelfde jaar verschenen tweede roman *De nodige singels en pleinen* kreeg heel wat minder respons, en de derde roman *De vernieling* (1967) resulteerde evenmin in een doorbraak.

Ondertussen had Van Zomeren een baan gevonden in de journalistiek, bij het socialistische dagblad *Het vrije volk*, dat hem als verslaggever eerst in Arnhem en daarna in Nijmegen stationeerde. In deze jaren werd Van Zomeren politiek steeds actiever en groeide de afstand tot de literatuur. Uit onvrede met een reorganisatie bij de krant nam hij in 1971 ontslag. Omgeschoold tot draaier werkte hij enige tijd als metaalarbeider. Bovendien werd hij lid van de KEN(ml), de Kommunistiese Eenheidsbeweging Nederland (marxisties-leninisties), waarvan zich in 1972 de (nog steeds bestaande) Socialistiese Partij afsplitste. Van Zomeren behoorde tot de driekoppige leiding van deze partij en hield zich bezig met propaganda-activiteiten. In 1974 en 1975 was hij voor de SP gemeenteraadslid in Nijmegen.

Van Zomeren raakte echter steeds meer teleurgesteld in de politieke praktijk en haar machtsspelletjes. Na een stevige gewetenscrisis én kostwinners-getalm – 'Mijn economische positie stond op het spel. Dat heeft de leugen een jaar verlengd.' – brak Van Zomeren in 1976 met de SP. Terugkijkend op deze jaren waarin hij leefde voor partij en de op handen zijnde revolutie, zei hij in 1985 tegen *De groene Amsterdammer*: 'Er zat iets fundamenteel onwaarachtigs in al die opofferingen. Je deed het niet voor de revolutie, maar voor jezelf, een soort zelfbevrediging, om jezelf het gevoel te geven dat je iets bijzonders deed.'

Tot veler verbijstering aanvaardde Van Zomeren een baan bij het weekblad *Nieuwe revu*. Jaarlijks nam hij drie maanden onbetaald verlof om romans te schrijven. En die kwamen er – misdaadromans wel te verstaan, een genre waaraan hij naar eigen zeggen begon om zichzelf weer te leren schrijven, 'want ik kon alleen nog maar pamfletten maken'.

Bij zijn nieuwe uitgever, Bruna, verschenen vanaf 1977 negen thrillers, waarvoor hij bij de besprekers van dit genre groeiende waardering oogstte. Voor deze thrillers putte hij zowel uit zijn politieke verleden als uit het journalistieke heden van een populistisch weekblad. Veel van zijn personages werken bij het naar *Nieuwe revu* gemodelleerde *Deze week*. Dat is al het geval in Van Zomerens eerste thriller *Collega Vink vermoord* (1977). Het jaar daarop verschenen maar liefst drie thrillers: *Een eenzame verrader*, *Een dode prinses* en *De val van Bas P.*, en in 1979 *Explosie in mei*. Vanaf 1980 verschuift het misdaadelement naar de achtergrond ten gunste van de actuele politiek en de psychologische uitwerking. *Oom Adolf* (1980) bevat een verkapt, maar venijnig portret van de toenmalige minister-president Dries van Agt, aan wie Van Zomeren zich groen en geel ergerde. Deze steen des aanstoots keert terug in het tweeluik dat in 1981 verscheen: *Haagse lente* en *Minister achter tralies*.

Bij *Nieuwe revu* ging Van Zomeren zich steeds meer toeleggen op het schrijven van natuurreportages, waarvoor hij soms verre reizen maakte. Een selectie uit die reportages verscheen in 1980 in de bundel *De grote droogte in waterland*. Maar ook de in *Otto's oorlog* beschreven expedities in Turkije, Senegal en Mauretanië zijn voor een deel terug te voeren op eigen ervaringen uit deze tijd.

Aangespoord door collega-schrijver en bewonderaar Maarten 't

Hart keerde Van Zomeren terug bij De Arbeiderspers, waar in 1982 zijn laatste thrillerachtige roman verscheen, *De hangende man*, die zijn terugkeer naar de literatuur markeert. In deze roman speelt voor het eerst Van Zomerens jeugd in Herwijnen een rol.

De echte doorbraak volgde in 1983 met de roman *Otto's oorlog*. Zijn thrillerpubliek en de recensenten waren enigszins in verwarring door deze nieuwe fase in Van Zomerens schrijverschap. In een interview met *De volkskrant* legde hij in 1986 uit hoe geleidelijk voor hem de overgang was geweest: 'De romanelementen zijn geleidelijk de thrillers binnengeslopen en op zekere dag had ik een mooi verhaal, maar voelde er niets meer voor om daar een moord bij te bedenken.' De levensverhalen van twaalf mensen die in 1900 waren geboren werden in 1984 gebundeld in *Een gegeven moment*.

Speelt de politiek in *Otto's oorlog* nauwelijks een rol, in Van Zomerens volgende romans treedt dit element weer sterk op de voorgrond. *De witte prins* (1985) en *Het verhaal* (1986) bevatten bijvoorbeeld cynische zelfportretten van de voormalige revolutionair die de auteur inmiddels was.

Na tien jaar ruilde Van Zomeren in 1986 zijn vaste baan bij *Nieuwe revu* in voor een bestaan als freelancer. Hij ging schrijven voor de zaterdagbijlage van *NRC Handelsblad* en werkte mee aan het VARA-radioprogramma *In de Rooie Haan*. In 1987 verschenen de roman *Sterk water* en het wonderschone vogelboekje *Een vederlichte wanhoop*, met tekeningen van Peter Vos.

In *Een jaar in scherven* (1988) – een mengvorm van dagboek, brieven, reportages, interviews en verhalen – onderzoekt Van Zomeren zijn eigen grillige ontwikkeling: 'Partij, *Revu*, thrillers – het is mijn weg en een andere was er niet. Anderen mogen mijn leven als een vat vol tegenstrijdigheden beschouwen, ikzelf ervaar het als een onverbrekelijke eenheid.' In 1989 verschenen er nog twee natuurboeken: *Uilen* en een bundeling van *NRC*-stukken, *Het scheepsorkest*. Een serie van twaalf korte verhalen in *NRC* over een journalist vlak voor zijn verplichte vut werd dat jaar gebundeld in *Cupido's afscheid*. In 1990 verscheen de roman *Het schip Herman Manelli*, waarin weer een gedesillusioneerde, onverschillig geworden voormalige idealist als hoofdpersoon fungeert. *Een bevrijding*, dat eind 1991 verscheen, gaat over de tragische moordpartij die op 5 mei 1945 in Leersum plaatsvond en waarbij zes verzetsmensen en een SS'er de dood vonden.

Voor *NRC* reisde Van Zomeren een jaar lang kriskras door Nederland en beschreef de bijzondere plekken en mensen die hij onderweg tegenkwam. Deze stukken verschenen in 1992 gebundeld, met foto's van Freddy Rikken, in *Saluut aan Holland*. In maart van dat jaar begon hij ook aan wat een uniek project in de Nederlandse dagbladjournalistiek mag worden genoemd: dagelijks schreef hij voor de voorpagina van *NRC Handelsblad* een beschouwinkje, meestal over de natuur, van amper twintig regels, dat conform Van Zomerens bedoeling voor veel lezers 'een oase van rust' in de krant werd. In 1993 verschenen twee bundels van deze 'rustpuntjes', *Zomer* en *Winter*, en in 1994 en 1995 nog de bundels *Het eeuwige leven* en *Wat wil de koe*. Aan 'Vandaag of morgen', zoals Van Zomerens hoekje in *NRC* heette, kwam na ruim drie jaar met de duizend-en-eenste aflevering een einde.

Ontvangst

Koos van Zomeren had een zeer goede naam als thrillerauteur opgebouwd, toen hij zich in 1983 met *Otto's oorlog* van een heel andere kant liet zien. Niet langer stond er 'thriller' op het omslag, maar 'roman' – hetgeen voor de verkoop niet zonder gevolgen bleef. In een interview met *Elsevier* vertelde Van Zomeren tien jaar later: 'Ik raakte wel de lezerskring kwijt die ik met de thrillers had opgebouwd. Althans grote delen ervan, dat was te merken aan de oplagen. En ze vroegen aan mijn vrouw Iris: kun je nu nog lezen wat Koos schrijft?'

Een ander aspect was dat zich nu ook literatuurcritici over zijn werk uitspraken, wat bij de thrillers op een enkele uitzondering na niet het geval was geweest. *Telegraaf*-recensent Ivan Sitniakowsky, die diens thrillers vroeger wél had besproken, kon de nieuwe wending in Van Zomerens schrijverschap niet waarderen. Hij heeft het over 'wonderlijk proza vol stoplappen en staaltjes van psychologisch inlevingsvermogen uit de oude doos', en spreekt de hoop uit dat Van Zomeren 'gewoon weer van die leesbare en verre van ouderwetse thrillers gaat schrijven'. De meeste andere recensenten toonden zich echter tamelijk enthousiast over *Otto's oorlog*: er wordt gesproken van 'een rijk boek met verschillende betekenislagen', 'een bewonderenswaardige roman', 'gaaf van begin tot eind', waarin, zo vindt weer een ander, Van Zomeren 'zijn talenten als literair auteur en als thriller-schrijver op meesterlijke wijze' combineert. Expliciet opgetogen over de nieuwe fase in Van Zomerens schrijverschap toont zich Maarten 't Hart in *NRC Handelsblad*: hij vindt het 'een grote stap vooruit. Alle overbodige details ontbreken; het werk is veel conciezer geschreven dan één van de thrillers.'

Opvallend is dat in de meeste besprekingen de nadruk ligt op de psychologische ontleding van de karakters van de drie hoofdpersonen die Van Zomeren ten tonele voert. Volgens Carel Peeters (*Vrij Nederland*) is Wessel 'vrij van frustraties' en daarmee 'alles wat Otto had willen zijn', die zich heeft 'vastgebeten in zijn ongeluk'. Van Zomeren, oordeelt Peeters, 'spint de verhouding tussen Wessel en Otto beheerst en met psychologisch raffinement uit'. 't Hart waagt zich aan een psychoanalytische verklaring voor het gegeven dat Otto Stein, zelf geen vogelkenner, niet alleen meegaat op vogelexpedities, maar die zelfs financiert. Dat heeft volgens 't Hart alles te maken met de sprekende kraai die Otto's vader in de oorlog fataal is geworden. 'Elke vogel immers die in dit boek voorkomt is nu net *niet* die éne kraai, en herinnert ons bewust of onbewust, aan het feit dat die ene verdwenen is.' Volgens 't Hart is dit een 'onbewuste drijfveer', zowel bij Otto als bij Van Zomeren, en zorgt de verdwenen kraai voor de eenheid in het boek. Zowel 't Hart als J. Huisman (*Algemeen dagblad*) vindt het een prestatie dat Van Zomeren begrip weet te kweken voor een onsympathieke hoofdpersoon (Otto Stein). 't Hart: 'Men begint met antipathie, men eindigt met mededogen. En dat vindt ik de grootste verdienste van Van Zomeren.'

Over stijl en compositie worden heel uiteenlopende opmerkingen gemaakt. Jaap Goedegebuure in de *Haagse post*: 'Behalve om zijn hechte compositietechniek en zijn thematische diepgang valt *Otto's oorlog* te prijzen om de voortreffelijk geschreven dialogen en de haast filmische montage van scènes en *flashbacks*.' Huisman spreekt van 'vele ontroerende bladzijden met juweeltjes van dialogen', en Frank van Dijl (*Het vrije volk*) vindt dat door de gekozen compositie – niet chronologisch, maar 'de tijd […] in stukken geknipt' – de 'dramatische spanningsboog' wordt versterkt.

Sterk afwijkend is het oordeel van Wam de Moor in *De tijd*, die *Otto's oorlog* streng weegt en literair te licht bevindt. 'En dan de stijl. Geen foutje te vinden, maar ook niets leuks, geen beeld van belang. Het woord lijkt vooral voertuig voor de boodschap.' Zowel inhoudelijk als compositorisch vindt De Moor veel 'geforceerd'. Zo spreekt hij van 'de geforceerde schuldgevoelens' waarmee de 'Rotterdamse dikhuid' Otto 'na zo'n veertig jaar wordt opgezadeld'. Bovendien vindt De Moor dat Van Zomeren 'het verband tussen Steins verleden en heden niet waargemaakt' heeft.

Dat laatste vindt ook J.A. Dautzenberg (*De volkskrant*), die de verbinding tussen heden en verleden 'het minst overtuigende van het boek' vindt. 'Het gedrag van Stein vloeit niet noodzakelijk voort uit zijn jeugdtrauma: als de hele toestand van de oorlog weggelaten was, zou er nog steeds een psychologische roman overblijven over een ouder wordende man die geobsedeerd is door jeugd.' In dat verband noemt Dautzenberg de titel 'niet geheel juist': het gaat volgens hem niet zozeer om de oorlog die de *kleine* Otto heeft meegemaakt, maar om de 'oorlog' tussen de volwassen Stein en zijn twee reisgenoten.

De combinatie van oorlog en schuldgevoelens in *Otto's oorlog* ten slotte doet enkele recensenten de vergelijking trekken met *De aanslag* van Harry Mulisch, dat een jaar eerder was verschenen. Goedegebuure spreekt in dit verband van een 'originele uitbreiding' van die thematiek. Voor De Moor valt de vergelijking daarentegen in het nadeel van Van Zomeren uit: 'Het haalt het niet bij Mulisch' heldere proza. Het *lijkt* erop.'

Zelf vond Van Zomeren, blijkens een interview met hem in *Vrij Nederland* in 1985, de ontvangst van *Otto's oorlog* gebaseerd 'op een heel eenzijdige interpretatie'. Er was vooral gelet op stijl en compositie en op de psychologische verhouding tussen de drie mannen, terwijl het Van Zomeren veel meer om de boodschap ging. 'De puur politieke of sociale implicaties van het verhaal in *Otto's oorlog* vond ik bijna nergens terug.'

Tonny van Winssen